BANHADA EM LUAR

STACIA KAYWOOD

TRADUZIDO POR
ANANDA DA MATA

Para meus filhos, vocês são minha inspiração e maior alegria. Nunca parem de buscar seus sonhos. Mas, talvez, L, parques de dinossauros animatrônicos sejam melhores do que os de verdade.

Para minha mãe, obrigada por acreditar em mim.

Bee, obrigada por responder centenas de ligações, perguntas, e seu encorajamento.

CAPÍTULO UM

ABRIL DE 1945

Enquanto os primeiros raios de sol infiltravam-se pelas cortinas de renda, Greta Müller piscou para abrir os olhos e fez um inventário de quantas manhãs começavam exatamente do mesmo jeito. *548 – já se passaram tantos dias assim? Impossível, mas não. Se hoje era 10 de abril, então fazia, de fato, 548 dias.* Ela gemeu, virou-se e prendeu a coberta sobre a cabeça. *Talvez hoje seja diferente!* – ela suspirou em antecipação. Mas, de novo, ser diferente tinha todos os tipos de variantes. *Talvez hoje seja um pouco diferente. Não um "diferente" ruim, definitivamente isso não. Apenas diferente.*

Talvez Ezra não entraria correndo no quarto nos próximos cinco minutos, e ela conseguiria algum sono extra. Ou talvez Liesel faria uma visita e traria café de verdade. Ou a guerra poderia acabar. Ela riu. *Se pudesse simplesmente desejar qualquer coisa, seria que acordasse em sua antiga cama em Berlim para um mundo onde a guerra nunca tivesse começado!* Mas isso não era para ser, então, em vez disso, ela esperou.

Ela contou os segundos: um... dois... três, e lá estava. O

pisar suave de Ezra pelo piso de madeira, o cutucão em seu ombro, a inspiração forte de ar enquanto checava para ter certeza de que Greta ainda estava lá.

Sufocando um gemido, ela rolou com um sorriso largo nos lábios. – Estou acordada, Ezra. – Jogando a coberta, ela se esticou em direção ao teto, alongando seus músculos após uma noite de descanso. – Pronto para outro dia emocionante?

Os olhos castanhos dele brilharam com diversão, e ele acenou com a cabeça, suas mechas escuras caindo sobre sua testa. Girando nos calcanhares, ele correu de volta porta afora. *Ah, então está aqui a minha resposta – definitivamente hoje não é diferente.* Assim, a manhã começaria como sempre na casa deles, aconchegada longe do mundo.

A casa era um refúgio acolhedor perfeito, com floresta de um lado e um campo aberto do outro. Tinha dois quartos pequenos, cada um com uma cama confortável e uma colcha macia. A cozinha e a sala de estar se adequavam às necessidades deles: uma lareira para mantê-los aquecidos e uma mesa onde pudessem encher a barriga com sua limitada despensa. No entanto, a característica mais importante dessa casa não era o que podia ser visto, mas sim o que estava escondido abaixo. Foi por essa razão que Liesel enviou Greta e Ezra para que ficassem aqui e não com ela.

– Eu insisto, Greta. Você e Ezra não podem viver aqui comigo. Seria apenas uma questão de tempo antes que alguém começasse a fazer perguntas. Fique em minha antiga casa perto da floresta. Ninguém vai até lá. Direi a todos que a aluguei para a minha sobrinha. E como tenho tantas, ninguém questionará. Liesel deu um tapinha na mão de Greta. – Confie em mim.

No dia seguinte, eles se mudaram e Liesel revelou o segredo: – Wilhelm não gostava de me deixar para trás. Ele se preocupava com os invernos frios e longos e insistiu em construir um porão bem aqui. – Ela apontou para um carpete vinho e dourado feito à mão no centro da sala de estar. Liesel ergueu o carpete, apontando para as tábuas do assoalho. – Sei que não parece muito, mas vê aquele entalhe ali? – Ela apontou para um nó na madeira. – É, na verdade, um puxador.

Greta passou a mão através do nó e puxou. Para sua surpresa, algumas tábuas do assoalho se levantaram. Era um alçapão. Abaixo, uma simples escada conduzia a uma sala empoeirada. As paredes eram reforçadas por ripas de madeira e prateleiras com alguns frascos.

– Liesel, isso é perfeito.

– Sim. Você e Ezra podem se esconder, se necessário. E podemos estocar as prateleiras, para que tenham comida duradoura.

Juntas, Greta e Liesel criaram um método para rolar o carpete para trás sobre o chão usando cordas costuradas entre as tábuas do assoalho. Essa casa, com seu esconderijo perfeito, era exatamente o que eles ansiavam.

Começando seus exercícios matinais, uma estranha sensação de formigamento passou pela espinha dela. *Talvez hoje seja diferente, afinal.* Porém esse sentimento fez seu estômago se revirar e gotas de suor acumularem em sua nuca. – Oh, por favor, nada ruim! Não agora, depois de todo esse tempo –, ela clamou.

Avançando pela sala até a janela, ela espiou para a fileira de árvores delimitando seu quintal. Ela ouviu o leve chilrear dos pássaros, viu as árvores balançando com a brisa. Tudo parecia como sempre pareceu. Ainda assim, o sentimento persistiu. Ela sacudiu os braços, tentando espantá-lo.

– Você está deixando o isolamento afetar você, Greta! Ouvindo coisas que não existem.

Ela se vestiu rapidamente e foi até a cozinha para preparar seu escasso café da manhã.

Ezra rolava seu trem pelo chão, o rangido das rodas sendo o único som. Greta ansiava pelo dia em que ele voltaria a falar, quando então ela poderia ouvi-lo pronunciar a mais simples das palavras. Mas já fazia quase dois anos desde aquele fatídico dia e absolutamente nada – apenas silêncio.

Enquanto ela reunia ingredientes para preparar o café da manhã, a sensação estranha invadiu a agradável manhã mais uma vez, seus ombros tensos, suas orelhas quentes. Dessa vez alguma coisa estava diferente.

– O que foi aquilo? – Ela perguntou a Ezra, esfregando os pequenos pelos eriçados de medo ao longo de seus braços.

Ele ficou imóvel, alerta como um cervo sendo caçado. Seus olhos se arregalaram. Um leve ruído surgiu da floresta atrás da casa... *Esconda-se!* a voz em sua cabeça gritou, forçando Greta a agir.

– Vá! Agora! – Greta gritou, enquanto ambos corriam para o centro da sala de estar, arrombando a porta secreta no chão. Eles correram para seu estreito esconderijo, curvando-se contra as ripas de madeira. Greta recolocou a porta secreta e puxou a corda, movendo o carpete de volta ao lugar sobre a abertura.

Tiros! O bang-bang ficou mais alto, à medida em que o combate se aproximava. Ezra se encostou nos braços de Greta. Ela o segurou com força, sussurrando palavras de conforto em seu ouvido:

– Eles passarão rapidamente por nós, Ezra. Tenha fé.

À medida em que os sons se intensificavam, as fervorosas orações de Greta se tornaram palavras silenciosas sussurradas nos lábios que logo se acalmavam enquanto esperavam com a respiração suspensa.

O tiroteio trovejava em torno deles. Vozes passaram por eles, e desapareceram em retirada. Greta se agarrou mais perto do chão acima, tentando distinguir os sons vindos do alto. Ezra se encolheu em uma pequenina bola contra o chão empoeirado, cobrindo as orelhas com seus pequenos punhos. *Ele passou por tanta coisa, por favor, Deus. Que isso acabe logo.*

Era uma mistura confusa de gritos e tiros. Uma bala zuniu sobre suas cabeças. Porcelana despedaçada. Outra bala quebrou uma janela. Balas atravessavam o cômodo acima deles. Greta se situou ao lado de Ezra, segurando-o perto para aliviar seus tremores.

Ela murmurou baixinho em seu ouvido: – Vai acabar logo, Ezra, eu prometo.

Lágrimas silenciosas encharcaram os joelhos de sua calça bege curta enquanto ele envolvia os braços em torno das pernas dobradas, agarrando-as ao corpo. O encontro trouxe de volta memórias terríveis, memórias do lugar onde fugiram.

– Vamos esperar aqui um pouco para ter certeza de que eles vão embora. Fique quieto por enquanto. Ela cantarolou suavemente em seu ouvido, embalando-o enquanto continuava a canção de ninar. Ela manteve uma esperança fervorosa para o dia em que ele se sentiria seguro novamente, quando ele não mais se escondesse de monstros que assombravam seus pesadelos. Tão rápido quanto chegou, a briga partiu com um silêncio anormal seguindo seu rastro.

Longos minutos se passaram. O relógio cuco cantou a hora. Ainda assim, eles permaneceram na segurança de seu esconderijo. Ezra parou de chorar. Eles esperariam até que o relógio cantasse mais uma vez. Então deveria ser seguro para eles saírem e continuarem com o seu dia como se nada tivesse acontecido.

Bum! A porta batendo contra a parede quebrou o silêncio. Passos! Tanto o coração de Greta como o de Ezra bateram forte com pavor enquanto ouviam a cacofonia vinda de cima. Alguém andou pesadamente – um pé bateu, o próximo deslizou atrás, passo, arrasto, passo, arrasto, passo, arrasto. O rastro de botas pesadas ecoava pelo esconderijo deles, cada passo interrompendo o silêncio. Quem quer que tenha entrado na casa, colapsou no sofá acima deles.

Ezra ficou rígido imediatamente. Ambos estavam assustados demais para se moverem, prendendo a respiração como se o simples ato de respirar os denunciasse. *Quem é?* As molas no sofá guincharam. Um gemido angustiante. O sofá se deslocou, um pequeno arranhão contra o chão. Um baque forte e um gemido prolongado... e então ele ficou em silêncio. *É um soldado? Um americano?* Ela engoliu seco. *Ou poderia ele ser alemão?*

O homem tossiu, gemeu. Ela precisava dele fora de sua casa. Ele não poderia ficar aqui; alguém estaria procurando por ele, com certeza. E se ele fosse encontrado com eles, e se os alemães encontrassem Ezra? O que aconteceria então? A guerra estava se aproximando rapidamente do fim. Tinha de estar, se haviam combates tão longe no interior da Alemanha. Ela não podia arriscar que alguém descobrisse a verdade, não agora.

Ela sussurrou para Ezra: – Fique quieto.

Gentilmente, ela rolou o tapete para trás e empurrou as tábuas do chão apenas o suficiente para espiar através de uma abertura. Não vendo nenhuma ameaça imediata, ela cuidadosamente escondeu Ezra e saiu de seu esconderijo.

CAPÍTULO DOIS

Descansando a cabeça contra as costas de um sofá, o Capitão Jimmy O'Brien tentou descobrir o que tinha dado tão errado. Em um momento ele estava conduzindo sua pequena patrulha de homens através de uma área do bosque e, de repente, eles foram emboscados pela retaguarda e pela frente ao mesmo tempo. O encontro rapidamente se transformou em caos, mas um pouco de raciocínio rápido e uma cobertura conveniente ajudaram sua patrulha a recuperar a vantagem. Todos, exceto Jimmy.

A situação era totalmente irremediável. Ele se lembrou da sensação de cair, de uma bala perfurando o ombro dele, de bater com força no chão. Ouvindo o tiroteio desaparecer, ele levantou a cabeça, não vendo ninguém. Ele estava debilmente sozinho. Levantando-se em meio à névoa do campo, diante dele havia uma casa, ela chamou por ele. Ajuda. Ele tinha que conseguir ajuda. Em algum momento seus homens voltariam e o levariam de volta ao acampamento. Por enquanto, ele só podia esperar ter encontrado a ajuda de que precisava.

Apoiando-se no sofá, ele tentou se empurrar de volta para

uma posição ereta, mas não adiantou. A dor atravessava o ombro dele, em seguida vieram tonturas, sua visão afunilou. Sangue quente e pegajoso se empoçava ao longo do corte na coxa. *É isso. Você não tem escolha, Jimmy, tem de se levantar. Não há ninguém aqui para ajudar você.* Mas, por mais que tentasse, não podia se forçar a levantar. Ele rezou por um milagre.

O rangido das tábuas do chão chamou sua a atenção. Ele tentou abrir os olhos, mas eles teimosamente recusaram. Ele ouviu um fraco pigarrear e uma inspiração forte.

– *Ach, du Lieber!* – Uma voz feminina suave exclamou. Quem quer que fosse, se aproximou dele e apontou o nome no seu uniforme. – Inglês, sim?

Quando ele não respondeu, ela cutucou suavemente em torno de seu ombro, depois sua coxa.

Um anjo de misericórdia veio em meu auxílio ou é um agente da minha morte? Quando ela se aproximou dele, ele sentiu o leve cheiro de lilases e linho limpo. Um cheiro tão agradável, com a morte à espreita na esquina.

Rápido demais, ela saiu do seu lado. A ausência o deixou com frio. Jimmy deixou escapar um gemido frustrado. Ele queria o calor que a proximidade dela dava a ele, queria sentir seu perfume celestial. Ele a chamou, mas o som se sufocou em sua garganta seca.

Um tilintar, um respingo e um baque próximos a ele contaram a Jimmy sobre o retorno de seu anjo. O hálito quente dela tomou conta de seu rosto enquanto ela colocava sua pequena mão contra o peito dele. Ele a sentiu desabotoar a camisa e seus dedos explorarem a ferida em seu ombro.

– Aqui, deixe-me tirar sua camisa. – A voz doce dela tinha um leve sotaque. Ele permitiu que ela puxasse as mangas para longe de seus ombros e para baixo de seus braços. Sempre gentilmente, ela o puxou para a frente enquanto tirava seu uniforme.

— Fique quieto, por favor. Isso acabará rápido, desde que não se mexa. — Ela falou pouco acima de um sussurro, sua voz um bálsamo calmante. Ele sentiu a ponta afiada de uma lâmina, um puxão e, em seguida, uma dor aguda no ombro.

Os olhos dele se abriram com a dor enquanto ele segurava a mão dela com toda a força que restava nele. Um sorriso triunfante o cumprimentou, e ela estendeu a bala para inspecioná-la. O coração dele parou de bater enquanto ele absorvia a visão diante de si. Um cabelo loiro amanteigado caía em volta do rosto dela. Olhos azul-esverdeados de um dia claro de verão. Um rosto de fada com traços delicados. Ela era linda.

— Acabou. Aqui. — Ela deixou cair a bala na mão estendida dele. — Está fora. Agora preciso dar pontos na ferida, é grande demais para enfaixar. Tentarei não machucar você.

Os olhos dele dispararam dela para a lâmina, para a bala e de volta. Ela repetiu a promessa, uma mão branda descansando acima do coração dele.

Consegui! Greta mal podia acreditar que seus primeiros socorros funcionaram e a bala estava fora. Ela esteve apavorada com a letargia e a palidez de pele dele, mas quando os olhos dele se abriram, ela deu um suspiro de alívio. Ele deve viver, graças a Deus.

Ele era belo demais para morrer; seria trágico demais, um desperdício. Os olhos dele, ela nunca tinha visto tal cor, duas piscinas perfeitas de chocolate derretido. E o resto dele! Ela sentiu como se estivesse tocando uma estátua grega com músculos perfeitamente definidos, mandíbula firme e ombros largos. Mas ele era um homem de verdade, com um punhado de pelos escuros enrolando em torno do decote da camiseta, cuja visão fez o estômago dela borbulhar agradavelmente. Já fazia muito tempo desde a última vez que ela vira um homem, muito menos um tão perfeitamente proporcional. *Foco, Greta!*

Ela aplicou pressão na ferida com um curativo, o que ajudou a estancar o sangramento.

— Consegue pressionar aqui? Preciso examinar você melhor.

Ele colocou a mão no curativo e permaneceu imóvel pelo resto do exame.

Em seguida foi a perna, onde a mão dele apertava o tecido sobre uma poça crescente de carmim. Greta admirou seus longos dedos, imaginando qual seria a sensação deles embalando sua bochecha, acariciando sua pele. Ela levantou a mão dele da perna, resistindo ao desejo de segurá-la por um momento e, em vez disso, inspecionou a ferida. Era muito profunda. Ela precisava de uma visão melhor de sua lesão, mas cortar a perna de suas calças não era uma opção, pois ele não teria nada para vestir. Não tinha outro jeito. Hesitante, ela alcançou o cinto e a braguilha de botão dele. Em um piscar de olhos, sua mão agarrou a dela, seus olhos se abriram, vidrados e confusos.

Um rubor tomou conta do rosto dela, enquanto gesticulava para a lesão.

— Perdão, mas preciso de um melhor acesso à ferida. Não tem outro jeito. Suas calças precisam sair.

Por um momento ele analisou o rosto dela. Ela deu um sorriso irônico e acenou os dedos sobre a perna dele. Ele relutantemente acenou com a cabeça, mas indicou que assumiria a tarefa de se despir. Fazendo sinal para ela virar a cabeça, ele começou a tirar a roupa. Ela podia ouvir o deslizamento da fivela, o farfalhar das calças dele. Os sons íntimos causaram um rubor em seu rosto enquanto ela tentava não imaginar como ele poderia ser por baixo das roupas. Ela dobrava e dobrava a toalha na mão, concentrando-se em qualquer coisa, exceto no fato de que ele estava tirando a roupa.

Jimmy pigarreou e ela se virou. Um pano agora cobria seu colo até a ferida. Ela moveu a mão dele de volta para o ombro e o instruiu a segurar o curativo novamente, pois ainda estava escorrendo um pouco de sangue.

Ele fez uma careta enquanto ela tocava a pele perto do corte em sua coxa exposta. A ferida era horrível, sua carne vermelha e inchada em torno de um corte, que percorria toda a extensão de sua coxa. Era profundo, possivelmente até o osso, necessitando de pontos para impedir qualquer infecção.

– Volto logo. Preciso pegar uma agulha e linha. Mantenha pressão no ombro e – ela colocou a mão dele em um pano dobrado em sua coxa –, se puder, coloque o máximo de pressão possível aqui. Mantendo a cabeça para trás e os olhos fechados, seu pomo-de-adão se moveu enquanto ele engolia com força.

Na cozinha, uma panela de água fervia no fogão. Ela desinfectou a agulha. Depois de lavar as mãos em água tão quente quanto podia aguentar, ela pegou a agulha, reuniu alguns suprimentos, e voltou para a sala de estar para ver seu paciente.

– Aqui, beba isto e tome alguns desses. – Ela entregou a ele um copo de água e alguns comprimidos de aspirina. Ele engoliu os comprimidos e bebeu a água em goles sedentos.

Finalmente, sentindo que poderia abrir os olhos sem ficar tonto, Jimmy observou seu hospital improvisado e a mulher diante dele. O cômodo era pequeno, modestamente decorado com cortinas de renda e um relógio de cuco sobre a lareira.

Quanto a ela, ela valia a pena admirar um pouco mais de perto. Ele resistiu ao impulso de correr os dedos pelas sardas que cobriam a ponte do nariz dela. Ele queria sentir a pele sedosa dela contra a sua.

Seu anjo encantador acenou para a cozinha.

– Preciso de mais algumas coisas. – Ela segurou a mão contra a testa dele. O toque foi tranquilizante quando ele encostou a bochecha na palma da mão dela. Ela saiu novamente, deixando para trás uma frieza estranha em seu rastro.

Uma tábua do chão rangeu. Ele viu um rosto curioso o espreitando. Jimmy deu um meio sorriso cansado.

— Ora, olá, amiguinho — ele murmurou, enquanto o garoto se arrastava cuidadosamente para o seu lado. — Sua mãe está cuidando de mim — disse Jimmy, apontando com a cabeça atrás dele, mas o menino não disse nada em resposta.

No sofá, Ezra subiu ao lado de Jimmy e começou a inspecioná-lo com curiosidade infantil. Ele pegou a camisa, que ainda estava apoiada no braço do sofá. Seus dedos minúsculos traçaram sobre o emblema em forma de diamante da 4ª Divisão de Infantaria.

— Essas são as folhas de hera verde da minha unidade — explicou Jimmy. — Nosso apelido é Cavalo De Ferro.

Então os dedos de Ezra delinearam o emblema do seu nome.

— O'Brien, esse é o meu nome. Pode me chamar de Jimmy. — Ele levantou a mão da coxa ferida, estendendo-a vacilante em saudação. O garoto agarrou o dedo indicador em um tremor antes de Jimmy abaixá-lo de volta para o curativo.

Ezra estendeu a mão para segurar o rosto de Jimmy, apertando-o em suas mãozinhas, virando-o da esquerda para a direita. Em seguida, ele esfregou a palma da mão sobre a barba grisalha por fazer ao longo das bochechas e queixo de Jimmy.

— Acredite ou não, garoto, minha barba costumava ser toda castanha antes da guerra. Essa guerra fez de mim um homem velho. — Ele riu, e Ezra devolveu um pequeno sorriso.

Com os braços ocupados, Greta voltou e tropeçou para trás com um grito assustado em alemão: — Ezra, o que você está fazendo aqui?

— Oh, ele não é problema, senhora. É bom ver crianças. —

Jimmy se inclinou para trás, a ação causando mais dor do que ele pretendia, e sua tontura retornou.

– Você não é irlandês? – Ela se espantou com uma breve surpresa, pois a voz dele refletia um sotaque distintamente americano, não o irlandês que ela esperava.

Jimmy abriu um olho, concentrando-se no que ela estava dizendo.

– Não, senhora, americano por completo. Isso é um problema?

– Sinto muito, notei o nome em seu uniforme e isso me confundiu. – Ela se sentou perto da perna dele, esfregando a pele com água e sabão. Ardeu e ele se mexeu ligeiramente. – Às vezes esqueço que os americanos também têm nomes Irlandeses. – Ela apontou para a toalha que segurava: – Isso vai doer, mas é necessário. Não tenho como levá-lo a um médico ou aos americanos. E certamente não podemos arriscar uma infecção.

– Você esperava que eu fosse Britânico? – Ele perguntou, querendo se distrair do desconforto dos cuidados dela.

Ela deu de ombros, enquanto enfiava a agulha.

– Eu não sei qual dos Aliados estava na área, estou apenas aliviada que você não seja um alemão.

Puxando a linha e a agulha, ela começou a costurar a ferida. Movendo a agulha suavemente para dentro e para fora, a ação juntou as bordas dilaceradas da pele. Ele se moveu e cerrou os dentes. Jimmy estremeceu enquanto ela continuava a dar pontos.

– Ai! – A mão dele segurou a coxa, tentando apertar a dor para fora.

– Sinto muito – ela lamentou com pena nos olhos. – Não tenho nada mais forte para a dor. A testa dela franziu e os dentes mordiam o lábio inferior enquanto ela se concentrava em manter os pontos retos e uniformes.

Jimmy se concentrou no rosto dela. O nariz de fada, imaginando como ela poderia respirar através de um nariz tão delicado. Não como o seu nariz, um tanto grande, mas comum. Uma criatura tão delicada, essa mulher alemã. Por que ela preferia a companhia de um americano, em vez de seus próprios compatriotas? Ela era um quebra-cabeça, mas um belo quebra-cabeça.

– Sou muito grato a você. – Ele prendeu a respiração enquanto ela cutucava em torno de um local particularmente sensível. – Não se preocupe, eles virão à minha procura.

Jimmy gostou dessa proximidade, tê-la tão perto que podia sentir o cheiro de suas roupas recém-lavadas. Ele poderia estudar suas peculiaridades, a maneira como ela inclinava a cabeça de um lado para o outro quando o ponto era difícil. O mais fraco zumbido de aprovação quando o processo decorria sem problemas.

– Senhor O'Brien, pode mover a outra mão, por favor? Preciso dar pontos em seu ombro agora. – Ela se inclinou em direção a ele enquanto reexaminava a ferida no ombro.

À medida que ela se aproximava, uma dor crescia dentro dele. Uma necessidade de tocar e sentir uma mulher novamente. *Oh, meu Deus! O que se passa comigo?* Ele sentiu uma compulsão louca para enterrar seu rosto ali, bem contra a pele branca leitosa dela, descansar sua cabeça cansada contra a suave maciez, e afundar em rendição feliz.

Ela puxou um pouco forte demais no fio, interrompendo os pensamentos lascivos dele.

– Sinto muito, não queria machucá-lo.

Finalmente, ela terminou os pontos e começou a limpá-lo. O pano molhado era reconfortante contra a pele dele. Ele a analisou, o modo como ela inclinava a cabeça de um lado para o outro. Ela continuou mordendo o lábio enquanto ternamente colocava o pano na pele dele, esfregando suavemente o mesmo ponto repetidamente. *O que ela estava pensando?* O menino apareceu novamente, chamando sua atenção com relutância.

– Como é o nome do seu filho? – Ele perguntou.

Greta saltou ligeiramente, parecendo tão culpada quanto se sentia.

– Meu filho? – Ela olhou para ele interrogativamente.

Ele apontou para atrás dela.

– Ah, Ezra. Ele é o Ezra. – A voz dela minguou.

Calorosamente, ela sorriu para o menino, e ele a olhou com olhos arregalados e animados. Ezra mastigava um pedaço de pão, com as bochechas rosadas e cheias.

– Eu acho que, por enquanto, você deveria descansar um pouco. – Ela deitou as costas da mão sobre a testa dele, depois falou em alemão. – Ezra, por favor, encontre um cobertor para o americano.

Ele saiu correndo da sala e voltou orgulhosamente segurando uma colcha. Jimmy pegou o cobertor.

– *Danke* – embora soasse mais como *dane-key*.

Ela prendeu a colcha em volta dele, tomando cuidado com os ferimentos.

– Está bem assim? Você está confortável?

– Absolutamente, não poderia ter recebido melhor atendimento do que eu tive aqui. Especialmente de uma dama bonita como você. – Um leve rubor se espalhou pelas bochechas dela. – Meu nome é O'Brien, Capitão James O'Brien. Mas prefiro Jimmy.

– Eu sou Greta Müller. É um prazer conhecê-lo, Jimmy. – Ela colocou a mão na dele, apertando-a.

O terno sinal de afeto encheu Jimmy de fervor, enquanto ele lutava contra o desejo de levá-la para mais perto dele, para deixar sua boca mostrar o quão verdadeiramente grato ele estava.

CAPÍTULO TRÊS

Com o cuidado de não incomodar seu paciente, Greta pegou o uniforme do braço do sofá e foi para a cozinha. Lá ela remendou os buracos e tentou lavá-lo o melhor que pôde. Nunca mais seria um uniforme adequado, mas pelo menos ele seria devolvido à sua unidade em um estado um tanto apresentável.

Com a ajuda de Ezra, ela limpou a bagunça deixada pelo tiroteio. Ela substituiu as cortinas por lençóis, varreu o vaso despedaçado e martelou uma tábua desgastada sobre a janela quebrada. A poltrona havia sofrido a indignidade de um grande rasgo no tecido, mas não havia nada que ela pudesse fazer para consertá-la agora.

Ezra e Greta tiveram o mesmo pensamento.

– Pobre Liesel, essa era a cadeira favorita do marido. – Ela apontou para o enchimento caindo no chão. – Eu não direi a ela se você não disser. – Ela piscou para Ezra, que deu uma risada silenciosa.

Jimmy observou a maneira como Greta e Ezra interagiam um com o outro com curiosidade extasiada. Havia algo de estranho na maneira como os dois se comportavam, não como mãe e filho, mas sim com uma distância entre os dois. Jimmy observou as diferenças gritantes na aparência deles. Greta era clara, com cabelos loiros e olhos azul-esverdeados, enquanto Ezra tinha cabelos e olhos castanhos escuros. Talvez Ezra parecesse mais com o pai, mas algo o incomodava. Quanto mais tempo ele ficava ali, mais a situação o intrigava. Havia segredos nessa casa, e ele queria saber as respostas.

Ezra rapidamente se tornou o guardião de Jimmy na ausência de Greta. Toda vez que ela saía da sala, Ezra ficava na ponta dos pés e ele mesmo inspecionava Jimmy. Depois de um tempo, Jimmy começou a conversar com o garoto curioso, mas nunca recebeu uma resposta audível. No entanto, Jimmy continuou a falar, e Ezra ouvia atentamente, às vezes presenteando o soldado com um sorriso brilhante ou rindo silenciosamente. Jimmy nunca teve certeza se seu novo amigo realmente o entendia ou estava reagindo ao tom de sua voz. Mesmo assim, ele apreciava a companhia, pois afastava sua mente da dor latejante.

Presenteando Ezra com uma história sobre seu motorista, o cabo Tony Ricci, Jimmy recebeu uma surpresa surpreendente.

– Então lá estava Tony, coberto da cabeça aos pés com farinha, saudando o General, assim. – Jimmy executou uma imitação perfeita. Do outro lado da sala, ele ouviu uma risadinha suave. O som assustou Jimmy, abaixando a mão enquanto olhava para seu pequeno amigo. – Você acabou de rir, Ezra? – O menino alegre acenou com a cabeça e correu para Jimmy, entregando a ele um livro de histórias.

– Você quer que eu leia isso? – Enquanto ele analisava as páginas, Ezra o deteve e apontou para uma história em particular. – Não sei, não, Ezra. Não leio alemão desde o ensino médio, então provavelmente será muito ruim!

Alisando as páginas, Jimmy tentou ler.

– *Es war einmal,* era uma vez. Isso é um conto de fadas?

Ezra passou algumas páginas, mostrando a Jimmy a ilustração de Chapeuzinho vermelho.

– Entendi. – Ele pigarreou. – *Es war einmal eine kleine süße Dirne, die hatte jedermann lieb.*

Uma risadinha veio de Ezra. Jimmy levantou a sobrancelha.

– Eu disse que meu sotaque era ruim. Bom, onde eu estava? Ah, sim. – Jimmy pigarreou, seu sotaque nasal característico impossível de esconder. – *Der sie nur ansah, am allerliebsten aber ihre Großmutter, die wusste gar nicht, was sie alles dem Kinde geben sollte.*

Ezra não podia mais esconder seu divertimento e caiu na risada.

A risada dele era contagiante, e Jimmy se juntou a ele.

– Foi ruim, não foi, amiguinho?

Ezra enxugou uma lágrima do olho, concordando com a cabeça. Despenteando o cabelo dele, Jimmy se recostou de novo nas costas do sofá.

– Estou cansado agora, acho melhor descansar um minuto.

Greta retornou, observando a imagem do rosto encantado de Ezra.

– Estamos nos divertindo?

– Sim, acho que ele estava zombando de mim, Greta. Ele queria que eu lesse, mas meu alemão não estava à altura dos padrões dele. – Jimmy descansou o braço bom atrás da cabeça.

– Ah, não estava?

– Não, ele riu de mim – ele disse, com um toque de auto zombaria.

O sorriso desapareceu do rosto de Greta.

– Como é? Ele riu?

– Sim – Jimmy parecia confuso. – Ele não ri?

E o mistério crescia. Quanto mais perguntas eram respondidas, mais perguntas ele tinha. Quem era essa linda, enigmática mulher à sua frente, e quem era essa criança obviamente desesperada por companhia?

— Não — a resposta dela era quase inaudível, os olhos brilhando com lágrimas não derramadas.

— Por que ele não ri? — Essa era a pergunta para a qual ele mais queria saber a resposta. Uma escuridão espreitava nas sombras da sala, e ele estava determinado a encontrar a fonte.

Ela ignorou a pergunta e sussurrou algo para Ezra. Ele apanhou seu livro e o trem. Então, arrastando os pés, ele deixou a sala.

— Sua cor melhorou. — Ela inspecionou os curativos, satisfeita que o sangramento havia parado.

Ouvindo o cuco cantar quatro vezes, Jimmy olhou para o relógio.

— Vejo que é mais tarde do que eu pensava. — A voz dele era um rico barítono. — Acho que, talvez, meus homens devam ainda estar perseguindo os soldados. Parece improvável que me encontrem tão cedo. Posso ficar aqui, estaria tudo bem?

— Com certeza, ficaríamos felizes em tê-lo aqui conosco. Fiz sopa e pão assado para um jantar leve.

— Qualquer coisa que possa oferecer será muito apreciada.

Greta alisou o vestido de algodão liso.

— Acho que seria melhor para você se usasse minha cama. Receio que esse sofá não seja o melhor lugar para descansar. — Jimmy começou a protestar, mas ela o interrompeu. — Você não vai dizer não.

Ele tentou se erguer, mas recuou. O movimento causou dor nos músculos gastos e sua cabeça latejou em protesto.

— Gostaria de vestir minhas roupas de volta. — Um leve rubor subiu às bochechas dele.

— Elas estão secando agora. Não se preocupe, não vou olhar — ela provocou, enquanto ele sorria com um ar triste. Greta abriu o caminho da sala de estar para o quarto. Tentando desviar os olhos da visão de Jimmy vestido com nada além de suas roupas íntimas, ela o ajudou a se levantar do sofá.

– Aqui – ela envolveu o braço em volta da cintura dele, colocando o braço dele sobre o ombro oposto, – apoie-se em mim e vou ajudá-lo a entrar no quarto.

Trabalhando juntos, mudando o apoio, eles mancaram do sofá para o quarto. Ele poupou a perna machucada, mancando cautelosamente ao lado de Greta. Ele se abaixou na cama, gemendo dolorosamente.

– A parte difícil acabou – ela disse para tranquilizá-lo. Ela afofou um travesseiro, colocando-o sob a cabeça dele e o cobriu com uma colcha macia. – Descanse, é a única coisa que deve fazer agora, mas não durma. Com seus ferimentos, gostaria que ficasse acordado por mais algum tempo para ter certeza de que não é nada mais grave. – Greta alisou o cabelo dele sobre a testa, e ele relaxou em resposta ao toque dela. – Estarei no quarto ao lado, chame se precisar de alguma coisa.

– Chamarei – Jimmy assegurou a ela.

À porta, ela se virou e o contemplou uma última vez. A visão da testa franzida e da consternação dela deixou Jimmy com um inexplicável sentimento de contentamento. Ele sentiu as pálpebras ficarem pesadas, mudou de posição, tentando não dormir. Ele apreciou o conforto de uma cama normal depois de muitas noites em uma cama improvisada com apenas uma manta de lã como cobertura. Era tudo o que ele podia fazer para ficar acordado.

Ele roncou e percebeu com um susto que havia adormecido. Greta estava na porta, sua pequena sombra rindo.

– O jantar está pronto. – Ela o ajudou a se sentar na cama. – Fiz sopa de legumes. Pensei que o ajudaria a recuperar as forças. E então você provavelmente deveria dormir.

Ezra correu para a cozinha. Alguns momentos depois, ele retornou com sua tigela. Embalando-a em seu colo, ele tomou um lugar no chão perto da cama e começou a comer. Jimmy se inclinou sobre a beirada da cama.

— Está bom, amiguinho?

Ezra acenou com a cabeça em resposta e tomou uma colherada cheia.

— Parece que ele gosta da sua comida. — Jimmy se sentou, enquanto Greta deslizava uma cadeira para perto da beirada da cama. Ela segurou a tigela para Jimmy, ajudando-o a comer.

— Sou grata que Ezra não é exigente com comida. O que temos é bastante limitado, mas ele parece gostar de tudo. — Ela deu mais uma colherada de sopa a Jimmy. Era simples, feita de caldo de osso e alguns vegetais, principalmente repolho. Era rala, mas o calor e o sabor eram reconfortantes e ajudaram a acalmar ainda mais o estômago dele.

Ele fazia caretas para Ezra, que irrompia em gargalhadas. Toda vez que ele olhava na direção de Ezra, ele via o menino se esforçando para fazer contato visual. E de novo, uma cara engraçada, depois risos.

— Chega, vocês dois, é hora de dormir.

Ezra estava relutante em deixar o quarto. Ele correu até Jimmy e jogou os braços em volta dele. Aproximando-o, Jimmy beijou a mecha de cabelo castanho que cobria a cabeça dele.

Greta soltou um suspiro audível. A voz dela vacilou quando disse: — volto já. Sirva-se de mais comida, se quiser.

Jimmy tomou mais uma colherada; entretanto, o mal-estar de antes voltou. Ele fechou os olhos enquanto esperava por Greta. Quando ela estava perto, tudo entrava em foco. Ele não entendia esses sentimentos e como ela foi capaz de despertá-los. Mas lá estavam elas, emoções que ele não queria nomear, fervendo tão perto da superfície. Ele passou a mão boa sobre o rosto e soltou a respiração que segurava. *O que está acontecendo comigo?*

Greta voltou para o quarto, fechando a porta atrás dela com

um leve clique. Jimmy tentou ficar de pé, mas sua perna não suportou nenhum peso, e ele caiu de volta na cama. Greta correu para a frente.

— Aqui, deixe-me ajudá-lo.

— Você sabe, ainda não estou usando calças — ele disse severamente, enquanto ela se colocava sob seu braço bom para apoiá-lo.

Ela sorriu.

— Bem, não podemos fazer nada sobre isso agora. Suas roupas ainda estão molhadas. Para onde quer ir?

— Er, o banheiro seria bom — ele disse, desconfortável.

— São dez passos nessa direção. — Ela mostrou a ele uma pequena sala aninhada entre a cozinha e o quarto.

Assim que ela fechou a porta atrás dele, Jimmy agarrou a pia com a mão e olhou para seu reflexo no espelho. A pessoa encarando de volta não era o homem que se lembrava. Foi-se o sorriso despreocupado e cabelo perfeitamente bagunçado. Em vez disso, rugas agora contornavam seus olhos, seu cabelo precisava desesperadamente de um corte, e a longa cicatriz irregular atravessando sua bochecha esquerda servia como um lembrete constante de que ele havia mudado, para nunca mais ser aquele homem. Ele jogou água no rosto e respirou fundo.

Greta voltou para o quarto e ajeitou a roupa de cama. Ela teve tempo suficiente para limpar os pratos antes de ouvi-lo chamá-la.

— Estou pronto — a voz dele abafada pela porta de madeira.

Ela a abriu enquanto ele se apoiava na parede.

— Apoie-se em mim novamente. Ele colocou o braço sem ferimentos em volta dela e mancou com ela de volta para a cama.

Enquanto ele se deitava, ela o cobriu com a colcha, prendendo-a em volta dele. Ela colocou a mão fria contra a sua testa, sentindo a pele e percebendo que agora estava quente e seca. Ele relaxou, confortado por doces cuidados.

— Fique. — Ele estendeu a mão para ela e apertou seu pulso delicado, que foi dominado pelo punho forte dele. Em dúvida, o olhar dela mudou dele para a porta e de volta para ele. — Por favor, fique. Faz tanto tempo desde que conversei com uma mulher.

Suspirando, ela se sentou na cadeira.

— Fale-me sobre você. De onde você é?

Fazia mais de um ano e meio desde que ela tinha falado pela última vez com um homem, qualquer homem. Ela se sentia completamente inepta. Olhando para as profundezas dos olhos achocolatados dele, ela cedeu e decidiu que não faria mal conversar um pouco com ele.

— Berlim, e você?

— Reading, Pensilvânia. — Ele mostrou seu sorriso encantador, e a respiração dela ficou presa na garganta. — Como você sabe inglês?

— Eu aprendi na escola. — Ela relaxou um pouco enquanto se mexia na cadeira. — Sou muito boa em aprender línguas. Também falo polonês e dinamarquês. Eu trabalhava traduzindo documentos quando tudo começou, antes de eu... — Ela parou de repente; estava revelando demais. Será que o seu trabalho do passado a colocaria em perigo com os americanos? Seria considerada uma criminosa ou poderia responder livremente a essas perguntas?

— Antes de quê? — Ele perguntou.

— Não é nada. — Ela balançou a cabeça. Ela não queria falar sobre seu passado e mudou de assunto. — Você é muito gentil com o Ezra. Nunca o vi tão feliz.

— Não é nada, Greta, e esse rapaz precisa de carinho. Vocês dois precisam. — Os olhos deles se encontraram enquanto tentavam romper as barreiras que ambos haviam erguido.

Ela cruzou as pernas e apoiou os cotovelos nos joelhos. Ele estendeu a mão sobre a colcha para alcançar a mão dela, mas ela pulou para trás, empurrando as mangas compridas para baixo nos braços.

— O que está escondendo?

Tudo, ela quis dizer.

— Não é seguro dizer a você, não agora.

— Pode confiar em mim, Greta.

— Posso, Jimmy? Posso confiar em um homem que foi enviado para me matar? — Ela estava completamente dividida pela necessidade de finalmente desabafar com esse homem sedutor sentado diante dela, mas com medo de revelar os segredos que tinha guardado por muito tempo. Dela, de Ezra. Como poderia confiar a um estranho as verdades que há muito impediam Ezra de falar?

— Eu não fui enviado aqui para matar mulheres e crianças, Greta. — A voz dele endureceu. — Não tenho intenção de matar ninguém, muito menos pessoas inocentes.

— Eu sou inocente? — Ela sussurrou.

Depois de um longo momento, Jimmy respondeu:

— Tão inocente quanto eu. — Muitos sentimentos compartilhados existiam dentro dessas poucas palavras. — Onde está o pai do Ezra?

— Eu não sei. — Ela se mexeu novamente, declarando o fato sem explicações. Cada vez que ele fazia essas perguntas, as que tão desesperadamente queria responder, ela se sentia mais inquieta.

— Você não se preocupa com seu marido?

— Meu marido? Eu não tenho... — Ela parou de repente.

— Marido — Jimmy terminou a frase dela. Greta se levantou rapidamente, caminhando até os brinquedos que Ezra deixou no quarto dela. — Quem é o Ezra, Greta?

Ela se abaixou para recolhê-los.

– Acho que é melhor você dormir um pouco. – Ela começou da porta, mas parou quando ouviu Jimmy gemer. Virando-se, ela viu como ele tentava se levantar e segui-la. – Deite-se, por favor.

Ela largou os itens de suas mãos e voltou para o lado dele, colocando-o de volta debaixo das cobertas.

– Greta, eu posso ajudá-la – ele implorou a ela.

Ela não tinha ideia de por que esse homem queria ajudá-la. O que mais a assustou foi o quão desesperadamente ela queria aceitar.

– Jimmy, você precisa poupar esforços. – Mais uma vez, ela evitou respondê-lo, mas as palavras dele a congelaram.

– Ele não se parece em nada com você. Greta, conte-me.

Outros notariam a mesma coisa? Até quando podemos continuar fingindo? Ela balançou a cabeça enquanto apertava a mão sobre a boca, forçando-se a ficar quieta.

– Eu não posso – ela implorou a ele.

Os olhos dele ardiam no fundo da alma dela, mas ela teve que persistir; ela tinha de manter os segredos deles escondidos por mais tempo. Ela podia ver como o sono pesava muito nas pálpebras dele. Ele queria resistir, mas não podia mais lutar contra.

– Durma, Jimmy, por favor.

Relutantemente, ele concordou com a cabeça enquanto o sono finalmente tomava conta dele. Ela observou seu corpo relaxar, sua respiração diminuiu. Se ela pudesse se sentar com ele e finalmente desabafar. Para explicar tudo o que tinha acontecido. Mas não, ainda não era seguro. Algo sobre a maneira dele falava de um desespero que ela também podia entender. Em sua mente não havia dúvida de que ele precisava dela, e talvez, se ela fosse realmente honesta consigo mesma, ela precisava um pouco dele também.

CAPÍTULO QUATRO

Jimmy piscou uma vez, duas vezes enquanto suas pálpebras lutavam para se levantar sobre seus olhos ásperos. A dor irradiava pelo ombro e pela coxa, impedindo-o de esticar seus longos membros, deixando-o se sentindo enrolado e apertado. Sua garganta estava seca, e ele só tinha uma lembrança fraca de onde ele estava. As memórias de ontem repetiram-se num borrão nebuloso. Lentamente, seus sentidos começaram a trabalhar e juntar as peças desse quebra-cabeça confuso. A colcha macia. As paredes amarelo-pálido. Os ruídos vindos do outro lado da porta. E então havia o cheiro em seu travesseiro, um campo de lilases.

Não é minha tenda. Não é o acampamento do exército. Ele relaxou contra a cabeceira da cama e pensou em Greta. A visão etérea dela assombrava seus sonhos como nenhuma mulher antes. Sonhos eróticos. Mas, mais do que isso, o que ele mais se lembrava era o sorriso dela. A maneira como todo o rosto dela se iluminava por dentro, olhos cintilantes, lábios largos, sua risada cadenciada. A imagem queimou na mente dele, a visão para a qual ele despertou.

Jimmy ouviu o toque suave dos pés de Ezra e sentiu os dedos do menino cutucarem o cobertor. Sorrindo, Jimmy se virou.

– Bom dia. – Jimmy bocejou. De olhos arregalados, Ezra inspecionou o paciente, depois fugiu tão rapidamente quanto entrou, uma cabeça marrom sacudindo porta afora.

Segundos depois, ali estava ela, encostada ao batente da porta. Os olhos dela estavam de alguma forma mais brilhantes do que ele se lembrava, o sorriso mais profundo, mais genuíno. Ela o fazia lembrar das fadas irlandesas das histórias de ninar da avó dele.

– Boa tarde, Capitão. – Ela então falou em alemão com Ezra. Jimmy entendeu a palavra *Wasser*, ela deve ter pedido um copo de água. Ela colocou a mão fria na testa dele. – Sem febre. Acho que descanso era exatamente o que você precisava.

Era irônico que ela alegava que ele não tinha febre. Ele, no entanto, sentia-se envolto em chamas. Cada uma das carícias dela fazia com que seu sangue fervesse, seu pulso disparasse. Quando ela afastou o cabelo que havia caído sobre a testa dele, ele quase se desfez.

Ezra retornou, entregando a ele um copo de água. O líquido acalmou sua garganta desidratada. Vasculhando o bolso de seu impecável avental azul, Greta retirou uma pequena garrafa com o rótulo Bayer. Ela colocou dois comprimidos na palma da mão dele.

– Aqui, isso deve ajudar com a dor.

Ele engoliu o analgésico com um grande gole de água, esvaziando o copo.

– Por quanto tempo eu dormi? – Ele perguntou, sua voz ainda áspera de um longo descanso.

– Perdi a conta, pelo menos quinze horas – respondeu Greta enquanto examinava os pontos no ombro dele.

Quinze horas e ele ainda se sentia exausto. Uma vez terminada essa guerra, ele iria dormir durante um mês.

– *Danke* – disse ele a Ezra, segurando o copo. O menino aproveitou a oportunidade para ser útil e buscar mais água para Jimmy.

– Receio que meus pontos não sejam dos melhores. Você provavelmente ficará com várias cicatrizes. – Ela passeou os dedos pelo braço dele. Jimmy fechou os olhos, caindo sob o feitiço dela.

O cheiro dela encheu seus pulmões. Pairava no ar, nas suas roupas de cama. Agarrava-se até mesmo à sua camiseta.

– Não se preocupe, já tenho muitas cicatrizes. Cresci de forma dura. – Ele apontou para uma cicatriz longa na lateral do rosto. Ela ia do comprimento da sobrancelha esquerda até a bochecha. – Vê? Mais algumas não vão me fazer mal.

Ele observou enquanto ela estendia o dedo indicador, traçando ao longo da enrugada cicatriz branca. Os olhos azulesverdeados dela atravessavam as paredes que ele construiu ao redor de seu coração.

– No que está pensando, Greta?

– Sua cicatriz, ela me lembra uma *Schmisse*.

O modo como ela inclinou a cabeça, mordendo o lábio inferior, enviou ondas de desejo percorrendo por Jimmy. A necessidade de senti-la perto dele, de tocar os lábios aveludados dela contra a necessidade fervilhante em todo seu corpo. *Preciso beijá-la.*

– O que é uma *Schmisse*?

– Uma cicatriz de duelo. Na universidade, os homens davam essas cicatrizes uns aos outros enquanto praticavam esgrima. Era um distintivo de honra, mostrando como um homem seria um bom marido, como ele era corajoso. – Ela parou de traçar a cicatriz e estendeu a mão para endireitar a roupa de cama. – Meu pai tem uma. Mas a popularidade delas diminuiu, e os nazistas as proibiram. – Ela deu de ombros e sorriu para ele.

– Então, você gosta? – Ele piscou para ela e ela corou. Ele adorava ter esse efeito sobre ela, vendo seu rosto corar um tom perfeito de rosa-cravo.

Greta olhou o quarto ao redor, vendo que Ezra tinha saído novamente, ela respondeu à pergunta.

– Na maioria dos homens, não. – Ela baixou a voz. – Mas em você, eu não sei. Acrescenta uma certa qualidade a você. Um pouco perigoso, sim? Mas talvez não. – Ela baixou a cabeça. Os dedos dela apertavam a bainha do avental. – Pareço tola, sinto muito.

Ela também sente essa atração? Ele pigarreou.

– Não, não tola. – Balançando a cabeça, ele tentou clarear os pensamentos. – Pode me ajudar a levantar de novo?

Largando o avental, ela sinalizou para que ele se movesse para o lado na cama. Então, tendo ele apoiado seu peso corporal contra ela, foi capaz de se deslocar da cama. Juntos, eles mancaram para o banheiro.

Percebendo como Ezra estava distraído com seus trens, Jimmy aproveitou a oportunidade para atraí-la para dentro do pequeno cômodo e, usando seu corpo, pressioná-la contra a porta. Ele não podia mais se conter.

– Sinto muito, eu simplesmente preciso fazer isso. – Ele hesitou por um momento, dando a ela a chance de recusar. Mas quando os olhos dela se encontraram com os dele e a língua dela se impeliu a umedecer o lábio inferior, não houve mais hesitação. Ele baixou a boca sobre a dela. Os lábios dele se separaram, provando um toque de hortelã. Ela inclinou a cabeça para trás, levantando-se contra ele. O cheiro dela encheu o pequeno cômodo, e ele não conseguiu mais conter as chamas que ardiam por dentro. A língua dele deslizou para dentro, saboreando o gosto dela.

Greta correu os dedos ao longo da nuca e pelo cabelo dele, puxando-o suavemente. Os dedos dela agarraram a parte de trás da cabeça dele enquanto eles continuavam, suas línguas emaranhadas. O corpo dele endureceu enquanto eles preguiçosamente se exploravam com o toque. As mãos dele deslizaram para baixo, uma parando na parte inferior das costas dela, a outra segurando suas nádegas com força. Ele a moldou contra ele, ela murmurou de prazer. O som fez com que a excitação dele aumentasse, mas ele estava muito ferido, e esse não era o lugar para a lascívia, não importa o quanto ele desejasse. Com muito esforço, ele se separou dela.

— Preciso parar — ele disse, apoiando o queixo no topo da cabeça dela.

Ela deu um leve aceno de cabeça, as palavras lhe falhando completamente. Recuando, ele admirou o efeito que o beijo teve. O cabelo dela estava amassado, suas bochechas coradas, seus lábios vermelhos inchados. Um sorriso sedutor e um sorriso malicioso apareceram na boca dele.

— Hum — Jimmy finalmente disse e apontou para o banheiro.

— Ah, certo, sim. Deixe-me sair. — Ela deu um suspiro pesado. E então se atrapalhou com a porta, batendo-a em sua própria testa quando ela se abriu. Soltando uma risada envergonhada, ela se virou para ele, esfregando a testa. Ele gargalhou e se inclinou, passando os lábios contra o local que ficava vermelho. Então ela caiu pela porta no chão. Ela não conseguia parar a risada nervosa que seguia os dois enquanto ele fechava a porta atrás dela.

Ach, du Lieber! Que completo papel de tola eu fiz.

Ezra se aproximou dela, com a sobrancelha erguida com uma pergunta silenciosa.

— Estou bem, apenas tropecei nos meus pés. — Ela se

levantou e deu um tapinha na cabeça dele. – Não se preocupe comigo, estou bem.

Alisando o vestido, ela tentou endireitar sua aparência

O que aconteceu? Havia alguma coisa sobre Jimmy. Ele fazia seu estômago revirar, e todo o sentido deixar seu cérebro. Ela nunca se sentiu assim em relação a um homem, muito menos viu um homem tão impressionante como ele era. A maneira como os olhos deliciosos de chocolate dele passavam pelo corpo dela de cima a baixo a fazia aquecer por dentro. E o sorriso dele! Como a boca dele se curvava no canto! E os lábios, cheios e firmes.

Mas a cicatriz na bochecha esquerda, tão parecida com uma *Schmisse*. Ela odiava a cicatriz no rosto do pai. Depois, houve a cicatriz horrível de Heinrich. Ela estremeceu. Mas com Jimmy, quando ela estendeu a mão para tocá-la, um flash de vulnerabilidade apareceu. Foi o mais breve dos momentos, no entanto, ela percebeu. Ele precisava dela.

Os sons de veículos se aproximando romperam a confusão de Greta. Ela e Ezra congelaram. Desde que Jimmy chegara, ela baixou a guarda e agora eles foram pegos de surpresa. Os veículos se aproximavam. Então um passou pelo portão, parando no quintal. Outro o seguiu. Não havia tempo para esconder o capitão; seus ferimentos proibiam movimentos rápidos. Pânico queimava o corpo dela.

– Fique aqui, não se mexa – ela chamou por Jimmy pela porta.

Ela enviou Ezra apressadamente para o esconderijo dele. Então, abrindo a porta do banheiro, ela jogou as roupas de Jimmy que haviam secado durante a noite na cozinha. Ela ouviu Jimmy praguejar e cair contra a porta, mas não houve tempo para ajudá-lo a se vestir. Tomando um momento para se acalmar e recolher seus pensamentos, ela endireitou sua aparência. Respirando fundo, ela olhou pela janela decorativa da porta da frente. O vidro chanfrado a impediu de ver exatamente que tipo de veículo era. Se fossem alemães, talvez uma explicação astuta os convencesse de que tudo estava como deveria estar, nada estava errado.

Por favor, que sejam americanos!

Ela podia ver dois – não, três homens. Eles saíram do veículo e examinaram a área. Com espingardas levantadas, eles examinaram o quintal. Um homem se afastou e se aproximou da porta. Ela viu a arma ao lado dele, pronta, se necessário. Quando ele bateu na porta, Greta prendeu a respiração. *Respire, apenas respire.* Ela abriu a porta e absorveu tudo. Os americanos tinham chegado.

CAPÍTULO CINCO

— Ah, graças a Deus. São americanos. Por favor, entrem. O homem à frente dela franziu a testa. Ele não esperava essa saudação de boas-vindas, nem uma mulher que falasse inglês. – Presumo que estejam à procura do Capitão O'Brien, certo? O homem assentiu. – O capitão está lá dentro. Ele está ferido e vai precisar de ajuda.

– Jones – ele chamou de volta para um dos homens atrás dele –, traga o médico. Ricci e Heffernan, continuem vigiando.

Ela segurou a porta aberta. Um soldado tomou um lugar perto da entrada; o outro se posicionou na cozinha, efetivamente evitando qualquer possível ataque surpresa.

– Ele está no banheiro. Deixe-me buscá-lo para você.

Ela parou, estudando o homem à sua frente. Ele era apenas alguns centímetros mais alto que Greta. Seu cabelo curto que saía do couro cabeludo, as sobrancelhas grossas juntas. O rosto cheio de vincos, o tipo que se obtém depois de incontáveis dias e noites sem dormir, levando os homens totalmente ao tipo de inferno que só a guerra pode trazer.

— Sim, senhora. — Ele inclinou a cabeça em um agradecimento educado.

Ela bateu levemente na porta.

— Jimmy, são soldados americanos. Você está seguro.

Ela o ouviu gemer.

— Mais ou menos, não consegui colocar meu uniforme.

Greta abriu a porta. Ele estava de roupa íntima e a parte de cima do uniforme desabotoada. Ele parecia tão derrotado, Greta lutou contra o desejo de se agarrar a ele.

— Dói demais abotoar e esqueça as calças. — Ele fez sinal para elas no chão.

— Talvez devêssemos deixá-los ver as feridas primeiro. — Ela recolheu as calças dele, colocando-as por cima do ombro. — Apoie-se em mim. — Ela passou o braço em volta da cintura dele, ele descansou o braço comprido sobre o ombro dela. — Peguei você, Jimmy.

Quando entraram na sala de estar, Jimmy tentou endireitar a postura. Ele saudou:

— Major. — Os pés dele estavam instáveis e ele balançou. Greta estava no cotovelo dele antes que ele caísse.

O major devolveu a saudação e disse rapidamente:

— Descansar. Médico, fale com o Capitão O'Brien.

Um homem magro e ruivo correu em direção a eles.

— Eu o peguei, senhora — tirando o peso de Jimmy de cima dela.

Eles mancaram juntos em direção ao sofá.

— Olá, Kowalski — Jimmy cumprimentou o médico, que iniciou uma avaliação rápida.

Greta chamou Ezra em alemão:

— Está tudo bem agora. É seguro sair.

Todos olharam enquanto o tapete rolava para trás e as tábuas do chão se erguiam do local que o major ocupava nem um momento antes. De lá saiu um menino. Ele correu para

Jimmy, observando o médico inspecionar cuidadosamente as feridas.

Ezra se inclinou para o lado de Jimmy quando o médico perguntou:

— Quem fez os pontos em você?

— Greta. Acho que ela pode ser responsável por me manter vivo até que todos vocês me encontrassem hoje. — Ele inclinou a cabeça para trás, olhando para Greta. Ele deu a ela uma piscadela esperta, recordando-a do recente namorico deles no banheiro.

— Não foi nada. — Ela corou ligeiramente, puxando a manga do vestido.

— Não é verdade. Agradecemos por cuidar do nosso homem. — Parte da severidade desapareceu da voz do major quando ele garantiu a ela. — Nem todo alemão teria feito o que você fez. Na verdade, muitos o teriam deixado morrer.

— Quase não posso mais me considerar alemã, senhor. — Ela descansou a mão levemente no ombro de Ezra.

O major acenou com a cabeça e perguntou ao médico:

— Podemos movê-lo, Sargento?

— Sim, senhor, não estamos longe do posto de socorro. Precisamos de penicilina para evitar qualquer infecção. Receio que haja graves lesões musculares na perna e no ombro. Talvez tenhamos que submetê-lo à cirurgia. Senhora, posso perguntar como limpou as feridas dele?

— Usei toalhas limpas e água fervente. Temo que não tinha mais nada para utilizar. Também fervi meus instrumentos antes de dar os pontos. Espero sinceramente que tenha sido suficiente.

O sargento seguiu o olhar de Jimmy, percebendo para onde o capitão estava olhando. O sargento pigarreou, tentando trazer o seu companheiro de volta à situação presente.

— Sargento Kowalski, Soldado Jones, ajudem o Capitão a

voltar para o jipe. – O major saiu. Antes de partir, voltou-se novamente para Greta. – Se algum dia existir algo de que precise, você só precisa pedir. Estamos para sempre em dívida com você. – Ele se curvou ligeiramente e saiu.

– Ei, pessoal, vocês podem me dar uma ajudinha aqui? – Jimmy estendeu seu uniforme e Kowalski e Jones o ajudaram a vesti-lo. Ele fez uma careta enquanto o tecido deslizava pela perna e soltou um grito audível quando abotoaram sua camisa.

Greta deu um salto.

– Ah, esperem! Ela correu para a lareira e pegou um pequeno frasco, depositando o conteúdo na mão dela. – Sua bala. Ela parou diante dele e a colocou na palma de sua mão. – Pensei que gostaria de levar como uma lembrança... er, bem, como qualquer outra coisa.

A bala ondulou na palma de Jimmy. Colocando-a no bolso, ele estendeu a mão para Greta e apertou a mão dela na sua.

– Ei, pessoal, vocês podem me dar um segundo? – Ele chamou por cima do ombro. Os homens obedeceram, movendo-se em direção à porta, agindo incrivelmente interessados em algo fora da janela. – Não posso partir sem um adeus apropriado.

Greta balançou a cabeça.

– Não, não, não adeus, *auf Wiedersehen*. É melhor. – Ele ergueu a sobrancelha. – Significa até eu vê-lo novamente. Adeus é definitivo demais.

Ele se inclinou para ela, com o rosto a poucos centímetros do dela.

– *Auf Wiedersehen, Fräulein.* – A respiração dele flutuava para os lábios dela. Ele diminuiu a distância entre eles, suas bocas se fundindo. Um gemido suave escapou de Greta enquanto ele agarrava seus ombros, aproximando-a.

Um leve "ah-ham" quebrou o momento, e o beijo acabou.

Depressa demais para o gosto da Greta. Ela ouviu a risada de Ezra.

— *Auf Wiedersehen* — ela suspirou sem fôlego.

Jimmy fez sinal para Ezra se aproximar.

— Ouça, amiguinho. Cuide da Greta enquanto eu estiver fora. — Ele deu um abraço no menino e depois bagunçou o cabelo dele. — Voltarei em breve.

Os soldados vieram para o lado de Jimmy, ajudando-o em direção à porta. Na soleira, Jimmy se virou, seu lábio se curvou no canto em um sorriso sensual.

— Ah, e, Greta, falo sério, eu voltarei.

CAPÍTULO SEIS

Alguns dias depois, outro visitante surpresa apareceu na porta de Greta. As duas batidas rápidas seguidas por quatro batidas mais longa sinalizaram à Greta e Ezra que Liesel veio para uma visita. Antes que pudessem responder, a porta se abriu para o som de uma voz alegre gritando:

— *Guten Tag!*

Ezra correu para os braços abertos de Liesel. Ele colidiu com ela, e ela soltou um pequeno "ugh" enquanto lutava para ficar totalmente ereta.

— Olá, meu querido amigo. Eu trouxe um bolo de mel e algumas salsichas para você. — Ela levantou a cesta pesada para ele inspecionar.

— Estou tão feliz em vê-la. — Greta fez sinal para que Liesel entrasse na cozinha. — Por favor, sente-se.

— Max matou um porco. Teve um fim prematuro, graças a um combate recente perto da fazenda dele. Ele me deu um pouco de salsicha, então naturalmente devo compartilhá-la com duas das minhas pessoas favoritas. Além disso, queria vê-los depois da comoção do outro dia, mas precisava ter a certeza de que os soldados saíram da área antes de vir. Não queria chamar a atenção para vocês. – Liesel começou a desembalar o conteúdo da cesta. Continha alguns potes de frutas e vegetais enlatados, dois pequenos bolos de mel, algumas salsichas e alguns livros. – Agora, Ezra, enquanto limpava o quarto de Johann, eu me deparei com algo especial. – Com um floreio, ela retirou uma pequena caixa de madeira, apresentando-a ao menino.

Ezra abriu a tampa, com os olhos bem abertos. Ele removeu da caixa cada um dos soldados de chumbo finamente pintados, um por um.

– Ah, Liesel. São tão lindos. Tem certeza de que quer dá-los? – Greta acenou com a cabeça, enquanto Ezra segurava cada um dos soldados para sua inspeção.

– Céus, sim. Johann teria desejado que suas coisas fossem para alguém que as apreciasse tanto quanto ele – Liesel cantarolou com alegria.

Ezra colocou os soldados no chão perto do sofá e fingiu encenar uma batalha entre os uniformes vermelho e azul.

Greta aqueceu a chaleira no fogão e fez chá para ela e Liesel. Elas sorviam as bebidas enquanto observavam Ezra brincar no tapete.

– Eu queria passar mais cedo, mas temia que os soldados ainda estivessem na área. Vi vários veículos se aproximarem da sua casa, mas eles pareceram ter saído rapidamente.

Greta tomou um longo gole.

– Eram americanos. Um dos seus soldados ficou ferido e eu cuidei dele.

Liesel inclinou a cabeça para o lado.

– Interessante. Então os americanos estão cercando nossa aldeia. São boas notícias. – Ela sorriu carinhosamente para Ezra. – E esse tal soldado? Ele sobreviveu?

– Ah, sim, conseguimos tratar as feridas de Jimmy e mantê-lo seguro. – Greta podia sentir suas bochechas brilharem em vermelho.

Liesel lançou a ela um olhar compreensivo.

– O nome dele é Jimmy, intrigante. – Os olhos azul-pálidos brilhavam. – E o que diz desse soldado misterioso? Descreva-o para mim.

Greta tentou esconder seu rubor, mas isso só aumentou a curiosidade de Liesel.

– Ah, entendi. – Liesel se voltou para o garoto. – Talvez agora seja um bom momento para falar, pequeno Ezra. Conte à Tia Liesel tudo sobre esse estranho misterioso que faz Greta corar tanto.

Ezra riu. Ele balançou a cabeça e voltou a jogar.

Liesel se espantou com o som do riso.

– Eu ouvi o Ezra?

– É um desenvolvimento recente. O americano, de alguma forma, fez o nosso menino rir de novo.

Liesel limpou uma lágrima.

– Fale-me mais sobre esse homem.

– Ele esteve aqui por um breve período. Tenho certeza de que nunca mais o verei – disse Greta, com a voz falhando.

– Talvez – Liesel parecia muito menos certa. – E talvez ele volte logo. Esse lindo – o rubor de Greta aumentou – soldado americano. – E o que ele disse sobre o Ezra?

Greta baixou a cabeça e soltou um suspiro pesado.

– Ele sabia Liesel, de alguma forma ele sabia que Ezra não era meu filho.

Liesel se mexeu em seu assento, inclinando-se sobre a mesa e abaixando a voz.

– Precisamos mudar a sua localização? Precisamos encontrar outro esconderijo?

– Acho que estamos seguros, desde que sejam os

americanos fazendo perguntas. Eles não causariam mal a uma criança.

– Sinto que está certa nessa avaliação, minha querida. Mas no minuto em que não se sentir mais segura, venha até mim. Entendeu? Tenho meios de esconder vocês de novo.

Greta agarrou a mão macia e rechonchuda de Liesel.

– Eu sei. Gostaria que houvesse uma forma de retribuir a sua bondade.

–Ah! Não precisa chorar. Sempre gostei de você, Greta. Sempre aprovei a paixão de meu sobrinho, Fritz, por você, minha querida. Ele gostaria que eu fizesse tudo o que pudesse para protegê-la e, proteger o Ezra, bem, esse é o plano de Deus. – Liesel apontou para a cesta de comida. – Agora espero que isso esteja vazio quando eu voltar em alguns dias.

Ezra correu para o cesto e escolheu um bolo de mel. Ele jogou os braços finos em volta da cintura de Liesel e a deixou beijar sua cabeça. Com a boca cheia de bolo, ele voltou à sua brincadeira no carpete.

À porta, Liesel se voltou para Greta mais uma vez.

– Tenha cuidado, Greta. Sou boa em encher barrigas e a fornecer abrigos. Corações partidos são muito difíceis de consertar.

Greta beijou a amiga na bochecha.

– Terei.

Enquanto observava sua amiga atravessar o campo que se estendia entre suas propriedades, Greta se perguntou como as palavras de Liesel poderiam ser proféticas. Será que Jimmy voltaria? O coração dela acelerou em antecipação. A memória do beijo deles ocupava os sonhos noturnos dela e a enchia de uma esperança que não sentia há muito tempo. Talvez ainda houvesse algo de bom nesse mundo.

CAPÍTULO SETE

Os freios do jipe emitiram um chiado alto e Jimmy estremeceu.

— Adeus à ideia de uma surpresa silenciosa — ele murmurou para seu motorista, o Cabo Tony Ricci.

Jimmy respirou fundo e esfregou as palmas das mãos suadas nas pernas das calças. Greta, ele sonhou com esse momento, em vê-la novamente, desde aquele fatídico dia semanas atrás. A antecipação, a excitação, o nervosismo. O estômago dele estava emaranhado em nós ansiosos. Sem pensar na perna ferida, ele pulou do jipe, aterrissando com muita força. Ele agarrou a lateral do veículo enquanto o joelho se dobrava.

— Cuidado, Capitão. — Tony colocou uma mão firme no ombro de Jimmy. — Nós acabamos de colocar você de pé.

A recuperação de Jimmy tinha sido difícil. Na verdade, ele ainda tinha um longo caminho a percorrer antes que tudo se curasse completamente. Depois de ser levado para o hospital de campanha, ele passou por uma cirurgia para reparar os danos causados pelas balas no ombro e na coxa. Nenhum dos dois jamais seria o mesmo. O tempo no hospital revelou lesões mais extensas no joelho e nas costelas. Ele teve sorte de ter encontrado Greta. Se fosse deixado sozinho, ele teria morrido.

Muito pouco daquele dia permaneceu como parte de sua memória. Fragmentos, como fotografias coladas, preenchiam alguns espaços em branco. Jimmy se lembrou de deixar o acampamento do exército e de estar na floresta. O sofá. A cama macia. A risada de Ezra. E Greta. Ele nunca poderia esquecer seu lindo rosto, seu sorriso e o beijo.

Jimmy sacudiu a perna, querendo que a dor desaparecesse.

– Sim, sim. Estou bem. – Ele se forçou para fora do veículo, reunindo os presentes que trazia para Ezra e Greta. – Obrigado por me trazer, Cabo.

– Você não acha que nós os assustamos? – Tony fez sinal para a casa silenciosa. – Certamente ela já ouviu falar que a guerra acabou. – Tony olhou para o amigo.

Isso poderia não correr tão bem como Jimmy havia planejado. Em toda a sua empolgação por finalmente ter sido autorizado a sair do acampamento, ele não contava com o quão isolados Greta e Ezra estavam. Que talvez não teriam conhecimento da rendição de Jodl aos Aliados. Ele levantou a mão e deu uma batida firme na porta, chamando enquanto o fazia. Não houve resposta.

Tony sorriu e deu uma cotovelada em Jimmy.

– Tente abri-la.

Ele girou a maçaneta lentamente. A porta se abriu, o único som vindo do ranger das dobradiças. À sua frente estava a sala de estar impecável de suas tênues recordações. Não havia outro sinal deles. Jimmy chamou novamente.

– Olá, Greta. Você pode sair agora.

Ele ouviu uma resposta abafada.

– Jimmy? É você mesmo? – O carpete rolou para trás e as tábuas do chão subiram. Antes que ele pudesse recuperar o fôlego, ela subiu a escada, jogando-se nos braços dele. – *Mein Gott!* Você é uma visão, todo curado!

Ezra espiou ao redor do sofá, seus olhos brilhantes e arregalados enquanto acenava para Jimmy. Sentindo-se um pouco mais corajoso, ele correu para Jimmy, jogando os braços em volta de suas pernas.

– Olá, amiguinho. – Ele ajoelhou para se manter na altura dos olhos de Ezra. – Eu trouxe algo para você. – Ele levantou um pequeno pacote. – É uma barra de chocolate.

Os olhos castanhos de Ezra se arregalaram, soltando uma suave onda de ar em um silencioso "uaaaau". Acenando o chocolate para Greta em busca de aprovação, ela murmurou "sim" para ele. Então ele correu para o sofá, devorando sua guloseima. Tanto Jimmy quanto Greta assistiram enquanto ele arrancava pedaços e os colocava em sua boca. Fechando os olhos, ele deixou o chocolate derreter sobre a língua antes de engolir.

– Greta, esse é o Tony. – Ele apontou para o amigo. Tony era tão alto quanto Jimmy, mas mais magro. Ele tirou o chapéu e estendeu a mão.

– Prazer em te conhecer. É um belo lar que "cês" têm aqui. – O sotaque arrastado dele era musical.

– Obrigada. – Ela apertou a mão dele. – Qualquer amigo do Jimmy é bem-vindo aqui. E aquele ali – ela apontou para o sofá – é o Ezra.

Tony acenou para o menino com chocolate espalhado pelo rosto.

– Opa, Ezra!

O menino acenou com a mão coberta de chocolate.

– Tony, seu sotaque é encantador. Não consigo identificar de onde é. Você é da Pensilvânia, como o Jimmy?

Ele riu, depois falou novamente em seu rico sotaque:

– Não, senhora. Sou do Texas, Dallas para ser mais preciso.

— Ah, o Estado de formato engraçado?

Tony fez uma careta. Jimmy riu e bateu no ombro de Tony.

— Ah, Greta. Não provoque um texano sobre o seu Estado. Eles são um pouco, podemos dizer, orgulhosos dele.

Tony deu a Jimmy um olhar descontente.

— Sim, senhora, somos um bocado orgulhosos e não gostamos de chamá-lo de engraçado. — Ele piscou para ela e sorriu brilhantemente.

— Ah, por favor, perdoe-me. Eu quis dizer incomum, não engraçado. *Mist*, o inglês tem palavras demais; o alemão é mais preciso.

— Greta, por que você disse *mist*? Não está chovendo.

— Hum — as bochechas dela coraram intensamente. — É alemão.

Jimmy a provocou ainda mais. O delicioso tom de vermelho que ela estava adquirindo era demais para ele resistir. Ele tinha que saber o que ela disse.

— E o que significa?

Ela encarou o chão.

— Merda — ela soltou em um gritinho.

Jimmy jogou a cabeça para trás e gargalhou. Tony deu a ela um sorriso compassivo.

— Sem problemas, tudo está perdoado. Não posso ficar zangado com uma dama bonita como a senhora. Nós, texanos, nos orgulhamos das boas maneiras. Não como esses rapazes da Pensilvânia, que gostam de causar problemas. — Ele encarou Jimmy por um momento, irritado, então se sentou ao lado de Ezra no sofá.

— Tenho algo para você. — A voz rica e aveludada de Jimmy causou arrepios na espinha dela. Ele estendeu a mão, segurando um simples buquê de flores.

— Ah, elas são adoráveis! — Ela exclamou. — Lilases são

45

minhas favoritas. Segurando as flores roxas próximo ao nariz, ela inalou o aroma doce.

— Eu sei. Depois que saí daqui, toda vez que sentia o cheiro de lilases, pensava em você.

— Por que você está aqui? — Ela entrelaçou os dedos aos de Jimmy, o sorriso dela incendiando sua mente. — Você está melhor?

O olhar azul-esverdeado dela fez o pulso dele vibrar, sua pele esquentando. A própria visão dela o enchia de saudade. Ela era o elixir para curá-lo.

— Bem, por acaso, pensamos que você poderia querer saber que a guerra acabou. — A mão dele se assentou contra a base das costas dela, pressionando-a ainda mais contra ele.

Ela deu um gritinho e cobriu a boca, um rosa brilhante ruborizando suas bochechas.

— De verdade? — Ela sufocou em descrença. — Depois de todo esse tempo, finalmente acabou?

— Conseguimos! — Tony estufou o peito com orgulho. — Acabou!

— E Hitler? — Ela sussurrou para os dois, quase com medo de perguntar.

— Morto, suicidou-se no bunker do Führer. Goebbels também.

Greta encostou a cabeça no ombro dele, chorando baixinho. Jimmy passou o braço em volta da cintura dela, usando-a para acalmar a vertiginosa onda de emoções que as lágrimas dela causaram.

Ezra saltou do sofá e jogou os braços em volta de Greta. Ela falou baixinho para ele em alemão:

— *Verstehst du? Der Krieg ist zu Ende!*

Ele acenou com a cabeça, seu sorriso se estendendo pelo rosto. Então ele correu rapidamente para seu quarto e voltou um momento depois carregando seu grande livro.

– Que alívio – ela suspirou. – E os outros?

– Há muita bagunça para arrumar. Ainda estamos tentando descobrir quem temos e quem escapou. Mas não se preocupe. Vamos pegá-los – Tony explicou.

Ezra se jogou de volta ao lado de Tony.

– Ei, guri, o que você tem aí? Ezra ergueu o seu livro de histórias favorito, depois engatinhou para o lado dele, apontando para as suas histórias favoritas.

– Você se recuperou bem – disse Greta, virando-se para Jimmy e acariciando levemente seu braço. A voz dela era suave e tranquila, o toque eletrizante.

Jimmy olhou para ela com um desejo de tê-la completamente para si mesmo. Ela era tudo o que ele lembrava. Seus cabelos amanteigados foram tirados do rosto, presos com uma presilha envelhecida. Seu vestido estava desgastado, a estampa desapareceu após muitas lavagens com sabão caseiro. Mas nada disso afetava sua beleza. Ele queria estender a mão e sentir o suave deslizar da pele acetinada dela sob suas mãos ásperas e calejadas. Contar todas as sardas que polvilhavam o nariz dela. E os olhos dela eram do tom mais surpreendente de azul-esverdeado. Eles o faziam lembrar de seu lago favorito na Pensilvânia.

Ele interrompeu o estudo caloroso e apontou para a perna ferida.

– Mancarei por um tempo e ainda não consigo levantar o braço completamente. Mas só estou aqui por sua causa. – A voz dele mudou, tornando-se pesada e rouca. – Também tenho algumas cicatrizes. Se você tiver sorte, posso mostrá-las a você. – Ele piscou, o lábio formando um sorriso lento, fazendo com que um calor líquido se acumulasse no estômago de Greta.

Ela estremeceu diante da promessa sombria e depois se esticou, encostando levemente os lábios contra a bochecha dele.

– É muito bom vê-lo novamente. – O corpo dela pressionou contra ele. – Já se passou muito tempo.

Com ternura, ele apertou a mão dela na sua e pressionou seus lábios contra a palma da mão. Ele não conseguia parar de tocá-la. Queria memorizar cada parte dela, provar seus lábios, sentir as curvas de seu corpo contra ele. Movendo a mão ao longo do antebraço dela, ele tocou a manga do seu vestido. Greta inalou bruscamente e puxou a mão para trás.

A reação dela ao toque o fez parar. Talvez ele tinha interpretado tudo errado. Ele começou a se afastar, mas então, no mais breve dos momentos, ele viu algo enquanto ela puxava a manga para baixo.

Ela não repeliu o toque dele. Ela escondia algo. Ali no antebraço dela havia seis números azuis, tatuados de maneira amadora.

– Greta? – Ele apontou para o braço dela. – O que é aquilo?

– Não é nada, absolutamente nada. – Ela puxou a manga novamente e colou um sorriso fraco no rosto.

– Não, não é verdade. – Ele estendeu a mão para o braço dela novamente, mas ela o escondeu atrás das costas.

– Por Favor, Jimmy. Hoje não. Não quero falar sobre isso agora.

– Em breve, então. Eu não gosto de segredos, Greta. – A mandíbula dele se apertou. Por que ele estava sendo tão exigente? Ele não a estava levando a sério, como esse relacionamento poderia ser algo mais do que um breve caso? Ainda assim, ao pensar naquelas palavras, ele não acreditou plenamente nelas. A atração que ele sentiu era mais que isso. Ela era mais que isso. Uma coisa ele sabia. Aqueles números tinham um significado sombrio; algo horrível aconteceu com sua Greta e nada o impediria de descobrir o que era. *Sua Greta?* Quando ele começou a pensar nela como *sua?*

– Ei, Capitão – a voz de Tony rompeu sua confusão de pensamentos.

Jimmy apertou os lábios na mão dela.

– Dê-me um momento, Greta. – Ele foi até Tony. Os dois homens falaram por um breve momento e então ele voltou. – Precisamos voltar, mas queria saber se você gostaria de se juntar a nós hoje à noite. Teremos uma celebração para o Dia da Vitória, e não será a mesma coisa sem vocês dois lá.

– Dia da Vitória? – Ela franziu o nariz em confusão.

– Dia da Vitória na Europa! Está na hora de comemorar! – O sorriso encantador dele causou um rubor a queimar do peito até as bochechas dela.

– Ah, que pensamento! O fim! – Ela suspirou melancolicamente, então seus olhos se arredondaram de horror ao ver seu vestido lamentável. – Não posso sair assim! – O vestido mostrava o quão velho era, fino em alguns pontos, a bainha esfarrapada. – Está horrível. Em trapos.

Ele balançou a cabeça.

– Não, você está radiante. Linda em todos os sentidos. – Os olhos dele passaram sobre seu corpo, absorvendo cada última curva da figura dela. A leitura lenta dele fez com que a pele dela formigasse, como se ela estivesse perto demais de um raio. Para manter o equilíbrio, ela colocou a mão no encosto da cadeira. Seus olhos encontraram os dela, suas pupilas dilatadas, pois ele sabia exatamente o efeito que causava nela.

– Vamos, vocês dois, não querem perder essa festa, eu prometo.

– Um momento, por favor – ela implorou baixinho.

Jimmy acenou com a cabeça e ela correu para o quarto. Tony e Ezra foram para fora. Mais rápido do que ele esperava, Greta voltou. Ela vestia um simples vestido de algodão vermelho, saltos marrons, as pernas bem torneadas dela nuas. A voz dele estrondou com um desejo mal velado:

– Eu estava errado.

Ela inclinou a cabeça para o lado.

– Errado? Estava errado como?

Ele deu um passo mais perto dela. Estendendo a mão, atraindo-a para ele.

– Cada vez que eu a vejo, você se torna mais bela. Como isso é possível?

Ela desviou o olhar, não querendo encontrar os olhos dele.

– Você me lisonjeia.

– Eu falo sério. – Com os dedos, ele levantou o queixo dela, forçando seus olhos a se encontrarem. – Você rouba meu fôlego, Greta.

CAPÍTULO OITO

A viagem para o acampamento do exército foi curta. Algumas voltas e mais voltas, e então chegaram. Tony parou o jipe e ajudou Ezra a descer. Jimmy estendeu a mão. Assim que Greta a tomou, *zum* – um pequeno choque azul aconteceu entre eles.

– Eletrizante – ele riu.

– Deve ser um sinal – ela provocou, mas a eletricidade que sentia entre eles se fortalecia a cada minuto. Ela sentia a mesma faísca azul queimando através dela toda vez que Jimmy estava perto.

– Se importa se eu mostrar o lugar ao Ezra? – Tony segurava a mão do menino, conversando com ele. – Se não se importa que eu pergunte, quantos anos ele tem? –

– Ezra acabou de fazer cinco anos.

Ezra ergueu a mão com entusiasmo, agitando o mesmo número de dedos.

– E ele adoraria visitar o acampamento com você. Ele não sai ao ar livre há muito tempo. – Ela se virou para o menino e perguntou a ele em alemão se ele gostaria de se juntar a Tony. Ele balançou a cabeça para cima e para baixo.

Ezra mostrou a Tony sua barra de chocolate e tentou oferecer um pouco a ele, mas Tony balançou a cabeça.

– Não, guri, coma você todo o chocolate.

Ezra quebrou outro pedaço de chocolate, deixando derreter na boca. Eles continuaram andando juntos, Tony tagarelando no ouvido de Ezra.

– Que tal eu te mostrar o refeitório, onde comemos? Ou talvez possa te mostrar onde gostamos de jogar basebol. Você gosta de praticar esportes? – Ele riu de Ezra, com chocolate em ambos os cantos da boca. – Acho que você não entende inglês, mas vai aprender a palavra chocolate em breve.

– *Schokolade* – veio uma pequena voz.

– Sim, guri. *Schokolade.* Quer mais? – Tony perguntou enquanto Ezra pulava ao lado dele, segurando sua mão.

Greta engasgou. Uma palavra, foi tudo o que Ezra disse. Com a mão no coração, ela não podia acreditar. Depois de todo esse tempo, a palavra que ele finalmente escolheu dizer foi *chocolate*. Era o mesmo que uma criança a falar as suas primeiras palavras, mas mais que isso. Era um sinal de cura profunda, de esperança.

Tão presa no momento, ela nem percebeu qual mão agarrou seu coração. Ela sentiu o polegar de Jimmy em seu antebraço e o pânico a atingiu. Enquanto ela tentava afastar a mão, ele impediu o movimento. Gentilmente, ele continuou correndo os dedos ao longo dos números azuis.

– Greta – disse ele, com a voz forte enquanto levantava o antebraço.

– Não – ela murmurou, balançando a cabeça, recusando-se a revelar essa parte dela. O coração dela estava batendo forte de medo.

– Tudo bem, podemos falar sobre isso depois. Ele

gentilmente pressionou os lábios contra o nariz dela. – Tenho que avisá-la. Normalmente não temos permissão para falar com alemães. Mas o Major Clarkson concordou com uma exceção, porque você cuidou de mim e tudo mais. Ele queria agradecê-la.

Eles caminharam juntos, com os nós dos dedos se encostando a cada passo.

– É claro que eu queria ajudá-lo. Ainda estou muito contente por ter sido você, e não um alemão. Teria sido difícil ajudar um alemão.

– Por quê? – Ele parou de andar e se virou para ela. – Por que você não ia querer ajudar seus próprios compatriotas?

Greta lutou contra uma onda de náuseas.

– Sou uma mulher sem país, não pertenço a lugar nenhum.

Jimmy segurou a mão dela contra seu peito.

– Você pertence a este lugar. – A intensidade do olhar dele a encheu de um calor ardente.

Ela soltou um suspiro fraco e permitiu que ele a conduzisse pelo acampamento. Ele mostrou a ela o refeitório e onde a tenda dele era. Inundada de curiosidade, ela observou os americanos. Depois de anos cercada por pessoas sem comida suficiente, devastadas pela guerra, fome e medo, esses homens diante dela pareciam sobrenaturais. Os sorrisos largos e brilhantes, os rostos arredondados e a arrogância deles a fascinavam. Cada homem possuía um ar de autoconfiança que ela não via há anos.

E então havia Jimmy. A cada poucos minutos, ela se via olhando para o homem que caminhava ao lado dela. O cabelo preto dele se encaracolava ligeiramente em volta das orelhas e na nuca. O queixo dele era forte com uma covinha, aumentando sua aparência austera. As mangas arregaçadas de seu uniforme revelavam braços densamente musculosos. Ele era alto, de ombros largos e tão charmoso quanto ela se lembrava. *Deveria ser crime um homem ser tão bonito.* Ela soltou um gemido indelicado e cobriu o rosto de vergonha.

Jimmy franziu a testa e bateu o braço contra o dela.

– Você está bem, aí?

– Perfeitamente bem. – Ela encarou Jimmy, protegendo os olhos do sol. – Todo mundo parece tão saudável.

Ele se moveu para bloquear a luz do sol, sua figura imponente lançando uma sombra sobre o rosto dela.

– Todos esses homens atraentes. Não se cansa de nós, não é?

Ela deu um soco de leve no ombro dele.

– Devemos parecer bem diferentes do que você está acostumada a ver.

– Sim, melhor. Os americanos são tão diferentes dos alemães. Como estrelas de cinema, todos e cada um de vocês. – Ela sorriu para ele com ternura. – Estou tão feliz que essa guerra acabou, tão feliz que os Aliados venceram.

– De que lado você estava? Pensei que trabalhasse como tradutora. – Ele estudou atentamente a reação dela.

Os olhos dos dois se encontraram por um breve momento antes de ela se virar e apontar para um grupo de soldados sentados ao redor de um piano vertical. Um homem batucou um ritmo no topo do instrumento, enquanto o resto cantava junto com o homem tocando as teclas.

Desesperada para mudar de assunto, ela perguntou:

– Vocês têm um piano? – Ela se sentiu verdadeiramente surpreendida ao ver tal instrumento num local de guerra.

Com a mão apoiada ao longo das costas dela, Jimmy a guiou para perto do grupo. Eles estavam cantando uma versão barulhenta de uma canção popular que ela conhecia bem em alemão. No entanto, eles estavam cantando em inglês.

– Lili Marlene? Estou surpresa que a conheçam.

– Quando Marlene Dietrich veio para os Estados Unidos,

ela gravou uma versão em inglês. É muito popular entre as tropas. — Cutucando-a com o ombro, ele a encorajou a cantar junto.

Ela balançou a cabeça com um rubor.

— Não, aqui não. Mas por que está pintado de verde? Acho que nunca vi um instrumento dessa cor.

— É uma história engraçada sobre o piano, foi um dos muitos que foram lançados no ar durante nossas campanhas. Nós os chamamos de Verticais da Vitória e eles são fabricados por uma empresa americana — Steinway. Suponho que, como tudo o mais, foi pintado para se camuflar. Verde-oliva, nós os chamamos.

— Pianos lançados durante a batalha? Isso é quase tão bobo quanto árvores de Natal sendo enviadas de trem para as trincheiras durante a Grande Guerra.

Jimmy e Greta deixaram o grupo depois que começaram a cantar uma música com letras mais obscenas.

— Talvez. Mas a música é importante para nós. É um pouco de normalidade que perdemos quando estamos cercados por tudo isso há tanto tempo. — Ele moveu os braços em círculo, indicando o atarefado acampamento do exército que os cercava.

— Meu pai disse algo semelhante sobre as árvores de Natal. Disse que era como ter um pequeno pedaço de casa com ele, mesmo que apenas por um momento.

A conversa se acalmou com Jimmy perdido em pensamentos. Eles vagavam através da vasta área de construções e tendas.

— O que há ali? — Ela fez sinal para um aglomerado de árvores, onde um edifício de pedra de três andares se erguia acima da folhagem.

A pergunta despertou Jimmy de seus pensamentos. Ele dobrou o dedo com uma promessa sensual.

— Venha e descubra.

Depois de uma curta caminhada, eles chegaram a um conjunto de escadas de madeira que levavam até o lado do edifício. – Eu tenho um escritório aqui, você gostaria de vê-lo? – A voz profunda dele falava de prazer proibido, algo que Greta desejava experimentar. Com um aceno de cabeça, ela o seguiu para dentro.

CAPÍTULO NOVE

Segurando Greta pela mão, Jimmy gentilmente a puxou por uma escada estreita, para uma pequena sala no segundo andar. Era escassamente mobiliada com uma escrivaninha antiga e arranhada e uma cadeira de madeira.

– Meu antigo escritório – ele explicou. – Eu queria ficar sozinho com você, antes que a festa começasse.

Ela se virou para dizer algo, mas o pensamento foi imediatamente espantado pelo que viu, escondido nas profundezas achocolatadas de seus olhos. Uma paixão ardente queimou cada um dos pensamentos de Greta. Era uma luxúria pura e desenfreada, mas havia algo diferente nele, diferente *dele*. Ela balançou a cabeça. *Não, hoje, não pense nele hoje!*

– Greta. – Ela adorava como ele dizia seu nome, desenhando cada letra ao longo de sua língua, saboreando cada sílaba. – Beije-me, Greta – ele gemeu, esmagando-a contra ele, suas bocas encontrando-se com fome.

Ela se inclinou para ele, querendo sentir cada centímetro dele contra ela. *Seus lábios, seus lábios fartos e deliciosos.* Envolvendo os braços em volta do pescoço dele, eles se fundiram. Suas línguas emaranhadas em uma dança primitiva. Ele a levantou, pressionando-a de costas contra a parede. As pernas se enrolaram firmemente em torno da cintura dele, segurando-o contra seu lugar mais íntimo.

– Jimmy – ela murmurou, um convite para continuar seu ataque sensual.

Ele deslizou a boca pelo pescoço dela, mordiscando sua pele. A pele dos braços dela se arrepiou. Ela estremeceu de necessidade, querendo que o calor dele a cercasse. Ela podia sentir os músculos vigorosos dele se flexionarem contra seu corpo liso, sentir o cheiro almiscarado único inundando seus sentidos.

– Mais – ela implorou –, por favor, mais.

Ele respondeu com um gemido ansioso, levantando a bainha do vestido em volta dos quadris dela. As mãos dele se tornaram urgentes quando ele começou a desabotoar o vestido dela. Primeiro um, depois dois botões se abriram. Os dedos dele deslizaram e, em seguida, sob a roupa dela, seus calos ásperos faziam cócegas. Ela prendeu a respiração.

– Sim! – Ela exclamou, enquanto o polegar dele passeava por seu mamilo, rolando-o entre dois dedos.

– Eu quero você, preciso estar dentro de você – ele gemeu em seu ouvido, continuando a abrir o vestido dela.

Voltando a si, ela pressionou levemente o peito dele, sem fôlego.

– Não, aqui não. Não assim – ela pediu calmamente.

Ele parou, seu suspiro pesado contra o ombro dela. Em frustração, ele pressionou sua dureza contra ela.

– Ah, Greta, por favor, eu preciso de você – ele quase implorou.

Ela balançou a cabeça, não querendo interromper o momento, mas sabendo que era melhor assim.

– Não, não é uma boa ideia.

Abaixando a cabeça, ele suspirou e relutantemente a deixou deslizar pela parede e se levantar. A mandíbula dele travou.

– Tudo bem, meu anjo, como quiser. – Ele teve que se recompor primeiro. Ele olhou nos olhos dela, desejando que ela se mudasse de ideia.

Quando ela não cedeu, ele recuou. Ele se abaixou, abotoando novamente o vestido dela com as mãos trêmulas. Ele não conseguia desviar o olhar, ainda não. Os lábios dela estavam inchados, completamente devastados por seus beijos. Uma pequena mordida de amor florescia no pescoço dela. – Há um banheiro do outro lado, você pode terminar de se arrumar lá.

Quando ela saiu, Jimmy bateu a cabeça contra a parede e soltou um gemido baixo. Ele esperava um breve flerte com Greta, celebrando o fim da guerra em grande estilo. Tony tinha ajudado a organizar o encontro, distraindo Ezra, para que eles pudessem ter um tempo sozinhos. Ele precisava desse momento. Precisava superá-la. Uma vez, era tudo o que ele precisava e então ela seria uma lembrança agradável, não a obsessão atual que o atormentava dia e noite.

Mas ele teve de parar. Quando uma mulher diz "não", é o fim, mas sua decepção irradiava através dele. Sua protuberância inchada pulsava na agonia do desejo não liberado. A obsessão se aprofundou.

Jimmy se encostou à parede, contando para si mesmo, tentando recuperar a compostura. Não se lembrava da última vez que beijou uma mulher com tamanho anseio. Se ele fosse verdadeiro, a resposta seria *nunca*. Ele nunca sentiu tanta paixão por alguém. Naturalmente, ele tinha experiência com mulheres, mas ninguém como ela. Ela acendeu uma tempestade de fogo dentro dele que ele não podia controlar, não queria controlar. E ela o deteve, o que foi pior do que um balde de água gelada em sua cabeça.

Ela tinha razão em romper e acabar com isso antes que fosse longe demais. Esse não era o lugar, não aqui no seu antigo escritório tedioso. Ela precisava de uma cama, flores, velas, todo o romance de uma noite apaixonada juntos. Eles precisavam da chance de se deitar nos braços um do outro, para ele sussurrar seus pensamentos mais íntimos ternamente no ouvido dela, e talvez alguns pensamentos sujos também.

Levemente, ele bateu a testa contra a parede. Frustrado e querendo mais, ele soltou um pequeno gemido e depois se endireitou, esperando o retorno dela, tentando desviar seus pensamentos do corpo ágil que ele segurara.

Ele sabia que essa relação não tinha futuro. Que tipo de futuro poderia haver entre um americano e uma alemã depois de uma guerra tão dura? Não, ele sabia que era melhor do que deixar que as suas emoções o dominassem, mas ele a queria. Ele precisava se sentir totalmente integrado dentro dela.

Desde o dia em que se conheceram, ela ocupou seus pensamentos diários. Seu sorriso caloroso, sua voz doce, suas curvas, curvas suntuosas perfeitas. O pensamento de possuí-la assombrava seus sonhos, ele estava tão perto. Mas então ela parou, parou rápido demais para qualquer satisfação. Jimmy contou as telhas do teto, na esperança de acalmar sua ereção latejante.

CAPÍTULO DEZ

Apartando-se com relutância, Greta saiu do quarto e entrou diretamente no banheiro, tropeçando no caminho. Depois de jogar água fria no rosto, ela finalmente se olhou no espelho. *Greta, não, isso foi ruim.* Ela fez uma pausa e recolocou os grampos no cabelo. *Ah, mas tão bom!*

A mortificação dela sobre seu comportamento atrevido diminuiu. Algumas risadas escaparam aliviadas quando ela se lembrou de que o prédio estava vazio, *Graças a Deus.* Era o momento deles, sua necessidade que consumia tudo. Os lábios dela ainda formigavam, a memória dos beijos dele persistindo. O perfume masculino inebriante dele: uma mistura perfeita de pós-barba, cravo e almíscar se agarrou ao seu vestido. Ela inalou profundamente, o aroma homogêneo a aquecendo. Ela abriu a porta e entrou silenciosamente no escritório. Os olhos deles se encontraram com expectativa.

– Mais bonita do que antes – ele murmurou, enquanto estendia a mão.

Mantendo-se afastada, ela propositadamente deixou uma distância entre eles. Ela não confiava em si mesma, não

61

confiava que seria capaz de se afastar novamente. Ela observou como os dedos dele se contraíram, então relutantemente deixaram sua mão cair.

— Acho que devemos voltar agora.

Seu rosto estava inundado de decepção desamparada. Ela se encostou no ombro dele, dando um pequeno beijo ao longo de sua bochecha belamente esculpida. A grisalha barba por fazer dele fazia cócegas. Os olhos dele se fecharam enquanto descansava a cabeça na palma da mão dela. Baixinho, ela perguntou:

— Quantos anos você tem?

— O branco na barba está preocupando você, acha que eu sou um homem velho? — Ele franziu a testa.

— Não — ela riu — não preocupando, estou apenas admirando. Eu tenho 22 anos. — Ela se aproximou, a respiração dele presa na garganta.

— Ainda tão jovem. — Ele acabou com a distância entre eles, aninhando o nariz contra o pescoço dela. Ele beijou suavemente o ombro dela. — Eu tenho 30. Sou um homem velho, Greta.

Ela sufocou uma risadinha.

— Velho? Velho aos 30? — Ela balançou a cabeça com o tom leve. — Você não é velho. — Ela se inclinou para ele. — Você é distinto, maduro — fez uma pausa —, de tirar o fôlego, tão esplêndido.

Eles se beijaram, com força. Ardentemente, ela se separou dele e caiu contra seu peito.

— Podemos ficar aqui para sempre?

— Greta? O que está fazendo? Por que você começou de novo, apenas para parar?

Ela murmurou com confusão.

— O quê? Eu pensei...

— Pensou o quê? Que jogo está jogando? — A voz dele endureceu.

— Pensei que estávamos apreciando a companhia um do outro? — Os olhos dela dançavam para frente e para trás, imaginando por que o tom dele havia se tornado tão áspero.

— Eu não entendo. Começamos a nos beijar, você para e vai embora. Então você volta para mim, querendo mais, só para parar de novo? Você é uma provocadora, Greta.

— Eu pensei... Eu queria beijá-lo, só isso. Nada sexual, um simples beijo.

— Você tem alguma ideia do que está fazendo comigo? — Frustrado, ele apertou os punhos ao seu lado, tentando organizar seus pensamentos. Para sufocar a fome que surgia nele.

— O que *eu* estou fazendo com você? — O tom dela era acusatório; ela não entendia essa mudança nele.

— Você não sente o quanto eu quero você, o quanto eu preciso de você? — Ele a questionou. — Faz tanto tempo que não sinto uma mulher, preciso extravasar.

— Hum. — Ela não entendia completamente o que ele queria dizer. Ela sentiu a excitação dele, mas sabia que não era hora nem lugar para o que ela queria. — Jimmy, é realmente aqui que você quer fazer isso? Quer dizer, você me ama?

— Amor? — Ele engasgou com a palavra. — Ah, Greta. — Ele tentou tirar uma mecha de cabelo do rosto dela. A pena no rosto dele a enojou. — Isso é algo passageiro. Temos apenas um limitado tempo e então eu vou embora.

— Ah. — A pequena mão dela apertou a camisa de uniforme dele. — Eu não pensava nisso dessa maneira.

A mão dele deslizou pelas costas dela, então agarrou o traseiro arredondado dela com firmeza. Ele sussurrou contra o ouvido dela:

— Até lá, poderíamos nos divertir muito.

A voz acalorada dele causou arrepios na espinha dela. Greta resistiu à tentação de se lançar de encontro a ele.

– Então, isso nada mais é do que um caso?

Ele encolheu os ombros.

– Não posso prometer um para sempre. Inferno, não posso prometer mais do que uma semana. Então, não, isso é algo para passar o tempo.

A voz dela estava tão fraca que ele se aproximou para ouvir.

– E se tivéssemos tempo, o que seria então?

Ele parecia aflito.

– Não pode ser mais que isso, Greta. Como poderia? Você é uma... – Ele parou.

– Eu sou uma o quê? – Ela lutou para evitar que o ácido subisse em sua garganta. – Eu sou o quê, Jimmy?

– Uma alemã.

Ela deu um tapa na cara dele. Ele ficou ali, voltando-se lentamente para ela. A raiva estava fervendo dentro dele, mas quando seus olhos se encontraram com os dela, falhou. O gelo que se acumulava nas profundezas azul-esverdeadas esfriou sua ira. Ele sabia que tinha ido longe demais.

O lábio inferior dela tremeu ligeiramente, os punhos cerrados ao lado dela.

– Uma alemã! Não sou nenhuma alemã! – Com aquela exclamação indignada, ela saiu correndo para fora. A porta bateu contra a parede, e lágrimas derramaram de seu rosto.

Imediatamente, Jimmy se arrependeu de tudo. Ele não podia acreditar como o momento em que sonhou durante semanas se deteriorou tão rapidamente. A esperança de um encontro delicioso se evaporou e um sentimento nauseante tomou conta dele. O significado do momento o atingiu como um caminhão de caçamba. Ele a havia perdido. Essa mulher maravilhosa e enigmática que salvou a vida dele tinha ido embora. Ele engoliu com força e balançou a cabeça. *O que é que eu fiz? Eu sou um idiota!*

Greta não fazia ideia para onde ia. Ela correu pelas escadas e para o mais longe que podia de Jimmy. Ela encontrou um lugar atrás de uma tenda, fora da vista das pessoas próximas para finalmente recuperar o fôlego. Uma cachoeira de lágrimas escorreu de seus olhos enquanto ela calmamente tentava recuperar a compostura. A chance de um relacionamento entre eles era, na melhor das hipóteses, um sonho, mas declarar que isso era apenas um momento de desejo acalorado, com Greta servindo para saciar a luxúria dele, foi uma explosão de mágoa que ela nunca conheceu antes.

Ela se endireitou, alisando o vestido. Levantou-se fracamente. Ela precisava encontrar Ezra e ir embora. Não havia razão para ficar agora, para comemorar. Em seguida, ela caminhou pelo acampamento. Tantos soldados por todo o lado. Muitos brincavam e jogavam. Outros escreviam cartas. Alguns fumavam cigarros. Ela sentiu os olhos de todos se voltarem para ela enquanto ela passava. Uma abominável mulher alemã caminhando entre nobres libertadores. Ela manteve a cabeça erguida, recusando-se a olhar para qualquer lugar exceto para a frente.

Greta encontrou Tony e Ezra assistindo a um jogo de beisebol. Um grande grupo de soldados jogava em um campo aberto, e ainda mais deles se sentavam em volta, assistindo. Ezra estava em um pequeno banco, com as pernas finas balançando para frente e para trás, atentamente focado na ação à sua frente. De vez em quando ele parava, gentilmente puxava a manga da camisa de Tony e apontava. Inclinando-se ligeiramente, Tony explicava um pouco mais do jogo usando gestos exagerados.

Relutantemente, Greta se aproximou, ficando de pé do

outro lado de Tony. Ele levantou a cabeça surpreso, notando que Jimmy não estava lá com ela, mas não disse nada.

— Tony, você levaria Ezra e a mim para casa agora?

Ele assentiu.

— Com certeza. Vamos, amiguinho. — Tony ergueu Ezra para o chão. — Não se preocupe. Podemos assistir um jogo outro dia.

Ezra estava cabisbaixo, com os dedos dos pés se arrastando pela terra enquanto caminhavam de volta para o jipe. De vez em quando, ele se virava para vislumbrar o jogo. Então ele se virava, soltava um suspiro sofrido e chutava uma pedra na frente deles.

Greta estava de coração partido. Ela não queria arruinar o dia de Ezra, mas como poderia ficar? Ela se sentia o pior tipo de pessoa, tão totalmente egoísta. Ela compensaria Ezra. Talvez uma visita a Liesel seria a coisa certa para trazer de volta um sorriso.

A viagem para casa foi um borrão, ela piscou, e eles estavam sentados no jipe em frente à sua casa. Tony colocou a mão sobre a dela.

— Fique um momento, por favor. — Ele ajudou Ezra a sair do jipe. — Guri, você vá para dentro. — Ele fez sinal para a porta, mas Ezra jogou os braços em volta das pernas de Tony. — Tudo bem, um abraço rápido então. Ele apanhou seu pequeno amigo, dando nele um abraço apertado, antes de colocá-lo no chão.

Ezra correu para a casa. Virando-se, ele se despediu de Tony e então se apressou para dentro.

Greta puxava a barra de sua manga. Ela não podia encarar Tony. Ela tinha medo do que podia ver. Será que Tony estaria com raiva, poderia ele até mesmo odiá-la?

— Greta — ele deu um tapinha na mão dela. Ao virar o rosto, ela ficou surpresa ao ser saudada por um par de simpáticos olhos cor de avelã. – O Capitão O'Brien, Jimmy, ele está com medo.

– De quê, Tony? Não sou uma ameaça para ele.

– Você é o tipo de ameaça mais perigosa. – Ela recuou, mas ele agarrou a mão dela com mais força. – Querida, ele não fez nada além de falar sobre você desde o dia em que se conheceram. Ele tem planejado esse passeio por semanas.

– Eu não entendo.

Ele inalou profundamente.

– Não, não acho que entenda ainda, mas dê tempo. Confia em mim. Me faz um favor?

– Qualquer coisa, Tony. – Ela conseguiu sorrir de leve.

– Dê a ele outra chance? Ele é um bom rapaz, eu te prometo. Ele vale a pena, Greta.

Ela acenou lentamente e saiu do jipe. Despedindo-se de Tony, ela entrou na casa e lutou contra o desejo de se jogar na cama e chorar. Em vez disso, ela ajudou Ezra a tomar banho, leu outro conto de fadas para ele e o colocou para dormir.

As palavras de Tony e os acontecimentos do dia giravam em torno dela, seus pensamentos uma bagunça confusa. Muito depois de Ezra ter adormecido e a noite ter ficado tranquila, ela saiu para respirar ar fresco. O ar frio acalmou o emaranhado vertiginoso em seu cérebro. Olhando para o extenso céu noturno, ela contou as estrelas como ela e sua mãe costumavam fazer. Já que a guerra havia acabado, era hora de começar de novo. Uma estrela cadente brilhou rapidamente, por tempo suficiente para Greta fechar os olhos e desejar uma resposta à pergunta que ardia profundamente dentro dela. *O que devo fazer agora?*

CAPÍTULO ONZE

Jimmy entrelaçou os dedos atrás da cabeça, encarando a tenda verde-oliva. Ele repassou os acontecimentos do dia de novo e de novo, encolhendo-se com sua reação com Greta. Ele estava mortificado por seu comportamento e maus-tratos a alguém que merecia nada menos do que ser tratada como a deusa que ela era. Como algo tão certo tinha dado tão errado?

Ele ouviu alguém entrar na tenda e se sentar de frente para ele.

— Deixei Greta e Ezra em casa. — Era Tony.

— Obrigado. — Jimmy continuou a olhar para o telhado da tenda, assistindo uma aranha fazer sua teia.

— Ezra ficou desapontado por perder o final do jogo de beisebol. — Tony acendeu um cigarro e se inclinou para oferecer um a Jimmy.

— Sim, desculpe por isso. — Ele balançou a cabeça em negativa, continuando a assistir a aranha deslizando para cima e para baixo no fio de seda.

— Greta mal disse uma palavra. — Tony soprou a fumaça do

cigarro enquanto mexia nos cadarços da bota. – Ela estava definitivamente chateada com alguma coisa. Jimmy olhou para seu motorista, não queria falar sobre isso.

Os dois homens tinham formado um vínculo ao longo do último ano e meio, tornando-se confidentes e irmãos de armas. Eles lutaram lado a lado desde a Praia de Utah. Ajudaram a libertar Paris, empurraram os alemães de volta para a densa floresta das Ardenas e até libertaram o campo de Haunstetten. Tinham passado por coisas demais para não confiarem explicitamente um no outro, para não confiarem nos conselhos e na companhia um do outro. Eles mantinham o relacionamento próprio de oficial e alistado. Aquilo, no entanto, não impediu Tony de dizer a Jimmy o quão errado ele estava.

Tony deu um longo trago no cigarro, depositando as cinzas num cinzeiro improvisado.

– O negócio é que você não tem feito nada além de falar dessa moça sem parar por semanas. Você elaborou esse plano para ficar sozinho com ela, e o melhor que posso imaginar pela sua carranca e grosseria geral, é que não conseguiu o que estava querendo. Então desembucha.

– Deixa para lá, cara. – Jimmy se virou de lado, na esperança de descartar as boas intenções de Tony.

– Nem pensar. – Tony cutucou as costas de Jimmy com o pé. – Não vá para o fundo do poço, fale comigo.

Jimmy rosnou e jogou o travesseiro em Tony.

– Você é realmente insuportável, sabe disso, não é?

Tony sorriu.

– Ah, mas as moças me acham irresistível. – Ele balançou as sobrancelhas para irritar o amigo.

Jimmy correu as mãos sobre o rosto.

– Eu ferrei com tudo, Tony. Estávamos sozinhos e as coisas

estavam começando a ficar quentes e sérias. E então ela recuou. Em vez de ser um cavalheiro, eu a insultei.

— Estou vendo que você tem uma bela marca de mão aí na bochecha.

Jimmy esfregou sua pele que ardia.

— Meio que mereci.

— É, ela não é nenhuma dondoca. Ela tem conteúdo.

— Estou começando a perceber isso. — A princípio, Jimmy só esperava encontrar alguém para amenizar o fogo aceso dentro dele, mas Greta não era esse tipo de mulher. Ela era mais do que uma dança entre os lençóis. Eles se sentaram em silêncio, Jimmy esperando por qualquer conselho para ajudá-lo a corrigir essa situação. — Acha que ela vai me dar outra chance?

— Não sei, mas acho bom você tentar. — Tony se levantou e caminhou até a porta. — Ela está escondendo alguma coisa há muito tempo. Dê uma chance para ela se abrir com você. Jimmy, ela vale a pena.

E ela valia. Jimmy chegou à mesma conclusão cinco minutos depois que ela o deixou com uma ereção violenta. Antes, Jimmy confiava em seu charme para deslizar pelas defesas de uma garota, observando-as caírem tão voluntariamente a seus pés. Greta não era nada como essas conquistas, as relações superficiais e sem sentido das quais ele dependia. Ela era forte, determinada, inteligente; ele precisava dela como um homem faminto. Mas como ele iria mostrar a ela, provar que ela significava muito mais depois que tudo correu tão devastadoramente errado?

CAPÍTULO DOZE

Depois do desastre de ontem, Greta sabia que era hora de alterar a rotina deles. Ezra precisava de uma mudança de cenário. Ar fresco e alongar as pernas eram a ordem do dia.

Esperando que Ezra amarrasse seus sapatos, Greta revelou o destino deles.

— Vamos para a casa da tia Liesel. Não vai ser divertido?

Ele balançou a cabeça com entusiasmo e depois saltou em pé.

— Eu sei que ela não é realmente sua tia ou minha, mas ela insiste no nome. E bem, combina com ela, você não acha? Ela faz parte da nossa família especial.

Ezra enfiou o punho debaixo do queixo e olhou pensativo para o pátio. Depois de um suspiro pensativo como se finalmente tivesse resolvido tudo, ele sorriu para Greta.

— Ela é a tia Liesel. Nossa pequena família. — Greta deu nele um pequeno abraço.

A brisa da primavera cheia de perfume brincava com a

barra do vestido de Greta enquanto ela passeava, cantarolando uma música favorita.

Correndo à sua frente, Ezra chutou uma pedra, observando-a fazer espirais ao longo do caminho. Os raios quentes de sol aqueceram seus rostos enquanto abraçavam sua liberdade recém-descoberta. Rápido demais, o passeio terminou quando chegaram à casa de Liesel.

Era uma visão esplêndida e acolhedora. Grandes janelas ladeavam a pesada porta de madeira, cada uma com uma floreira ostentando uma variedade de flores coloridas. Cortinas vermelhas e amarelas pendiam na janela, um convite amigável para qualquer um que aparecesse.

Greta bateu suavemente, Ezra trocava o peso do pé esquerdo para o direito animadamente. A porta se abriu, revelando uma Liesel desgrenhada, o cabelo loiro trigo dela se soltando da trança ao redor da cabeça, o avental coberto com uma fina camada de farinha.

— Greta! — Liesel jogou os braços roliços em volta dela. — E Ezra! Sabia que viriam me ver! Entrem, entrem! Estou fazendo *Spätzle*.

— *Spätzle*, não é essa a comida preferida do Fritz?

Liesel apertou a bochecha de Ezra e fez sinal para que eles entrassem, seguindo-a até a cozinha bem equipada nos fundos. Liesel colocava massa à panela fervendo no fogão.

— Estou quase terminando. Aqui — ela entregou um prato a Greta —, dê algumas colheradas àquele garoto. Ele precisa comer.

Ezra se jogou em uma cadeira de espaldar à mesa, devorando o amanteigado macarrão de ovos. Liesel estava sempre alimentando Ezra, exigindo que ele comesse mais e mais. Era por causa do amor e cuidado dela que as bochechas dele tinham ficado mais redondas, o corpo dele menos ósseo e mais alguns centímetros foram adicionados à sua altura.

— Ah, ele me lembra meu Johann nessa mesma idade. — Ela beliscou as bochechas de Ezra. — Você se tornará um homem grande e forte como meu filho. — Ela olhou pela janela, soltando um suspiro lento e estável. Então ela alisou o vestido sobre os quadris largos e redondos. — Bem, eu terminei. Vamos comer o restante mais tarde. Venham, vamos nos sentar um pouco.

Na sala de estar, os móveis eram de boa aparência e confortáveis com o passar do tempo. As almofadas dos dois pequenos sofás tinham a mesma estampa das cortinas. Um grande relógio de cuco pairava sobre a lareira, marcando o tempo. Na mesinha ao lado de Greta, várias fotografias eram adoravelmente exibidas em molduras prateadas. Duas chamaram a atenção dela em particular. Cada uma mostrava um homem de uniforme, ambos com rostos devastadoramente bonitos, suas bocas distorcidas exatamente com o mesmo sorriso.

— Vejo que olha para as fotos deles de novo. — Liesel sorriu e abanou o dedo. Duas poças de lágrimas não derramadas encheram seus olhos de centáurea.

— É impressionante. Ambos têm exatamente o mesmo sorriso.

Liesel enxugou os olhos com um lenço de linho.

— Eles nunca se conheceram, você sabe. Wilhelm foi enviado para França antes de sabermos que eu estava grávida. Ele escolheu o nome do Johann, contei essa história a você? — Greta balançou a cabeça, ouviu tantas vezes, mas sempre trazia alegria à Liesel contá-la novamente. — Enviou-me uma carta no dia em que recebeu a notícia e disse que se fosse um menino, eu deveria chamá-lo de Johann.

— E se fosse uma menina?

— Charlotte, como a mãe dele. Mas, como sabe, era um menino. E que menino bonito ele era. — Liesel estendeu a mão para o retrato de seu filho, traçando seu rosto precioso. – Não posso acreditar que perdi os dois na França. Com vinte e quatro anos de diferença. – Greta passou os braços ao redor dos ombros de Liesel. Realmente não havia palavras de conforto para dar. Em vez disso, ela permitiu que o silêncio levasse embora a tristeza. – Eu deveria odiar os franceses, mas não. É a guerra que odeio. Guerra: todo o sofrimento desnecessário e perda de vidas.

A porta se abriu, uma voz conhecida da juventude de Greta interrompeu o momento.

– Tia Liesel, acabei por essa tarde. O almoço está pronto?

Ele mancava enquanto entrava, puxando uma perna enquanto se movia pela sala.

– Greta, é a Greta Müller? – Ele desajeitadamente estendeu a mão para ela, abraçando-a. – Sonhei com esse momento tantas vezes.

– Fritz Schröder! É realmente você? – Ela permitiu que ele a girasse, enquanto estudava o rosto magro dele. Era o rosto de que ela se lembrava com tanta ternura, um amigo querido e antigo amor. Os olhos penetrantes de centáurea, tão parecidos com os da tia. Cabelo dourado penteado para trás. Mas seu rosto havia mudado, endurecido. Já não tinha um espírito despreocupado. Havia algo assombrado nas profundezas de seus olhos. Olhos que antes eram tão leves e tenros ficaram frios e doloridos.

– Ah, Ezra! Acho que temos alguns *Lebkuchen* na cozinha. Venha comigo. – Liesel deu um tapinha no ombro da Greta. – Uma surpresa tão agradável, Fritz veio até mim há algumas semanas. Ele queria me ajudar com a fazenda. Que querido e doce sobrinho. – Ela beijou a bochecha dele e arrastou Ezra pela porta, com certeza o mimaria com mais comida e abraços.

– Ah, Greta, eu tenho procurado tanto por você. O que aconteceu, para onde você foi? – A angústia na voz de Fritz rasgou o coração de Greta. Ela sabia que ele estava falando daquele dia, há quase dois anos, quando ela desapareceu da festa de noivado deles.

— Polônia — ela deixou sair com um soluço, apoiando a cabeça contra o ombro robusto dele. Ela mal conseguia pronunciar as palavras. Apenas uma pessoa sabia da sua história, e ela tinha mantido o seu segredo em segurança. Liesel, a tia do seu ex-noivo, a mulher que salvou a vida de Greta e de Ezra.

— Polônia! — Ele estava compreensivelmente confuso. — Mas o que... como?

— Seu primo. — Nenhuma elaboração a mais foi dada. Ela se distanciou, a conversa deu origem a sentimentos que ela há muito tempo havia enterrado.

— Vamos nos sentar. Eu quero saber como você veio até a minha tia Liesel.

Greta concordou com a cabeça e ofereceu o braço a Fritz. Ele se apoiou pesadamente nela, aceitando de bom grado a assistência. Eles mancaram até o sofá mais próximo. Ele colocou a mão dela junto com a dele, esfregando ternamente o polegar nas costas da mão dela.

Fritz tinha envelhecido muito nos últimos anos. Sua pele não era mais branca e macia, mas bronzeada e áspera devido à exposição prolongada ao sol. Suas roupas costumavam ser sempre imaculadas, mas agora ele estava coberto por uma camada de sujeira depois de trabalhar ao ar livre. As mangas arregaçadas de sua camisa revelavam cicatrizes grossas e enrugadas ao longo do antebraço.

Ela estava muito curiosa sobre o que havia acontecido a ele. Antes de ela ser forçada a deixar Berlim, ele tinha sido um tradutor de sucesso trabalhando na sede da Wehrmacht. Mas era evidente agora que ele tinha visto mais do que a sua cota na guerra.

– O que aconteceu com o seu braço? – Greta apontou para as severas cicatrizes claras.

Ele passou a palma da mão sobre elas, tentando apagar sua existência.

– Na batalha do Bolsão Korsun–Cherkassy, o tanque em que eu estava sofreu grandes danos. Todo o meu lado direito foi queimado do pescoço para baixo, a maior parte do dano foi sofrido na minha perna. – Ele alisou o tecido das calças. – A lesão me manteve fora do resto da guerra.

– Ah, Fritz, como você acabou na Polônia? – Ela não entendia como ele poderia ter lutado na Frente Oriental.

Ele bufou com nojo.

– Retaliação, tenho certeza. – Fritz encolheu os ombros. – Você me culpa pelo que ele fez com você?

– Não, de forma nenhuma. Só há um homem que culpo por tudo isto. É seu primo.

– Heinrich. – Ela ouviu o pigarrear de Liesel da cozinha.

Claro que ela estaria ouvindo a conversa. Todos partilhavam um desdém comum pelo primo de Berlim de Fritz. Ao contrário dos pais dele e da tia Liesel, a família de Heinrich havia abraçado o partido nazista. A família dele toda se tornou ávida Socialista Nacional, com Heinrich se juntando ao Schutzstaffel e rapidamente subindo nas hierarquias deles.

– NUNCA fale o nome dele para mim – ela sibilou.

Fritz se arrepiou com a raiva dela, desacostumado a tal tipo de explosão. Depois de alguns minutos, ele continuou.

– Eu tentei encontrar você. Quando você desapareceu da nossa festa de noivado, eu procurei por você. Eu implorei a ele. Eu sabia que ele tinha que saber alguma coisa. – Ele baixou a cabeça em derrota. Uma lágrima solitária deslizou pela bochecha bronzeada dele. – Eu implorei ao seu pai, à sua mãe. Ninguém me dizia nada.

– Um dia posso contar a história a você, mas não agora.

Saiba que é culpa dele. Eu não culpo você, nunca poderia. – Ela ainda amava o homem sentado ao seu lado, mas uma vida inteira de experiências agora os separava. O garoto sério que escreveu poemas sobre arco-íris e borboletas, apaixonando-se loucamente por Greta quando tinham apenas seis anos. Eles foram para a universidade juntos e trabalharam no mesmo departamento durante a guerra. Estavam sempre lado a lado. Ele, seu galante cavaleiro, e ela, sua bela donzela.

– Como você veio parar na Baviera, Fritz?

Ambos estavam muito longe de sua casa em Berlim.

– Depois que fui ferido, recebi alta da Wehrmacht e fui enviado para casa. Então meus pais perderam a casa nos ataques aéreos, por isso me mandaram aqui para ajudar a tia Liesel com a fazenda dela. E você, Greta, como veio parar aqui?

– Essa é uma história para outra hora. Foi uma longa viagem. Foi muito inesperado encontrar você aqui. – Ela tirou o cabelo da testa dele. Ele se inclinou para o toque dela, saboreando a suavidade contra a superfície dura de seu rosto. – Inesperado, mas totalmente maravilhoso.

Ela estendeu as duas mãos, apertando as dele nas dela. Eles se agarraram um ao outro, o silêncio substituindo quaisquer palavras que eles pudessem falar. Ele ergueu as mãos unidas deles para os lábios, o movimento fazendo com que sua manga dela escorregasse pelo cotovelo. Por um breve momento, os números azuis apareceram. Ela prendeu a respiração, rezando para que ele não tivesse visto as marcas, mas os olhos dele se arregalaram. Com uma pressão leve, ele torceu o antebraço dela para examiná-lo mais de perto.

Passando o polegar sobre a tatuagem, o rosto dele corou de raiva. Ele sabia o que os números significavam, já os tinha visto antes.

– Quando estive na Polônia, ouvi falar de um campo. – Sombras escuras cruzaram o rosto dele enquanto ele olhava para as marcas hediondas. – Alguns homens desprezíveis da SS se vangloriavam desse lugar, das pessoas que assassinaram e das tatuagens que marcavam a pele delas. – A mão dele tremeu enquanto ele lutava contra memórias e culpa, ambas travando uma batalha dentro dele.

– Fritz. – O nome dele era um apelo. – Eu sobrevivi. Nós dois sobrevivemos. – Ela apontou para a cozinha, onde Ezra estava.

– Eu me perguntei quem ele era. Não acredito que esteve lá. *Ele* mandou você para lá, não foi?

– Sim, ele mandou. Direto da nossa festa de noivado, ele me mandou embora.

– É por isso que eu não conseguia encontrar você. Por isso que você se foi. – Lágrimas de raiva caíram livremente, mas ele apenas segurou o pulso dela, sem soltar. – Seu pai sabia?

– Não tenho certeza de qual foi o envolvimento do meu pai. Ele estava lá quando eu fui levada. Talvez eles tenham planejado juntos. Ou não, eu realmente não sei. – Ela baixou a cabeça, tentando lutar contra a enxurrada de memórias, memórias horríveis. O ódio e a traição de Heinrich eram esperados, mas os de seu pai eram mais do que ela podia entender.

– Como você...? Como sobreviveu?

– Eu fugi com Ezra. – Ela não podia contar a história ainda, não em sua totalidade. Aquele medo ainda permanecia tão próximo da superfície, impedindo-a de dar nomes a todas aquelas emoções, aquelas memórias. – O que aconteceu com o seu trabalho como tradutor? Você era o melhor que eles tinham. – Isso confundia Greta. Fritz, como todos os homens na Alemanha, juntou-se à guerra de alguma forma. Ele não gostava de lutar, mas provou à Wehrmacht que poderia ser um burocrata muito útil e poderia servir melhor como tradutor.

– Ele – foi a única resposta que deu, revelando o suficiente.

Aquilo fez o estômago dela se revirar, forçando-a a conter a bile que subia. Ela não era o único alvo; aquele homem estava determinado a destruir tudo pelo prazer egoísta dele. – Eu quis encontrar você, salvar você, Greta. Eu temia nunca saber o que aconteceu com você. – Ele fez uma pausa e respirou fundo. – Eu estava no leste, sei o que aconteceu lá. O que *eles* fizeram. – A raiva e a confusão dele estavam de volta. – Mas como você escapou?

Ela finalmente respondeu à pergunta dele: – Consegui escapar por um buraco na cerca. Os guardas estavam distraídos, e Ezra e eu conseguimos passar.

– Sempre pensando nos outros, Greta. Essa é a garota que eu am...ava. Os lábios dele tremeram com um sorriso trêmulo.

– Eu sinto tanto, Fritz. Eu queria, ah, eu queria tantas coisas. Mas isso, ah, eu não sei o que fazer com isso. – Ela apontou para os dois.

– Guerra. Ela destrói mais do que homens. – Ele olhou para longe, ainda segurando-a. Um toque que a implorava para não soltar, porque de alguma forma, ao soltar, significaria o fim. Nenhum dos dois queria reconhecer o abismo que agora os separava. O quanto tinham se distanciado.

Soltar a mão dele era o mesmo que abrir mão da vida que ela uma vez conheceu, para um futuro que ela ainda não tinha imaginado. Greta não estava pronta, não para admitir que não restava nada da vida que compreendia. Ela se tornaria totalmente outra pessoa, mas quem? Não, ela não podia deixar aquilo desaparecer, não exatamente. Eles se sentaram lá por algum tempo, agarrando-se aos últimos resquícios amargos.

Ezra voltou para a sala em direção a Greta, inclinando-se para ela. Ela passou um braço protetor em volta dele e depositou um beijo maternal em cima de sua cabeça. Ainda nenhuma palavra foi dita. Fritz observava com um sorriso triste nos lábios. Finalmente, Greta se voltou para ele.

— Esse é o Ezra. Ezra, esse é o Fritz.

— Muito prazer em conhecê-lo. — Ezra acenou um olá amigável e apontou para a porta.

— Sim. Acho que é melhor terminarmos nossa aventura agora. — Os cantos do lábio de Greta se ergueram. Ela puxou as mãos para longe, o calor evaporando. Fritz balançou enquanto se levantava, oferecendo o braço para ajudar Greta do assento dela. Ele era para sempre o cavalheiro perfeito.

Ele se inclinou para dar um beijinho nela.

— *Auf Wiedersehen,* Fritz.

— *Auf Wiedersehen,* Greta. Até voltarmos a nos ver. Tenho certeza que iremos. — Com as palavras de despedida, ele acariciou a bochecha dela. Os olhos dele se encheram de afeto e de uma saudade desamparada. Era o fim do capítulo deles, o último adeus à vida que ela conhecia, a quem ela tinha sido um dia.

CAPÍTULO TREZE

Outro dia, outro novo lugar para explorar. Dessa vez, Greta estava determinada a encontrar algo muito mais alegre para eles fazerem. Então, eles iriam ao vilarejo. Talvez eles pudessem encontrar algo delicioso para comer ou um brinquedo novo para Ezra.

– Está pronto? – Ele assentiu uma vez. – Então lá vamos nós em outra aventura!

Ele correu à frente dela com os braços abertos: um avião voando através de um campo de flores silvestres.

O caminho para o vilarejo rodeava algumas fazendas. A área estava se tornando mais povoada à medida que as pessoas deslocadas da guerra lutavam para encontrar lugares para morar. Um fluxo constante entupiu as estradas com refugiados e veículos.

No caminho, Ezra ocasionalmente parava para apontar nuvens ou colher uma flor ou duas. Eles chutavam pedras ao longo de seu caminho, em uma competição para ver quais chegavam mais longe. Ezra ganhou todas as vezes. Era maravilhoso vê-lo desfrutar destes preciosos momentos de infância.

Virando uma esquina, Ezra avistou vários soldados americanos encostados em um jipe. Animado, ele puxou a manga de Greta, apontando para o grupo.

— Entendo. Duvido que seja o Tony, mas podemos verificar.

O rosto dele se iluminou de animação enquanto se aproximavam dos homens.

— Peço perdão por interromper, mas estávamos nos perguntando, o Cabo Ricci poderia estar por perto?

Um soldado inclinou a aba de seu chapéu em saudação.

— Senhora, acho que ele pode estar ali com o Capitão O'Brien. — Ele apontou alguns metros abaixo do grupo para dois homens de pé, suas cabeças inclinadas, conversando.

Greta engoliu seco. Ela não via Jimmy desde o Dia da Vitória e a terrível briga deles. Ela temia o que poderia dizer a ele, o que ele poderia dizer a ela. Ezra puxou com força a mão dela, querendo ver seu amigo.

— Não sei, não, Ezra. Não acho que Jimmy ficará feliz em nos ver.

Os olhos cheios de lágrimas dele derreteram a determinação dela. Ela não conseguia recusar nada a ele.

— Ah, tudo bem. Você pode ir, mas eu vou ficar para trás.

Ele correu para a frente, jogando os braços em volta das pernas do desavisado Tony. O soldado se desequilibrou e olhou para baixo. Percebendo quem era, ele pegou o menino e o abraçou.

— Olá, guri! Querendo mais chocolate? Mais *Schokolade*? — Tony brincou.

Ezra riu quando Tony tirou uma barra de chocolate do bolso do casaco e a sacudiu. Ele deu um gritinho de alegria e pegou a deliciosa guloseima.

Jimmy se virou, avistando Greta. Ele fez sinal para que

Tony mantivesse o menino ocupado. Em dúvida, ele se aproximou. O nervosismo tomou conta de Greta. Ela mexeu no cabelo e tentou alisar as rugas invisíveis do vestido.

Ele estava hesitante quando falou.

– Greta? – Ela arqueou a sobrancelha, um convite silencioso para continuar. – Eu sinto muito. – Ele enfiou as mãos no cabelo e depois as torceu atrás das costas. Finalmente, ele as enfiou nos bolsos.

– Pelo quê? – Ela ergueu o queixo, tentando manter a compostura, mas a dor nos olhos dele enfraqueceu a determinação dela.

Ele parou, procurando as palavras exatas para dizer a ela.

– Eu permiti que as coisas saíssem do controle. Você me deixou todo confuso por dentro e eu não estava pensando.

– Você não estava.

– Eu fui um idiota, um completo babaca com você.

– Prossiga, eu não vou discutir. – A raiva brilhou profundamente nos olhos dela, fazendo Jimmy recuar.

Falhando, ele tentou outra explicação.

– Eu não deveria ter dito o que eu disse sobre você. – A sobrancelha dela se ergueu ainda mais. Ele passou as mãos pelo cabelo novamente, alguns fios ficando presos em um ângulo estranho. Greta resistiu ao impulso de ajeitá-los. – Estou fazendo uma bagunça disso tudo. – Jimmy estendeu a mão para pegar a mão dela, apertando-a entre as dele. Ele a trouxe aos lábios, depositando um beijo suave nos nós dos dedos dela, depois esfregou a mão sobre a dela. – Tem algo diferente sobre você, Greta. Você não é um deles. – Ele inclinou a cabeça para o vilarejo atrás dele. – Você é especial. – A voz dele se transformou em veludo macio.

Ela respirou fundo, resistindo ao desejo de se envolver no abraço dele.

– Isso é lindo, Jimmy. Mas eu não sou facilmente

influenciada. – Ela tentou puxar sua mão, mas ele a agarrou com mais força.

– Eu sei. – Os olhos dele se arregalaram, implorando a ela. – Por favor, Greta. Dê-me outra chance?

– E o que quer dizer? Outra chance? Outra chance de fazer o que quiser comigo?

Ele se irritou.

– Não, isso não. – Ele a puxou para mais perto, dando de ombros. – Acho que significa que quero começar de novo. Quero ter a chance de conhecer você, Greta. De entender melhor essa atração que sinto por você.

Parte dela queria ir embora, virar as costas para ele e esquecer de ter sequer conhecido esse homem na frente dela. A outra parte, a parte menos racional, não podia deixar de notar a chama ardendo nos olhos dele sempre que ele olhava para ela. O desespero ardente a encheu de uma necessidade frenética de encontrar a chave para abri-lo completamente. E havia mais por trás daqueles olhos inundados de tanta paixão ardente, uma dor oculta. Um segredo que ela sabia que ele iria compartilhar com ela, se ela pudesse vê-lo por tudo o que ele era. Ela queria desesperadamente ser a única a desvendar o mistério de Jimmy O'Brien.

Ela suspirou, seduzida pelos pensamentos irracionais.

– Mais uma chance, Jimmy. É tudo que posso dar a você. Mas nada mais de encontros clandestinos em prédios de escritórios afastados.

Ele sorriu brilhantemente. O sorriso sensual dele fez os joelhos de Greta fraquejarem. Ele a puxou pela mão em um abraço.

– Eu prometo, você não vai se arrepender disso.

– Espero que não – ela murmurou desamparada contra o peito dele.

Ele beijou o topo da cabeça dela.

– Que tal eu levar vocês dois para casa?

– Pensamos em ir até o vilarejo. Queríamos uma aventura e quem sabe encontrar um pouco mais de comida.

– Acho que tenho algumas latas e coisas assim. Não há mais nada no vilarejo.

– Ah. – Ela chutou um bloco de terra no chão com a ponta do sapato. – Não tinha percebido que tantas pessoas estariam passando por essa área. Aqui sempre pareceu tão afastado.

– Temo que isso seja apenas o começo. Os alemães dos Sudetos estão sendo expulsos pelo novo governo da Checoslováquia. Há milhões de pessoas que vão precisar de lugares para viver e de comida. Mas qualquer coisa que você precisar, apenas me avise. – Ele ergueu o queixo dela. – Vamos, deixe-me levar os dois para casa.

Ela concordou com a cabeça enquanto Tony se aproximava com Ezra.

– Pronto para ir, Capitão? – Tony perguntou. – Guri, vamos colocar vocês no jipe. – O rosto de Ezra se iluminou.

Jimmy disse algo ao grupo de soldados com quem ela tinha falado anteriormente. Eles se saudaram e ele retornou. Ele ajudou Greta a entrar no veículo, colocando Ezra ao lado dela. Tony e Jimmy subiram para os dois bancos da frente.

– Por que você não dirige? – Ela se inclinou para perguntar a Jimmy. Ela descansava a mão no ombro dele, com a respiração passando pela orelha dele.

– Oficiais nunca dirigem. É como as coisas são, tradição, eu acho – ele disse enquanto Tony manobrava o veículo na estrada.

– Não queremos que nossos oficiais façam nada muito complicado – Tony zombou.

Jimmy revirou os olhos.

– Talvez eu tenha ouvido essa piada vezes demais. Precisa de material novo, Cabo.

Tony riu e dirigiu o veículo pela estrada lotada.

A viagem para casa acabou rapidamente, uma volta na direção oposta. Ezra estava admirado com o jipe. Segurando-se na beirada, ele espiava sobre o lado, observando a paisagem passar. Greta mostrou a ele como colocar a mão para fora, movendo-a para cima e para baixo com o vento. O rosto dele se iluminou com fascínio extasiado, hipnotizado pelo deslizamento suave e resistência que a corrente de ar criava enquanto ele sacudia o pulso para frente e para trás.

Assim que chegaram, Ezra arrastou Tony para dentro de casa, mostrando a ele tudo o que podia imaginar. Ele convenceu Tony a entrar em seu esconderijo sob o chão. Então ele demonstrou todos e cada um de seus brinquedos. Finalmente, eles montaram os soldados de brinquedo, com Ezra insistindo que Tony fosse os soldados azuis. Eram os favoritos de Ezra.

Jimmy descansou o braço ao longo da parte de trás do sofá, dando tapinhas no assento ao lado dele. Greta se sentou na beirada até que ele usou o braço estendido para puxá-la para perto.

— Pode contar-me algo sobre você?

Ela descansou a cabeça sobre o ombro dele.

— Humm, algo sobre mim? — Ela ficou quieta por um minuto, então disse com sua voz levemente acentuada. — Nunca aprendi a andar de bicicleta.

— O quê? De verdade?

Ela se aconchegou mais perto dele, inalando sua loção pós-barba. Tão divinamente masculina, ela desejou que tivesse uma garrafa de seu perfume para borrifar em seu quarto.

— Eu não sei. Já montei cavalos centenas de vezes, mas nunca tive uma bicicleta. Qual é o seu segredo? — Ele se enrijeceu com a pergunta.

O que ele está escondendo?

Depois de um momento, ele relaxou, suas unhas deslizando para cima e para baixo nas costas dela.

– Eu adoro pescar. Posso passar horas sentado na margem de um rio com a linha na água. Todos pensam que sou um péssimo pescador, já que parece que nunca pesco nenhum. Mas a verdade é que digo que vou pescar apenas para me deitar junto ao rio e assistir as nuvens passarem. Eu gosto da paz e da solidão.

– Parece adorável. – Greta sentiu toda a sua tensão desaparecendo a cada toque suave dos dedos dele. Ela podia ouvir o tum-tum do coração dele, sentir a lenta subida e descida de seu peito. Se ela se permitisse, ela poderia adormecer com essa canção de ninar suave. – Você tem irmãos ou irmãs?

– Apenas uma irmã, Erin. Ela é uma cabeça quente. Cabelo ruivo flamejante e um temperamento combinando.

– Ela é mais nova ou mais velha?

– Oito anos mais nova. E você? Ele se moveu na direção dela, permitindo que a cabeça dela descansasse mais firmemente em seu peito.

– Sem irmãos ou irmãs. Eu adoraria ter tido uma família grande. Eu sempre quis ter muitos filhos, uma casa cheia deles. – Ela mal podia acreditar como se sentia confortável no abraço dele, como era natural estar tão perto dele. Com Fritz, o afeto físico parecia estranho e um pouco forçado. Já que eles se conheciam pela maior parte da vida deles, não existiam segredos ou histórias para contar. Nunca uma necessidade avassaladora de tocar, de se abrir completamente.

Eles se sentaram em um silêncio agradável, ouvindo o tique-taque suave do relógio cuco. Quando ele falou novamente, Greta sentiu as palavras vibrarem no peito dele.

– Esse momento é perfeito.

Ela murmurou sua aquiescência e se aproximou,

inclinando a cabeça para olhar para ele. Com uma breve hesitação, como se pedisse permissão, ele baixou a boca até a dela, uma carícia suave em seus lábios. Não encontrando resistência, o beijo se aprofundou. A bela mão dele embalava a cabeça dela.

Terminou com um suspiro. Ele descansou o queixo na cabeça dela, segurando-a firmemente contra a expansão quente de seu peito.

— Estou pronta para contar um pouco do meu passado. Como eu cheguei a conhecer o Ezra.

Tony entrou na sala.

— Pobre guri, ele estava completamente moído. Adormeceu no meio da minha história. Estou pronto para voltar.

— Vou ficar aqui essa noite. Acha que pode voltar amanhã de manhã e me buscar? — Jimmy manteve Greta aninhada ao seu lado.

— Sem problemas. Passo aqui depois da formação. — Tony deu um mini aceno para Greta enquanto saía da casa.

— Você não tem que voltar com o Tony?

— Não. — Ele se mexeu no sofá novamente, tentando elevar a perna dolorida. — Fui dispensado das obrigações. Não sou mais apto para o serviço. — Ele apontou para o membro estendido. — Assim que eles começarem a enviar soldados para casa, eu irei.

— Ah, tão cedo? — Ela não queria sentir a decepção de que esse caso não era para durar. Ela empurrou esses sentimentos para baixo e se virou para encarar Jimmy.

Ele chamou Greta para o quarto com o dedo.

— Acho que devíamos ter um pouco de privacidade enquanto conversamos, se não houver problema.

Uma vez lá dentro, ele fechou a porta com um pequeno clique.

Greta ficou perto da cama, brincando com a bainha de sua manga. Ela não sabia o que fazer com as mãos enquanto encarava Jimmy, as pupilas dele dilatando sob a luz suave. Ele se aproximou e agarrou seus ombros. Em seguida, deslizou as palmas das mãos para baixo para descansar em sua cintura. Ele se inclinou, o hálito doce e quente contra os lábios dela. Com um sorriso satisfeito, ele intensificou o beijo.

Começou como um ataque gentil. Jimmy puxou o farto lábio inferior dela com os dentes, implorando por acesso. Um gemido ofegante escapou da garganta de Greta, atiçando o fogo dentro dele. Com um rosnado possessivo, ele apertou o abraço. Suas línguas se encontraram em uma dança emaranhada, provando uma à outra. Segurando a mão na nuca dela, ele inclinou suas bocas para se alinharem perfeitamente. O sangue dela subiu. Ela podia sentir o comprimento inchado dele pressionando contra sua barriga, sabendo que se ela não parasse, ela nunca seria capaz de revelar sua história. Relutantemente, Greta interrompeu o beijo.

Ainda segurando a cabeça dela nas mãos, Jimmy procurou seus olhos.

– Eu poderia fazer isso a noite toda, mas acho que você tinha algo a me dizer.

Perdendo a coragem, ela estendeu a mão, puxando a boca dele de volta para a dela.

– Acho que eu prefiro beijar você.

Por alguns momentos, eles continuaram, os longos dedos dela enrolados na parte de trás da cabeça dele, mantendo-os juntos. Os lábios dele se moveram para o espaço abaixo da orelha, então ele puxou de leve o lóbulo dela. Os pelos nas bochechas dele fizeram cócegas e ela deu uma risadinha. Envergonhada, ela cobriu o rosto.

– Ah, Greta, amor, não fique envergonhada. – Ele esfregou o rosto contra o ponto sensível novamente, e ela estremeceu, outra risadinha escapou. – Você é absolutamente adorável. – Ele a puxou para baixo na cama, jogando uma perna pesada sobre a dela, o braço ao longo da lateral dela com sua mão abaixo do peito dela. Greta contorceu sua parte de trás contra ele, movendo-se para encontrar uma posição confortável. Ele agarrou os quadris dela com força, pedindo para que ela parasse. – Greta, amor, se você continuar se movendo assim, não serei responsabilizado pelo que acontecerá com você em seguida.

Ela se virou para encará-lo, o sorriso dela desaparecendo rapidamente depois de encontrar o olhar de desejo nos olhos dele.

– Ah – ela disse, recuando ligeiramente para dar espaço a ele. O comportamento dele se suavizou enquanto ele prendia alguns fios de cabelo atrás da orelha dela. – Eu amo deitar aqui com você, segurando você – ela suspirou contra o peito forte dele.

– Eu também. – Ele estendeu a mão até o final da cama, arrastando a colcha para cobri-los.

– Conte-me sobre a América.

– Eu venho de um lugar chamado Reading, na Pensilvânia.

– Eu me lembrei disso da outra noite. É parecido com a cidade de Nova Iorque?

– Não, amor, nada como Nova Iorque. É bem menor. Minha família é dona de uma tabacaria em uma esquina e moramos na parte de cima. Sinto muita falta.

– A loja deve ter um cheiro incrível – ela suspirou, lembrando com carinho do cheiro do tabaco e do cachimbo de seu avô. Mas pensar no avô a deixou com uma terrível sensação de perda. Ela mudou de assunto. – Tocar em você parece mágico. – Os dedos dela deslizavam sobre o pelo macio dos braços dele, traçando as veias e os músculos sob a pele.

– Parece mesmo. – Greta virou para o outro lado. Jimmy apoiou o queixo no ombro de Greta, puxando-a para trás contra o peito dele. – Nós chamamos isso de conchinha.

— Conchinha, que nome engraçado.

— É sim, vê, eu sou a concha grande e você é a pequena. — Ele correu as mãos sobre a lateral dela. Ela soltou um risinho. Foi o toque ou a declaração dele, talvez um pouco dos dois? — Como é *concha* em alemão?

— *Löffel* — ela sussurrou.

— Loffel — ele repetiu.

— Quase, assim — ela pegou a boca dele na mão e mostrou como pronunciar o trema. — Ö, *Löffel*.

— *Löffel*. Que palavra engraçada.

— É isso o que eu penso de conchinha, mas é uma maneira agradável de se deitar ao lado de alguém.

— Minha curiosidade está levando a melhor, Greta. — Ele moveu o corpo para mais perto, fazendo a sensação estranha subir na barriga dela. — Eu sei que você esteve lá, eu sei o que a tatuagem significa. Ela se enrijeceu com a referência dele. — Como você fez isso, como escapou de lá? Do campo de concentração?

— Você não vai deixar para lá? — Ela queria saborear o momento nos braços um do outro e fazer qualquer coisa menos falar sobre aquele lugar.

— Não, você prometeu que me diria. — O tom dele se tornou insistente, depois gentil. — Seja corajosa, Greta.

— Eu prometi, sim. — Um pouco relutante e, no entanto, aliviada por desabafar, ela começou a contar sua história, falando da noite em que escaparam pela cerca. Revelando a história e a promessa da sobrevivência de Ezra.

CAPÍTULO CATORZE

SETEMBRO DE 1943

— Corra! – Ruth sibilou no ouvido de Greta.

Agora, tem que ser agora. Os guardas estavam distraídos por uma comoção do outro lado do campo. Greta agarrou Ezra, com três anos de idade, içando-o em seu quadril, correndo para a cerca. Dois presos já haviam cortado o fio, usando o caos como cobertura. Era apenas uma questão de tempo até que o buraco fosse descoberto e a sua oportunidade de liberdade desaparecesse.

Sem sequer um olhar apressado por cima do ombro, Greta chegou à cerca tripla. Ela respirou fundo. *Agora*, ela tem que ir agora. Ela ajudou Ezra a passar pela abertura e depois seguiu atrás, deslizando com suas barrigas no chão. Os arames cortados pegaram em nas roupas deles, rasgando a pele, mas ela conseguiu se libertar. Primeira cerca... segunda cerca... terceira cerca... Eles atravessaram a barreira. Ela sentiu sangue escorrendo por cima do ombro. *Corra, Greta, corra!*

Ela levantou Ezra, segurando-o contra o peito enquanto corriam direto para a floresta. Arrastando-se atrás de uma árvore, ela prendeu a respiração, ouvindo atentamente os sons deles sendo seguidos. Eles ziguezaguearam pela floresta, usando os troncos para um instante de cobertura antes de avançar para o próximo. Rapidamente, eles atravessaram a área, afastando-se cada vez mais do acampamento.

Havia um leito de riacho seco à frente dela. Talvez se eles pulassem, seria mais difícil para os cães seguirem o cheiro. Ela o colocou no chão e o fez sinal para ficar parado no lugar. Ela saltou para a frente, deixando o leito do riacho para trás. Virando-se, ela estendeu os braços para ele. Ezra pegou impulso e aterrissou perfeitamente. Tropeçando para trás com a força do salto dele, ela demorou um momento para se estabilizar. Então, o mais rápido que pôde, ela correu com Ezra encostado ao peito.

Agora, continue. Ela ouviu tiros, estava mais perto. Atrás deles, cães latiam. *Corra mais rápido, mais rápido.* Silenciosamente, ela colocou o menino no chão e eles continuaram a correr juntos, segurando a mão dele enquanto serpenteavam por entre as árvores. Eles estavam sem fôlego e não disseram nada. *Vamos, pequeno Ezra, voe, como um pássaro, voe.* Ziguezagueando, esquerda, direita, para e respira, corre, esquerda, direita, esquerda novamente. Eles serpenteavam através da floresta escura, com apenas uma fina faixa de luz da lua brilhando para guiá-los para a segurança. Rapidamente eles correram. *Eles estavam sendo perseguidos?* Não houve tempo para verificar, eles deviam correr para salvar suas vidas. Sem parar agora.

Eles correram como duas pessoas possuídas, as respirações vindo em rajadas curtas e dolorosas. Há muito tempo, os sons de tiros e cães tinham diminuído. Os únicos sons eram a respiração ofegante deles e o estalo seco das folhas.

Eles foram cada vez mais longe, e a densa floresta começou

a se abrir. Quando as pernas jovens de Ezra começaram a ceder, ela o embalou em seus braços até que seus músculos se tensionaram com o peso adicional. Havia uma área, com uma edificação a cerca de 20 metros à sua frente, talvez um antigo celeiro. Ela rapidamente se virou para a esquerda, depois para a direita. No entanto, a área ao redor da edificação estava vazia. *Deveríamos arriscar?*

Hesitando por apenas um momento, ela debateu o que fazer. Mas eles não tinham escolha. Eles não podiam ficar onde estavam, a céu aberto. Uma nuvem cobriu a lua, era a única oportunidade deles.

– Corra depressa!

Ezra arrancou para a frente, Greta correndo atrás dele. Eles dispararam para dentro, quando a nuvem passou pela Lua e o solo foi iluminado novamente.

Piscando os olhos para se ajustarem à escuridão, eles se amontoaram dentro dos restos de uma edificação há muito negligenciada. Teias de aranha pendiam por toda a construção, objetos descartados espalhados ao acaso. Greta rezou para que fornecesse abrigo adequado para a noite. Era a única esperança deles. Ezra desmoronou sobre um monte de feno, enrolou-se em uma bola e adormeceu rapidamente. *Por quanto tempo nós corremos?* Pareceram horas. O peito dela queimava enquanto ela inalava profundamente. Ela se sentou com dores nas pernas, nas costas, cada parte dela latejava.

Com sorte, algo escondido dentro da bagunça poderia proporcionar conforto. Ela procurou, levantando os destroços o mais silenciosamente possível. Não havia como dizer quem ou o que poderia estar próximo. A qualquer momento, seu esconderijo poderia ser descoberto. Mas eles não tinham escolha, tinham que descansar. A respiração de Ezra foi prejudicada pelo ritmo acelerado que ela havia estabelecido.

Ela temia pela mãe de Ezra, Ruth. Eles tiveram que deixá-la para trás, pois ela estava fraca demais para segui-los. Durante o tempo em que Ruth esteve no acampamento, ela deu a Ezra a maior parte de sua comida. Greta apenas tinha chegado algumas semanas antes. Foi Ruth quem a acordou. Quase todos em seus quartéis continuaram a dormir com o barulho, mas Ruth, Greta e Ezra aproveitaram a comoção, vigiando e observando na entrada. Então, do canto, eles notaram duas mulheres correndo até a cerca tripla. Elas contrabandearam algum tipo de tesoura e rapidamente cortaram os fios, um por um. Em questão de um minuto, as mulheres passaram pelas três cercas.

Ruth sabia que ela iria impedir a habilidade deles para uma fuga rápida.

– Por favor – ela implorou –, você precisa salvar o Ezra, salve meu filho.

Não havia tempo para discutir. Essa seria a tarefa sagrada de Greta, salvar o Ezra da morte certa.

O que aconteceria quando os guardas descobrissem que Greta estava desaparecida? Se ela tivesse sorte, se Ruth tivesse sorte, ninguém notaria até a lista de chamada pela manhã. Ezra não faria falta. Os guardas já presumiam que ele havia morrido há muito tempo na câmara de gás. Mas Greta, essa seria uma história diferente. Ela estremeceu. A retribuição seria rápida e feroz. Ela silenciosamente enviou uma oração a todos que eles deixaram para trás.

Greta se recusou a dormir agora. Ela tinha de ficar acordada. A respiração de Ezra estava irregular. Ele precisava de água. Agora não, temos de esperar. Ela se sentou ao lado dele, descansando as costas contra uma caixa. *O que poderia ter ali?* Ela abriu a caixa e vasculhou o conteúdo. Havia pratos velhos, pequenas bugigangas. Inspecionando o embrulho, ela descobriu roupas e trapos. Havia um vestido, um pouco grande demais, mas serviria. Ela tirou o casaco e o uniforme. Em seguida, ela vestiu o vestido e embrulhou o uniforme em um trapo. Ela deveria descartá-lo, queimá-lo se possível. Os guardas da Schutzstaffel não podiam encontrá-lo. Não podia ser permitido a eles encontrar provas da sua fuga. Qualquer coisa deixada para trás seria uma pista sobre quem eram, onde estavam e para onde seguiam.

Ela colocou um trapo para cobrir a cabeça raspada. Chamaria atenção e especulação indevidas. Felizmente, Ezra ainda tinha suas roupas originais. Agora eles poderiam passar por uma mãe polonesa e seu filho, então ela se lembrou da estrela de Davi amarela nas roupas dele. O triângulo vermelho dela havia sido descartado com o uniforme, mas as roupas de Ezra ainda eram necessárias, e cada peça ainda tinha um emblema. Ela encontrou uma ferramenta afiada e se colocou a trabalhar, tomando cuidado para não acordar a criança adormecida. Ela arrancou as estrelas com bastante cuidado, arrancando os fios remanescentes. Ele dormia profundamente enquanto ela trabalhava, a pobre criança estava exausta demais para saber o que estava acontecendo ao seu redor.

Adicionando esses restos ao seu pacote, Greta se sentou e pensou nos sessenta e cinco dias que passou em Auschwitz-Birkenau, todos levando a esse momento aqui. Uma enxurrada de memórias veio até ela. Ela se lembrou da bondade de Ruth na primeira noite, de como colocou Greta sob as suas asas e a ajudou a aprender as regras de sobrevivência no campo.

– Não confie em ninguém – Ruth advertiu. – Os soldados têm espiões por todo o lado. Vi pessoas traídas por nada mais do que uma mísera migalha de pão. Nunca subestime o que as pessoas são capazes de fazer quando estão famintas e assustadas. A tosse seca dela a fazia chiar terrivelmente.

Ela se lembrou da guarda horrivelmente cruel. Uma

mulher incrivelmente sádica, um verdadeiro monstro. Uma vez, a guarda encontrou restos de comida que uma mulher no quartel conseguiu contrabandear. Para conseguir que alguém confessasse o roubo, ela escolheu Ruth, uma das mais fracas do quartel. Ela bateu em Ruth de novo e de novo. Greta viu o rosto de Ezra espiando ao redor do fogão, observando com horror a cena se desenrolando diante dele. Algo em Greta estalou, ela tinha de agir.

Greta sabia que Ruth não sobreviveria a tal ataque; ela gritou para a guarda:

— Pare! Fui eu. Eu roubei o pão.

A guarda se virou para ela, com um olhar pérfido.

— O que você disse, cadela?

— Eu disse que fui eu quem roubou o pão. — Greta ergueu o queixo, encarando desafiadoramente para a carrasca.

O espancamento de Greta pareceu ter durado uma eternidade, cada centímetro dela coberto de hematomas e vergões. A guarda não se interessava por quem havia roubado o pão, não importava. Ela tinha que incutir medo em cada preso, pois era o único meio dela exercer seu poder, e ela se regozijava com isso. Quanto à Greta, a única coisa que importava era a sobrevivência dos três. Ela não ficaria parada e assistiria Ruth ou Ezra morrerem. Milagrosamente, ela se curou com apenas algumas cicatrizes como um lembrete da crueldade que as pessoas eram capazes de perpetrar.

Então aconteceu o que ela mais temia: prisioneiros de outros quartéis tomaram conhecimento do segredo de Ruth. Poucos dias após o incidente do pão, Greta ouviu uma conversa entre uma presa e um guarda. A mulher era conhecida por ser cúmplice. Os guardas a usaram no passado como informante, embora ela recebesse pouco em troca de suas traições.

— Estou dizendo, ela está escondendo alguma coisa — a mulher disse, apontando discretamente para Ruth.

O guarda olhou desconfiado para a mulher. Ele sabia que qualquer informação que ela desse tinha um preço. A questão era a qual preço ela estava disposta a vender a ele e se ele sequer se importava com ela. – E o que ela está escondendo?

– Por mais um pouco de comida, eu vou descobrir – a mulher ofereceu.

Ele zombou dela:

– Traga-me a informação, e então veremos o que você acha que pode ser pagamento. – Dando um tapa na cara dela, ele saiu, mas não antes de gritar: – Comece a trabalhar!

Greta sabia que Ruth tinha apenas um segredo, um segredo que podia matar todo mundo. Ela mencionou o que ouviu a Ruth.

– Temos que encontrar um lugar para colocar Ezra, onde eles não possam encontrá-lo – ela insistiu.

Ruth se agarrou ao filho.

– Mas onde? Precisamos fugir, Greta. Não há mais lugar para escondê-lo. – Esse apelo desesperado a levou a outro ataque de tosse. Ela estava pálida e enfraquecendo todos os dias.

Até agora, o esconderijo dele era atrás de um pequeno fogão. Os presos e Ruth tinham removido alguns tijolos, criando uma abertura atrás dele. Mas agora os dias seriam cada vez mais frios, e o fogão precisaria ser aceso sempre que possível. Logo não seria mais prático escondê-lo lá. O resto do piso do quartel era feito de pedra. Concreto servia de moldura para os beliches e sobre eles havia ripas de madeira imóveis, cobertas apenas por feno solto. Não havia lugares na parede ou aberturas no chão.

Naquela noite, Ruth se virou para Greta.

– Prometa para mim, Greta, prometa que sempre cuidará do Ezra?

– Eu prometo, Ruth. – Ela entendia a sua urgência. Não restava muito tempo.

– Eu sei que estou fraca demais para continuar por muito mais tempo, mas o Ezra, ele deve sobreviver. Pelo nosso povo, ele tem de sobreviver.

Greta jurou a ela:

– Enquanto houver fôlego em meu corpo, ele sobreviverá.

E agora, dois dias depois, Greta se sentava em uma construção em ruínas com Ezra, e Ruth estava sozinha no campo de concentração. Eles têm de sobreviver, não havia outro jeito. Greta permitiu que uma lágrima caísse, uma lágrima para sua querida amiga e seu juramento.

Amanheceu e era hora de seguir em frente. Ela apanhou o pacote contendo as roupas dela e as estrelas. Ela cutucou Ezra para que acordasse. Ele balançou enquanto enxugava o sono de seus olhos. Se ao menos pudessem ficar mais tempo, mas não, tinham de continuar. Espiando pela porta do celeiro, ela olhou em volta, à esquerda e à direita, ninguém. Agora não era possível para eles que corressem. Eles tinham de agir como se pertencessem.

Ela encontrou a estrada. A julgar pela posição do sol no céu da manhã, se ela seguisse a estrada para a direita, ela estaria indo para o oeste. Aquela era a melhor direção. Tudo o que ela sabia sobre a sua localização atual era que eles estavam em algum lugar na Polônia ocupada. Onde exatamente, ela não sabia. Se chegasse à Alemanha, ela poderia se misturar. Ela tinha amigos, pessoas que podiam ajudá-la e ao Ezra. Havia Fritz e a tia Liesel dele, eles arriscariam tudo por ela. Mas a ajuda estava longe agora, deveriam ser centenas de milhas até Berlim.

Ela fez uma lista mental do que eles precisariam: documentos, comida, água, um lugar para queimar as roupas. Ela mudaria o nome dele. Hans talvez, algo fácil de lembrar.

Mas ela não podia, não o deixaria esquecer quem ele era, Ezra Eichenbaum, filho de Ruth e Daniel, de Colônia, na Alemanha. Depois que a guerra acabasse, ele deveria se reunir com sua família, Greta havia feito essa promessa. *Não importa o que aconteça, enquanto eu tiver fôlego no meu corpo, o Ezra voltará a ver a sua família.*

A uma curta distância ao longo da estrada, um agricultor queimava folhas num campo. Caminhando com propósito, segurando a pequena mão de Ezra na dela, ela marchou até a pilha e jogou o pacote de roupas por cima. O agricultor chamou a atenção dela, deu um aceno curto. Ela olhou diretamente para ele, desafiando-o a dizer algo, mas ele não o fez. Ele compreendeu. Ele continuou a recolher mais folhas. Não haveria problemas aqui.

Caminhe com um propósito, sua mãe sempre a instruiu, *se você agir como se pertencesse, ninguém a questionará.* E avante eles caminharam, sobre campos e estradas, por aldeias, celeiros, cavalos, carros. De vez em quando, eles se deparavam com um riacho. Eles bebiam tanto quanto suas barrigas pudessem segurar e descansavam. Então eles caminhavam, nenhum deles dizendo nada. Greta segurando a mão do pequeno Ezra, um pé e depois o próximo. *Continue indo para o oeste...*

— Meu Deus, Greta! — Jimmy enfiou a mão no cabelo e se sentou na cama. — Sua história — ele estava boquiaberto, os olhos vasculharam o rosto dela, as palavras falhavam.

— Você não acredita em mim. — Ela falou pouco acima de um sussurro, enxugando as lágrimas que se acumulavam no canto dos olhos.

Jimmy a agarrou com força.

— Greta, não é isso. Eu acredito em você. É que... eu não sei o que dizer. — Ele a acariciou com ternura. — Como você conseguiu voltar para a Alemanha?

— Com a ajuda de um homem chamado Gregor. Ele tinha ligações com a Żegota. Você sabe quem são eles?

Jimmy conhecia a organização. Era um codinome para o Conselho de Ajuda aos Judeus, um grupo clandestino que trabalhava com o governo polonês no exílio. Seus membros foram capazes de interromper a guerra e proteger os judeus poloneses dos alemães.

— Sim, os feitos deles são impressionantes. Também conheci alguns militares poloneses quando estava servindo na Inglaterra. Acho que nunca conheci um grupo de combatentes mais impressionante. Os registros deles eram incomparáveis.

— Gregor e alguns outros conseguiram nos levar até a tia Liesel. E você sabe o resto. — Ela relaxou contra o peito forte dele.

— Você é incrível. — Ele suspirou, o queixo apoiado na cabeça dela.

— Não, eu fiz o que qualquer um faria. Ezra era apenas uma criança pequena.

Ele recuou, com os olhos presos aos dela, perfurando as paredes de dúvida que ela construiu.

— Sim, mas ele está aqui por sua causa. Você o salvou.

Greta desviou o olhar, desconfortável em aceitar os elogios dele.

— Eu gostaria de poder ter feito mais, trazer Ruth comigo. — O lábio dela tremeu. Todas as noites, antes de adormecer, ela rezava com a maior veemência pela sobrevivência da sua venerada amiga. — Ah, Jimmy, será que um dia vou encontrá-la? Você acha que ela ainda está viva?

Jimmy não disse nada por um longo tempo, em vez disso, ele a agarrou com força, usando seu corpo como consolo. A chance de sobrevivência de Ruth era pequena, na melhor das hipóteses, mas a última coisa que Greta precisava ouvir eram as dúvidas dele.

— Vamos encontrá-la. — As mãos dele emolduravam o rosto dela. — Greta, o que quer que tenhamos de fazer, encontraremos a Ruth.

CAPÍTULO QUINZE

A casa parecia tão vazia. Um suspiro suave reminiscente escapou dos lábios de Greta enquanto ela observava Ezra brincando no quintal. Foi decepcionante o quão cedo o cabo Ricci chegou para devolver Jimmy à base. Pouco antes, Greta foi despertada de um sonho delicioso, envolvendo um Jimmy pouco vestido e a língua perversa dele.

A voz de barítono aveludada acariciava a orelha dela, enquanto ele arranhava a bochecha com barba por fazer na nuca dela. Arrepios deliciosos brilhavam sobre a pele dela.

— Bom dia, anjo.

— Anjo, é? — Ela se aproximou de seu abraço caloroso.

— No dia em que nos conhecemos, pensei que você fosse um anjo enviado para me curar. — O traseiro dela se esfregou contra a protuberância endurecida da cueca verde-oliva dele. Com um gemido baixo, ele agarrou os quadris dela, segurando-a firme. — Eu quero você. Eu preciso de você. — A voz rouca dele alimentou o desejo febril dela.

Ela girou o corpo, ficando de frente para ele. Os olhos dela cativados, implorando para que ele desse o próximo passo.

Faltando muito pouco para o que certamente teria sido o beijo mais apaixonante da vida dela, eles ouviram o barulho de pezinhos se aproximando. Com a mesma rapidez, os passos recuaram silenciosamente.

— Não é para ser — ela brincou. Ambos sentiram o peso da decepção.

Ele gemeu luxuriosamente.

— Tem de ser logo. Preciso estar dentro de você. Sentir seu corpo agarrar o meu.

— Ah! — Um rubor se espalhou pelas bochechas dela. As pupilas dele dilataram, os olhos ficaram mais escuros, poças quentes de marrom líquido. Nenhum homem jamais a olhara com fome tão crua. Isso causava uma aflição profunda no âmago dela. Os seios dela pareciam cheios e carentes. Ela apertou as pernas juntas, na esperança de estabilizar o pulso crescente entre elas.

Os dedos dele delinearam o queixo dela.

— Não consigo evitar, Greta. Você me enche de uma dor ardente que eu nunca conheci antes.

Ela estremeceu, aqueles sentimentos permaneceram muito depois da chegada do Cabo Ricci e da subsequente partida de Jimmy. Ela repassou os momentos seguintes em seu delicioso devaneio. O beijo começou tão inocentemente, então rapidamente entrou em erupção como lava fluindo por um vulcão, consumindo tudo em seu caminho. Os lábios, a língua, as mãos dele a devoraram. Ele a prendeu debaixo de si, o comprimento de seu corpo apoiado no espaço entre as coxas dela. Juntos, seus quadris balançavam, o ritmo se tornando urgente. Então eles ouviram o barulho de uma buzina de carro, e um dilúvio de água gelada sufocou o fogo furioso. Ele sufocou um rugido de frustração no travesseiro, enquanto ela mordeu um grito de protesto. Hoje não era o dia.

Lembrar daquele beijo reacendeu a chama. Ela colocou seu

copo de água contra a testa, na esperança de esfriar sua pele excessivamente quente. Ele estava certo, algo precisava acontecer, e logo. Mas era mais do que uma necessidade de satisfazer um comichão crescente.

Depois de tudo o que ela havia revelado, depois de ter finalmente contado essa parte da história dela, ela quis se entregar completamente para ele. Abrir seu coração e seu corpo para esse homem, seu Jimmy. Entregar-se a ele, como nunca tinha feito antes. Mas ainda havia algo que ela estava escondendo. Havia mais sobre a história, ela estava realmente pronta para compartilhar *tudo* com ele? A razão pela qual ela estava em Auschwitz?

Enquanto ela virava as batatas, contemplava o que aconteceria a seguir. Vira. Desvira. Durante todo o tempo em que cozinhava o almoço, sua mente corria em milhões de direções diferentes. Mais uma virada e elas estavam perfeitamente douradas. Deslizando-as em um prato para Ezra se deliciar assim que terminasse de brincar lá fora, ela se fez a maior pergunta de todas – o que viria a seguir?

A vida poderia recomeçar. Eles não precisavam mais estar em constante medo do que poderia espreitar depois da esquina, do que ela tentava manter em segredo. Ela teria de começar a procurar por Ruth.

Mas esses sentimentos girando por dentro eram uma bagunça confusa. Como ela poderia deixar de se sentir aterrorizada a cada momento de cada dia para ter alguma aparência de uma vida normal? O que era normal? Sair trabalhando, rindo, amando... vivendo. Não era como virar uma nova página, ligar um interruptor. Tanto ela como Ezra teriam de aprender a confiar, a se sentir seguros, a pertencer a um lugar que há muito os abandonou.

– Eu acho que começar de novo é colocar um pé na frente

do outro – ela disse para si mesma. – Eu só queria saber para onde estou indo.

O *Kartoffelpuffer* já estava terminado; ela olhou pela janela para Ezra. Ele usava um graveto grande para desenhar diferentes formas no chão. Então, ele decolou, braços estendidos, como a asa de um avião. Ele estava se divertindo tanto. Greta permitiu que ele simplesmente ficasse por um tempo. As batatas podiam esperar até que ele estivesse com fome. Ela comeu alguns bocados, deixando a maior parte restante para ele, e começou seus afazeres.

Ela fez as camas e guardou o cobertor extra. Limpou o pó de algumas superfícies. Varreu o chão. Era monótono, mas de alguma forma calmante. Parando, ainda segurando a vassoura, ela fechou os olhos.

Apanhada de novo num devaneio, ela imaginou Jimmy. Podia sentir os braços dele a envolvendo, seu corpo duro contra o dela. Ela podia ouvir o barítono calmante dele. Sentir o perfume masculino, uma mistura de almíscar, loção pós-barba e uma pitada de cravo ainda persistentes nas roupas dela. Ela se sentia em casa no abraço dele, tão segura e protegida.

Um ruído a arrancou de seus pensamentos, e ela relutantemente continuou suas tarefas. Ela decidiu ir até o campo de refugiados no dia seguinte. Talvez então ela pudesse encontrar algumas respostas, um ponto de partida.

De repente, a porta se abriu, o estrondo ecoando pela pequena sala. Ezra voou para os braços dela. Ele agarrou a saia dela, puxando-a para o esconderijo deles. Uma sombra eclipsou a luz do dia. Não havia tempo para se esconder...

CAPÍTULO DEZESSEIS

A porta se encheu com um homem de uniforme amarrotado. A distinta cor cinza era imediatamente reconhecível. *Meu Deus! É um soldado alemão!* Greta protegeu Ezra com seu corpo, tentando escondê-lo do homem que olhava maliciosamente na direção deles. As pequenas unhas de Ezra agarraram a carne dela, implorando que ela não o soltasse.

Usando a bota, o soldado chutou a porta atrás de si e a trancou com a chave. O deslizar do ferrolho clicando de forma ameaçadora.

– Não quero ser incomodado – ele proferiu, sua voz congelante. Suas palavras alemãs eram cortantes, pingando ódio. – Tenho observado você, vendo como você se prostitui atrás dos americanos. – Ele apontou com um dedo retorcido na direção do acampamento militar e cuspiu em seu chão limpo. – Sua traição nos custou a guerra.

Ameaçadoramente, o soldado vasculhou a casa, mantendo um olho neles. Ele ergueu objetos, espiou atrás de portas, procurando por algo. Ele viu o *Kartoffelpuffer*. Tomando um na mão, ele deu uma mordida.

– Nada mal, você teria sido uma boa cozinheira para alguém. Pena que não vai viver.

Ela endureceu defensivamente. *Aquelas eram as batatas do Ezra!* A raiva fervia dentro dela, mas ela sabia que devia manter a calma. Ela tinha de pensar com clareza ou não haveria hipótese de sobrevivência.

– A guerra acabou agora, você será executado por saquear. Os americanos não tolerarão soldados guerrilheiros – ela afirmou, levantando o queixo em desafio.

– Saquear – ele riu. – Eles vão atirar em mim por algo muito pior do que saquear. Estou sob ordens, ordens de cima. – Ele jogou a comida no chão à sua frente, passando as mãos gordurosas pela camisa. – Nós continuamos a lutar. Nós não nos rendemos, somos os "Lobisomens". – Um sorriso sinistro tomou conta do rosto dele. – Você sabe o que são lobisomens, garotinho? Somos criaturas da noite que se escondem na floresta e saem para comer a nossa presa. – Cada palavra era destacada, enunciando cada sílaba.

O aperto de Ezra se intensificou; ela sentiu as unhas dele cravando em sua pele, mas não as removeu. O aperto dele a mantinha alerta. Ela se moveu para a esquerda, afastando-se de seu captor, puxando Ezra junto com ela. Ela tinha de levá-lo para um local seguro. Ela poderia se sacrificar, bloquear a porta para que ele escapasse. Ele sabia o caminho para a casa de Liesel. Ela o protegeria com a própria vida.

O soldado a encarava, seus olhos negros e redondos seguindo cada movimento.

– Talvez, eu morda e coma você primeiro, sua vadia traidora. – O jogo dele havia acabado, agora era pela diversão.

Ele se lançou contra Greta, jogando-a contra a lareira. A cabeça dela bateu contra a madeira. O ataque a surpreendeu e um zumbido alto encheu seus ouvidos. Ela tentou afastar a náusea vertiginosa.

Ezra correu, mas apenas deu alguns passos antes que o soldado o pegasse. Insensível a seus chutes e golpes furiosos; ele empurrou o menino para o banheiro, arrastando uma cadeira contra a porta. Ezra estava preso. Seus pequenos punhos batiam contra a madeira.

Greta empurrou-se contra a parede, tentando ficar de pé. A cabeça dela girava e ela podia sentir o sangue escorrendo pelas costas.

— Pobre menina bonita, você se machucou? — Ele zombou, a saliva ficando presa no queixo barbudo. Sua estrutura imponente envolvia toda a sala, uma figura demoníaca em cinza.

Ele a puxou até ela ficar de pé, segurando seus pulsos. Ela se contorceu e debateu contra ele, mas não conseguiu se libertar. Sem nada para usar contra ele, ela cuspiu diretamente em seu olho. Um lampejo de raiva tomou conta do rosto dele, ele usou a mão dela para enxugá-la.

— Você vai se arrepender disso — ele sibilou, uma cobra venenosa.

Usando seu corpo, ele a forçou contra a parede, prendendo os pés, pernas, braços dela. O cheiro de pele suja e cigarros a dominou, e ela começou a ter ânsia.

— Nós viemos para morder e comer — ele vomitou as palavras sinistras no ouvido dela. Ele passou a língua pelo pescoço dela, o hálito pútrido enchendo as suas narinas. Ele apertou os dentes com força em sua clavícula, rasgando a pele dela. Ela soltou um grito agonizante e se agitou contra ele. Ele sorriu, com os dentes amarelados cobertos pelo sangue dela. O riso maníaco repercutiu nas paredes da pequena sala.

CAPÍTULO DEZESSETE

– Ei, Cabo – Jimmy chamou seu motorista e amigo, Tony. – Não tenho nada para fazer aqui, então estou pensando em ir até a Greta para levar algumas latas de comida que encontrei no meu armário para ela. Pode me levar?

– Sim, por que não. Fui dispensado do serviço nos próximos dois dias. – Ele se levantou da cadeira em que estava descansando. – As coisas parecem estar ficando bem intensas entre vocês.

Jimmy acenou com a cabeça enquanto subiam no jipe e Tony ligou o motor.

– Não tenho certeza de quão sério podemos chegar. Mas tem algo sobre ela, eu não consigo ficar longe.

– Ela é uma belezura.

– Eu nunca conheci ninguém como ela. Nós nem sequer, bem, você sabe. – Jimmy imitou o sinal para relação sexual.

Tony riu.

– Eita, Capitão. Isso é que controle. – A casa da Greta surgiu à vista. – Você é um cara de sorte.

— Pode apostar que sou.

Tony parou o veículo na frente. Sinos de alerta tocaram na cabeça de Jimmy, e ele se virou para Tony.

O rosto dele estava contraído e sombrio. Ele havia sentido também.

— Tem alguma coisa errada, Capitão.

Jimmy assentiu. Ele carregou seu revólver de serviço com munição. Tony fez o mesmo. Um grito de gelar o sangue quebrou o silêncio em torno deles, impulsionando Jimmy em movimento.

Tony pegou o rádio do jipe e pediu ajuda. Jimmy se atirou contra a porta da casa, mas ela não se mexeu. Através da porta, ele podia ouvir Greta implorando em alemão para que alguém parasse, seguido de risadas sádicas masculinas. Em um instante, Tony estava ao lado de Jimmy. Juntos, eles golpearam contra a porta repetidamente até que ela finalmente cedeu, estilhaçando-se sob o ataque deles.

O soldado e Greta se viraram para encarar a comoção. A visão que recebeu Jimmy transformou seu sangue em gelo. Uma veia na têmpora dele pulsou. Incapaz de conseguir um tiro certeiro, ele avançou. O soldado alemão emitiu um rosnado gutural, jogando Greta com todo o seu peso contra uma parede, fazendo-a cair em uma pequena mesa.

O ímpeto de Jimmy fez com que os dois homens caíssem no chão, com o antebraço dele pressionando a garganta do alemão. O homem conseguiu inverter as suas posições rapidamente, deixando Jimmy lutando para se colocar de pé.

Jimmy atacou o homem novamente, jogando-o contra o sofá. Dessa vez ele conseguiu acertar alguns socos na mandíbula do alemão, um dente amarelo voando pelo chão. A força deles, no entanto, estava igualmente equiparada. Jimmy tirou o revólver do coldre. Antes que ele pudesse levantá-lo, o soldado jogou todo seu peso nele. Jimmy colidiu com a porta do quarto. Os dois lutavam pela arma. Ela deslizou pelo chão de madeira, fora do alcance de ambos os homens.

Tony arrancou o soldado de cima de Jimmy e o imobilizou em um mata-leão. Não foi fácil, pois os alemães lutavam com intensidade animalesca. Ele se libertou, fazendo Tony cambalear, perdendo o equilíbrio e batendo contra uma parede. Jimmy se preparou e aproveitou a oportunidade, acertando um gancho de direita perfeito ao longo da mandíbula do soldado. O impacto torceu violentamente o pescoço do alemão e ele caiu prostrado no chão.

Jimmy pegou o revólver do chão e o apontou para a cabeça do alemão. Ele sentiu a mão de Tony apertar seu ombro.

– Não vale a pena, não. Baixe a arma, Capitão.

Com a mão tremendo, ele baixou a arma e a colocou na mão de Tony.

– Se ele se mexer, você atira nele.

– Entendido, senhor.

Jimmy não resistiu; ele acertou alguns chutes bem colocados na caixa torácica do homem inconsciente antes de se virar para Greta. Ele se inclinou e retomou o fôlego, tentando recuperar o equilíbrio. Greta se apoiava contra o sofá de forma lamentável, colocando seu peso no tornozelo esquerdo. Trêmulo, ele se aproximou dela, tentando esfriar a adrenalina que corria em suas veias.

– Ezra. – Ela apontou para a porta do banheiro.

– Não se preocupe, o Tony vai cuidar dele. Greta acenou com a cabeça e abriu os braços para Jimmy. Ele suavemente alisou o cabelo de seu rosto, passando os dedos trêmulos pela bochecha machucada dela. Ela mordeu o lábio, na esperança de conter os soluços crescentes. Sem uma palavra, ele a pegou em seus braços e se sentou com ela embalada em seu colo. Ele a pressionou contra o ombro, segurando-a firmemente contra ele enquanto os dois se esforçavam para recuperar o controle.

Tony prendeu o alemão inconsciente com um pedaço de corda.

— Onde está o Ezra?

— Ele está no banheiro, Tony. O soldado o deixou sozinho — ela respondeu roucamente, tentando limpar a garganta. Jimmy explorou os hematomas no pescoço dela, sua mandíbula se contraindo a cada arranhão, vergão e contusão recém-descobertos. Ele pressionou um lenço na mordida na clavícula dela. Ela estremeceu quando o tecido fez arder.

Tony reagiu à resposta dela com um chute repentino no joelho do alemão. O estalo da cartilagem trouxe um sorriso satisfatório ao rosto de Tony. Ele passou por cima do soldado, convenientemente pisando na mão estendida dele.

— Opa — ele disse, pisoteando com força novamente, esmagando ossos. — Não vi você aí.

Tony libertou o Ezra de sua prisão. Ele correu direto para os braços de Tony, que então o ergueu.

— Peguei você, guri! Já passou, peguei você. — O menino desabou contra o pescoço dele, tremendo e soluçando. Tony saiu, ainda o segurando nos braços. — Nós capturamos o homem mau, ninguém vai te machucar, meu amiguinho, eu prometo.

Greta tentou se levantar, mas Jimmy manteve um aperto firme ao redor de sua cintura. Ela alisou a camisa rasgada, passando os dedos sobre as juntas machucadas dele.

— Você está ferido de novo — a voz rouca dela sibilou.

Jimmy gentilmente pressionou suas testas juntas.

— Estou bem — ele suspirou. — É você quem está ferida.

Enquanto se sentavam juntos em um abraço, vários veículos entraram no pátio. Pelas exclamações de Tony, eles sabiam que eram soldados americanos, que então correram para a casa. Eles viram o agressor caído e relaxaram suas posições.

– O que aconteceu aqui? – Veio a voz de comando do Major Clarkson.

Jimmy fez uma continência, saudando. O major rapidamente devolveu a saudação.

– Aquele homem – Jimmy acenou para o soldado alemão no chão –, estava atacando Greta e Ezra. O cabo Ricci e eu fomos capazes de intervir e é por isso que ele está incapacitado.

O major absorveu a resposta e ordenou a dois homens que pegassem o novo prisioneiro e o prendessem. Ele ordenou que seus homens revistassem a área em busca de mais soldados e que o médico cuidasse dos ferimentos de Greta e Jimmy.

– Com licença, capitão – disse um homem ruivo atrás dele.

– Eu gostaria de examiná-la, se eu puder? – O médico estava parado na extremidade oposta do sofá, gesticulando para Greta. Ela o reconheceu imediatamente como o homem que cuidou de Jimmy antes.

– Sargento Kowalski, é mu-muito bom vê-lo no-novamente. – A voz dela estava tensa, enquanto ela tentava falar. Tanto Jimmy quanto o sargento fizeram uma careta.

Jimmy reposicionou Greta, mantendo-a ao seu alcance caso ela precisasse dele. Ela estendeu a mão, entrelaçando os dedos deles. O sargento enfaixou seus cortes e verificou se havia ferimentos graves. Depois de determinar que ela não precisava de mais do que curativos e descanso, o médico pediu licença para examinar Ezra. Jimmy recusou ajuda no momento.

– Obrigada – ela engasgou, dando tapinhas na mão do homem.

– Não há problema, senhora, fico feliz em ajudá-la. – Ele se levantou, recolhendo suas coisas. – Por favor, não faça esforços, você levou uma baita surra. Estou feliz por podermos ajudá-la, com tudo o que você fez pelo capitão lá atrás. – Ele deu um sorriso maroto, acenou com o chapéu e saiu em seguida.

Kowalski encontrou o menino ainda sob os cuidados de Tony. Felizmente, ele estava completamente ileso, mas mantinha um aperto mortal no pescoço do cabo.

Tony o balançava de um lado para o outro, permitindo que Ezra soluçasse suavemente em seu ombro.

— Pronto, pronto, guri. Está tudo bem agora.

Greta estremeceu quando tentou se mover, todo o seu corpo doía e latejava.

— Eu... eu preciso... — Ela gaguejou. Jimmy estava ao lado dela novamente, pegando-a e a carregando para a cama, deitando-a sobre o edredom cheio de penas.

— Do que você precisa, meu anjo? — Jimmy a ajudou a se sentar, reclinando-a contra a cabeceira da cama.

Ela balançou a cabeça, seus pensamentos nublados.

— Eu não sei, apenas manter o Ezra seguro. — Ela se inclinou para trás e tentou acalmar a náusea vertiginosa que ameaçava alcançá-la.

— Nós vamos, meu anjo, e você também. — Ele acariciou a bochecha dela com as costas da mão. — Eu pensei que iria perder você. — Ele pausou, ergueu a mão dela, beijando cada junta. — O pensamento de perder você... — Ele engoliu seco, não estava pronto para dizer mais nada.

— Eu temi tanto pelo Ezra, como ele poderia não sobreviver. Depois de tudo o que passamos, e então... — Fluxos de angústia fluíram pelas bochechas dela. — Pensei que poderia não ser capaz de dizer a você o que eu sinto. Que poderia não voltar a vê-lo.

Jimmy a puxou até ele. Ele a segurou com força, o corpo dela cedendo contra o dele.

— Não solte — ela suspirou para ele —, segure-me assim para sempre.

— Capitão — o major retornou —, eu gostaria de falar com ela por um momento.

Relutantemente, Jimmy retraiu os braços.

— Estarei bem do outro lado dessa porta. Não vou embora. — Ele beijou a testa dela, depois se virou e saudou o oficial, deixando-os conversar juntos na sala.

Ela se moveu, na esperança de encontrar uma posição mais confortável. Puxando uma cadeira ao lado da cama, o major se sentou.

— Senhorita Müller. Eu sou o Major Clarkson. Nós nos conhecemos antes, quando você cuidou do Capitão O'Brien.

Ela assentiu.

— Eu me lembro, Major Clarkson. É bom vê-lo novamente.

Ele inclinou a cabeça e seus lábios se curvaram ligeiramente para cima nos cantos.

— Tenho algumas perguntas a fazer sobre o que aconteceu. — Ela indicou para ele continuar. — Você sabe quem é o homem?

— Na verdade, não — ela explicou. — Ele ficava se referindo a si mesmo como um lobisomem e ele estava... — Ela parou, com a cabeça latejante dificultando a lembrança. — Ele foi ordenado a continuar lutando.

— Ele disse quem deu as ordens?

— Não, eu sinto muito.

— Há mais alguma coisa que você possa pensar?

— Não, ele disse que estava nos observando. Ele sabia que os americanos haviam estado aqui.

— Ele indicou há quanto tempo estava vigiando essa casa?

— Não, ele não indicou. Você sabe o que ele quis dizer quando se chamou de Lobisomem?

— Houve ataques contra cidadãos alemães e soldados Aliados desde o fim da guerra. Recolhemos provas que sugerem que um grupo de soldados está usando táticas de guerrilha e tentando continuar os combates. Temos uma ideia de onde vieram as ordens, mas estamos determinando quantas pessoas estão envolvidas.

– Isso significa que o Ezra e eu ainda estamos em perigo?

Ele sorriu com simpatia.

– Faremos tudo o que pudermos para proteger vocês. Nosso trabalho agora é manter a paz e começar a reconstrução. – O major moveu a cadeira de volta para o seu lugar perto da janela. – Eu gostaria de deixar alguns soldados aqui, tudo bem para você? Receio que haja mais homens escondidos na floresta e, se for esse o caso, precisamos de tempo para erradicá-los.

– Obrigada. – Ela se recostou na cama, fechando os olhos e desejando que a dor parasse. – Você pode deixar o capitão ficar, e talvez o cabo Ricci?

– O capitão já não está de serviço, está à espera de ordens para voltar para casa. Está sendo dispensado por causa dos ferimentos. Porém ele tem a minha autorização para ficar. E sim, o Cabo Ricci também pode ficar, vejo que ele é muito protetor com seu filho, e se meus meninos tivessem passado por isso... – Ele balançou a cabeça e não continuou. – Vamos deixar alguns outros soldados do lado de fora por essa noite também, para garantir que não tenha mais ninguém lá fora.

– Como você soube que deveria vir? – Ela perguntou.

– O Cabo Ricci ligou pelo rádio. Por causa dos recentes ataques a civis e soldados, ele tinha um rádio com ele. Felizmente, estávamos patrulhando nas proximidades e pudemos chegar rapidamente. – Ele se moveu em direção à porta.

– Obrigada, Major Clarkson. Sei que não precisava ajudar uma alemã.

O major balançou a cabeça.

– A guerra acabou. É tempo de todos recomeçarmos e reconstruirmos. Não vamos ficar sentados vendo alguém atacar mulheres e crianças inocentes.

– Sou tão grata por você estar aqui.

– Como eu disse antes, senhora, qualquer coisa que

possamos fazer, avise-nos. – Ele acenou com o chapéu para ela e se retirou do quarto, dando ordens aos seus homens enquanto caminhava pela casa.

Jimmy voltou e se sentou ao lado dela na cama. Ela chorou dolorosamente agora. Segurando-a contra o peito, Jimmy sussurrou:

– Vai ficar tudo bem agora, eu estou aqui. Toda a adrenalina está sumindo, deixe-se relaxar.

– Por que você está aqui? – Ela mal podia acreditar na sua sorte. Se Tony e Jimmy não tivessem regressado, ela e Ezra estariam mortos. Do nada, ele aparecia como um cavaleiro em verde-oliva amarrotado.

– Bem, o Tony e eu começamos a conversar. Ele achou que devíamos passar por aqui e trazer alguma coisa para você comer. Encontrei algumas provisões do exército de que não precisava e pensei que talvez gostaria delas. – Ele ajustou o corpo e estremeceu também. A pele de seus dedos estava descamada; um hematoma florescia sob seu olho direito.

– Ah não, você está ferido – ela chorou, estendendo a mão para tocar o rosto machucado dele.

– Eu estou ferido? – Ele falou com incredulidade. – Querida Greta. Eu vou me curar; o médico diz que distendi o ombro na luta e levei alguns arranhões. Mas não se preocupe, ficarão recuperados de novo. – Ele alisou o cabelo dela para longe do rosto e endireitou o vestido. – Agora, eu não vou deixar você dormir essa noite, não com um ferimento na cabeça como esse. Tony está cuidando do Ezra. Ele está contando histórias sobre beisebol e o Mickey Mouse. Tenho certeza que ele deu duas ou três barras de chocolate para ele comer. Portanto, agora é tudo sobre você e suas necessidades.

– Obrigada por cuidar do Ezra. – Greta gemeu, apoiando a cabeça dolorida em seu ombro. – Não consigo pensar. Minha cabeça está girando.

— Descanse, meu anjo. — Ele se ajeitou, tirando as botas e as deixando cair com um baque no chão. Em seguida, estendendo-se ao lado dela, tão gentilmente como sempre, aconchegou Greta a seu lado. — Alguma coisa sobre a qual você queira falar?

— Não tenho certeza. Você escolhe. — O suave subir e descer do peito dele acalmava a mente dolorida dela. Os dedos passeavam para cima e para baixo nos braços dela, deixando um rastro de arrepios.

— Como quiser, meu anjo.

Eles passaram a noite inteira conversando sobre suas infâncias, sua criação e suas famílias. À medida em que o amanhecer atravessava a janela, Greta permitiu que o esgotamento dos acontecimentos do dia a atingisse, um único pensamento passando pela cabeça dela. *Como é que eu vou deixá-lo ir?*

CAPÍTULO DEZOITO

Raios quentes de luz solar passaram pela janela. Greta esticou o pescoço e gemeu. Cada músculo doía depois do ataque do dia anterior. Ela tentou mudar de posição, mas um grande peso a ancorou na cama. Os olhos dela se abriram. Do outro lado da perna dela, Jimmy descansava. A mão dele se estendia por sua barriga e a cabeça dele repousava no travesseiro perto de seu ombro. Ela estava relutante em se separar daquele casulo masculino tão delicioso, mas seus músculos gritavam, exigindo movimento.

Ela tentou tirar o corpo, mas em vez disso ela se viu arrastada contra Jimmy, cercada por um calor ainda mais calmante.

— Não — veio o áspero comando dele. — Você vai ficar aqui.

Para enfatizar o comando, a mão dele deslizou mais abaixo no abdômen dela, pressionando-a contra seu corpo.

— Por mais que eu adoraria ficar aqui para sempre, eu tenho algumas necessidades urgentes. — Ela deu um tapinha na mão dele e tentou se levantar novamente.

– Nada feito. O médico ordenou repouso na cama, e na cama você vai ficar.

– Jimmy – ela gemeu enquanto os lábios dele pressionavam contra o espaço abaixo de sua orelha, causando calafrios em seu corpo. – Por favor, eu tenho necessidades.

A língua dele passeou pelo comprimento do pescoço dela e mordiscou na clavícula.

– Eu também tenho necessidades. Vamos satisfazê-las juntos. – Ele acariciou a barba por fazer do queixo contra um ponto particularmente sensível. Ela soltou um risinho.

– Jimmy, por favor. Só por um instante?

Ele suspirou e soltou o abraço.

– Só um instante, e depois de volta para a cama. É uma ordem.

Ela fez uma saudação zombeteira.

– *Ja wohl*, Capitão!

O rosto dele desmoronou; os olhos escureceram.

– Ah, Jimmy. Eu sinto muito, eu não...

Ele balançou a cabeça.

– Não, Greta. Não é isso. – Ele a virou para que ela se olhasse no espelho na parede oposta. – Você viu os hematomas?

A mão dela voou para a boca.

– *Mein Gott*, Jimmy. Eu estou toda roxa.

– Você parece como se tivesse enfrentado cinco rounds com Joe Louis.

Ela ergueu a sobrancelha em uma pergunta silenciosa.

– Um boxeador.

– Pareço sim, mas eu definitivamente perdi essa luta. – Ela pressionou os dedos contra os lábios inchados, ao longo do olho roxo.

As mãos dele pousaram nos quadris dela e ela estremeceu.

Antes que ela pudesse detê-lo, ele desabotoou os botões do vestido dela.

– Jimmy, agora não.

– Eu sei, anjo. Preciso ver a extensão do estrago. – Ele levantou o vestido e o passou sobre a cabeça dela para começar a inspeção. Greta podia sentir a agitação dele crescendo, sentir o tremor dos dedos dele, enquanto eles alisavam sua pele. Quando ele viu as pequenas luas crescentes ao longo dos quadris delas, sua voz ficou tensa. – Ezra?

– Ah, Jimmy. Ele estava tão assustado e se segurou em mim com tanta força. Os dedos dele deixaram marcas? – Ele mostrou as marcas a ela. – Eu não achei que íamos conseguir.

Ele a segurou, respirando fundo para acalmar sua raiva. Depois de um longo momento, ele finalmente falou.

– Eu quero matá-lo. Nunca quis tanto a morte de ninguém como eu quero a dele. O que ela viu no olhar firme dele a gelou até os ossos. Ela colocou uma mão apaziguadora no peito dele, tentando temperar a raiva que fervia por dentro.

– Já passou. Ele foi preso. Podemos seguir em frente. Ele não foi o primeiro homem a me machucar.

– Quem foi o primeiro? – Os olhos dele vasculharam o rosto dela. – Foi o Fritz?

– Fritz! *Ach, nein*. O Fritz nunca. Não importa. O passado é passado. – Ela sorriu para ele, mas o queixo dele se apertou.

– Dê-me o nome dele, Greta. – A voz dele era enganosamente suave.

– Agora não, Jimmy. Ainda não posso falar sobre isso. Por favor! – Uma lágrima escorreu pela bochecha dela, o abraço dele se suavizou.

Ele concordou com a cabeça uma vez e recuou.

– Troque de roupa. Vou ver como o Tony e o Ezra estão. – Com a mão na maçaneta da porta, ele se virou e olhou para ela.

As lágrimas dela fluíam livremente. Foram necessários três

passos decisivos para voltar a alcançá-la. Ele colocou uma mão na nuca dela e outra na parte inferior das costas. Os olhos deles brilharam; seus lábios se encontraram. Cada palavra que ele não podia dizer, cada sentimento que ele não podia expressar, derramado naquele beijo. Ela respondeu com igual intensidade, torcendo a parte de trás da camisa dele em seu punho, empurrando-se contra ele. Eles se fundiram como um, seus corações batendo em ritmo juntos.

O fogo ainda permanecia em seus olhos, quando ele declarou:

– Nunca mais, Greta. Você é minha para proteger. Você é minha. – E ela sentiu cada uma das sílabas daquelas palavras.

Após sua declaração fervorosa, ele saiu da sala, fechando suavemente a porta atrás dele. Greta se afundou na cama, atordoada demais para sequer falar. As palavras dele ecoavam em sua mente. *Você é minha...*

Ezra estava sentado à mesa comendo uma maçã, com as pernas balançando para frente e para trás enquanto ouvia Tony presenteá-lo com histórias do ensino médio.

– O melhor jogo da minha vida foi em outubro do meu último ano. Eu era o zagueiro do time de futebol da minha escola em Woodrow Wilson. Isso é futebol americano, não o que você chama de futebol. – Ezra acenou com a cabeça e deu uma grande mordida. Escorreu suco pelo queixo dele, e ele limpou com sua manga. – Com apenas um minuto restando no relógio, o quarterback lançou esse passe longo. – Tony imitou o lançamento. – Eu agarrei e corri para a zona de finalização, ganhando o jogo. – Ele jogou os braços fazendo o sinal do touchdown. Ezra imitou o gesto.

123

— Todo mundo em Woodrow estava festejando. As líderes de torcida correram para me beijar. Foi o máximo!

Ezra aplaudiu; Tony bagunçou o cabelo dele.

— Eu não sabia que você jogava futebol americano. — Jimmy entrou na sala a tempo de ouvir a história de Tony. — Eu também joguei, fui o quarterback no meu segundo e último anos.

Tony sorriu.

— Talvez pudéssemos ensinar o Ezra a jogar. O que você pensa sobre isso?

Ezra assentiu e saltou do seu assento. Ele correu até a porta e pegou sua bola, fazendo sinal para Tony segui-lo.

— Estou sendo convocado.

Jimmy deu tapinhas em suas costas.

— Talvez tenhamos de encontrar uma bola adequada, mas parece um bom plano. Eu vejo você lá fora daqui a pouco.

— Como a Greta está?

— Não está ótima, mas também não está péssima. — Jimmy bateu com o punho na coxa. — Ela disse que essa não foi a primeira vez. — Ele cerrou a mandíbula, os dentes rangendo de irritação.

— Ah é? Quanto você sabe sobre o passado dela?

— Não o suficiente. — O pensamento de qualquer violência sendo feita à Greta por um homem, era mais do que ele podia suportar. Que havia outra pessoa, era inconcebível.

— Talvez seja hora de vocês se abrirem? — Tony ajeitou seu chapéu. — Isso não é uma aventurazinha entre vocês. Tem algo mais. Não sou nenhum diplomado, mas sei quando vejo algo poderoso acontecendo. Mais forte do que um tornado do Texas. Cuidado para ele não pegar vocês e jogá-los em uma vala qualquer.

Jimmy odiava sua incapacidade de proteger Greta. Quantas vezes ela tinha sido ferida antes? A raiva dele só estava aumentando. Ele queria soltar sua ira contra as injustiças cometidas contra Greta, atacar os homens que a tinham machucado. Agora era hora de ele protegê-la quando todos os outros haviam falhado com ela antes.

Greta entrou na sala usando um vestido de algodão azul claro, de estilo singelo e liso. A cor enriquecia os olhos dela, fazendo-os brilhar mais azulados do que verde hoje. O sorriso dela reluzia. Jimmy lutou contra o desejo de puxá-la de volta para a cama.

— Alguma coisa para comer? — Ela perguntou, vendo uma panela no fogão.

— Tony fez uma espécie de sopa.

Ela franziu o nariz.

— Você acha que algum dia vamos voltar a comer normalmente?

— Normalmente?

Ela pegou uma tigela da mão de Jimmy e se sentou à mesa. Ele serviu uma xícara de café para os dois.

— Legumes, carne... — ela suspirou —, sobremesas com açúcar.

Jimmy piscou para ela.

— Eu posso dar uma sobremesa para você.

Ela revirou os olhos e tomou um gole da bebida. Soltou um gemido suave.

— Café de verdade? Meu Deus, agora isso é um deleite. — Ela tomou um gole mais longo e suspirou melancolicamente.

— O que você come normalmente?

— Liesel tem algumas galinhas. Uma horta com batatas e repolho. É o que mais comemos. Às vezes há surpresas, como no outro dia, ela trouxe salsicha! Eu quase tinha me esquecido do gosto.

— Você normalmente não come carne? — Ele rasgou um pedaço de pão, mergulhando-o na sopa.

— Não, é uma raridade. As galinhas, Liesel as mantém para os ovos. — Ela tomou mais algumas colheradas da sopa e, em seguida, baixou a colher com um tilintar.

— Por que o suspiro pesado?

— Estou sonhando com um *Wiener Schnitzel* com salada de batata quente — ela disse, olhando para a sopa desagradável.

— Sabe, Reading fica no território holandês da Pensilvânia, você pode encontrar muita comida alemã boa lá.

— Como você pode encontrar comida alemã em um lugar conhecido como território holandês?

— Bem, as pessoas chamam de holandês, mas vem da palavra *Deutsch*. Então, na verdade, é um lugar com imigrantes alemães.

— Ah, seus americanos bobos. Holandês quando você quer dizer alemão — ela repreendeu com carinho. — Mas agora eu quero uma costeleta fina de vitela, empanada e frita. Uma tigela grande de salada de batata quente com bacon polvilhado por cima. — O estômago dela roncou em protesto enquanto ela tomava um bocado da sopa de legumes.

Jimmy fez uma careta para sua tigela.

— Bem, você conseguiu. Agora eu estou com desejo.

Ela riu.

— Jimmy, tem um grande favor que preciso pedir a você. — Ele fez sinal com a colher para que ela continuasse. — Você se lembra da história que lhe contei? Sobre como preciso reunir o Ezra com a mãe dele?

— O que você quer fazer, meu anjo?

— Preciso ver o acampamento dos desalojados hoje.

Ele cedeu.

— Tudo bem, se você me prometer uma coisa?

— O quê?

— Vá com calma o resto do dia. Se juntarmos nós dois não

dá uma pessoa e... – ele deu tapinhas na mesa perto dos dedos estendidos dela. – Eu preciso de você.

Enquanto falava, ele observou um rubor rastejar sobre as bochechas e inflar o peito dela, os lábios dela se contraindo para cima. Ele lutou contra o desejo de puxá-la de volta para a cama e a manter lá pela próxima semana. De fazer tudo o que pudesse para manter o lindo sorriso dela permanente.

– Mas, sim, podemos ir hoje. Deixe-me dizer ao Tony os nossos planos e podemos ir andando. – Ele levantou o queixo dela com a mão. – Você promete?

– Eu prometo. – Os olhos dela se aqueceram antes de ele sair.

Ele sabia que ela deveria passar o dia descansando, mas não podia contestar o pedido dela. O tempo estava se esgotando e as pistas ficariam frias. Agora era a melhor chance deles de encontrar vestígios de Ruth. Ele faria qualquer coisa, moveria o céu e a terra, para reunir Ezra e sua mãe, para ajudar Greta a cumprir a promessa dela. Era uma coisa que ele podia fazer, quando havia falhado tão miseravelmente em protegê-la. Ele estremeceu, lembrando-se dos gritos dela, assistindo aquele animal atacá-la. Não havia nada que ele não faria por Greta.

– Ei, Tony – ele chamou o amigo. – Mudança de planos.

CAPÍTULO DEZENOVE

Ironicamente ocupando um antigo quartel e campo de treinamento da Schutzstaffel, o campo de desalojados era uma área caótica de edifícios rodeados por uma cerca de arame. Embora liberados dos campos de concentração, essas pessoas libertadas agora se viram enjauladas novamente. Mas esse confinamento não era o mesmo, como evidenciado pelos melodiosos sons permeando o ar. Risadas – um som antes proibido por seus captores, emanava promessas de um futuro por cima da cerca de fio.

Uma dupla de soldados uniformizados se sentava a uma longa mesa em frente à entrada improvisada. Eles saudaram Tony e Jimmy, que retribuíram a saudação. O mais baixo dos dois homens sentados perguntou com curiosidade:

– Como podemos ajudá-los?

Jimmy falou primeiro.

– Esperamos encontrar uma mulher. Pensamos que ela pode estar aqui, ou talvez alguém possa ter ouvido alguma coisa sobre ela.

O soldado balançou a cabeça.

— Cara, é como tentar achar uma agulha em um palheiro, com os olhos vendados e bêbado. Você é mais que bem-vindo a tentar, mas não quero que tenha muita esperança. Todos os dias surgem novos, mas muito poucos partem.

— Senhor — Greta começou a perguntar.

Jimmy gentilmente a corrigiu:

— Dirija-se a ele como Sargento. Veja o emblema no braço, ele mostra a posição dele.

— Você tem muito a me ensinar. — Mudando de direção, ela se dirigiu ao homem corretamente dessa vez. — Lamento, Sargento. Se encontrarmos quem procuramos, ela pode voltar para casa conosco?

— Tudo depende, senhora. Ela terá de ser examinada pelos médicos ali. — Ele apontou para uma tenda branca com uma cruz vermelha. — Precisamos ter certeza de que eles são saudáveis o suficiente para sair e não espalhar doenças involuntariamente. Você não acreditaria em como essas pobres pessoas foram tratadas.

Jimmy acariciou a tatuagem no antebraço dela, um gesto que não passou despercebido ao soldado, de quem os olhos se arregalaram em um breve momento de pesar e compaixão.

— Ah, ela sabe. Bem demais na verdade.

— Se eu fosse vocês, eu encontraria um dos homens santos. Eles já conseguiram ajudar a reunir algumas famílias. Gostaria que pudéssemos fazer mais por vocês, mas não tínhamos ideia de que seriam tantos.

— Deveria haver mais — Greta sussurrou, enquanto compreendia a enormidade do acampamento, sabendo que era apenas uma fração do tamanho do lugar que ela deixou para trás. As pessoas pareciam iguais, as roupas penduradas em seus corpos. Muitos ainda usavam seus trajes listrados de prisão. No entanto, sua postura, sua caminhada não era mais a mesma marcha arrastada. Em vez disso, risos de paquera, afeição, e conversas adoçavam o ar.

O sargento a estudou por um momento, depois respirou fundo.

– Ninguém com menos de doze anos, nem um com mais de trinta e cinco. Sim, devia haver muito mais. – Ele se levantou da mesa para dar mais instruções. – Muitos estão almoçando agora, aproveitando o ar quente. Eu começaria por ali, perto das nossas cozinhas. Você provavelmente encontrará alguns dos sacerdotes ou rabinos lá.

Um silêncio rolou à frente enquanto Greta e seu grupo vagavam lentamente pelo acampamento. Rostos vazios olhavam curiosamente para eles, as figuras macilentas se perguntando se talvez se conhecessem de suas vidas anteriores. Em um canto, viram um homem, com a cabeça baixa enquanto passava as folhas de uma pilha de papel, murmurando para si mesmo. Todos concordaram que ele poderia ser a pessoa para começar.

Greta falou em alemão:

– Desculpe-me. Poderia, talvez, nos ajudar?

Ele respondeu na mesma língua, a voz grossa com um sotaque que ela tentou identificar. Talvez ele fosse holandês?

– Sim, talvez eu possa ajudar. Pelo menos apontar a direção correta para você. – Ele riu levemente, removendo um par de óculos redondos para limpá-los na bainha de sua camisa. Recolocando os óculos amassados e rachados na ponta do nariz esguio, ele alisou os fios escuros de cabelo que sobravam em sua cabeça. – Agora me diga como posso ajudá-la?

– Ah, obrigada. Estou tentando encontrar alguém, a mãe dele. – Ela colocou um braço protetor em volta dos ombros de Ezra.

Ele olhou para os americanos.

– E eles?

– Eles são nossos amigos, querem ajudar – ela explicou, sorrindo para Tony e Jimmy.

– Entendo. Obrigado, obrigado – ele disse em inglês, agarrando e apertando a mão de cada soldado. Em seguida, ele se voltou para Greta, falando em alemão. – Pode ser uma tarefa difícil encontrar a mãe dele. Você sabe para onde ela foi, em que campo estava?

– A última vez que soube, em setembro de 1943, ela estava em Auschwitz-Birkenau.

Ele tomou um susto.

– Isso foi há muito tempo, houve muitas mortes desde então e agora. A SS – aqueles bárbaros covardes, tentaram matar a maioria dos presos antes de fugirem em retirada. – Ele apertou o nariz do menino carinhosamente. – Mas não tema, mantenha a esperança. Agora, como sabe que ela estava lá?

Greta dobrou a manga do vestido. Ela só tinha estado em um campo, e não sabia que apenas os reclusos de Auschwitz eram rotulados com os característicos números azuis tatuados. No entanto, esse homem sabia. Ele tinha ouvido as histórias e encontrado alguns dos sobreviventes que foram levados para o acampamento dele antes de todos serem libertados.

– Nós estávamos juntas.

– Você conseguiu escapar?

– Com ele, também. – Ela apontou para Ezra.

– Mas como? Pensei que tinham matado todas as crianças imediatamente? – Ele sussurrou, tentando não ser ouvido pela criança.

Ela deu a ele um breve resumo de sua história, sobre a sorte de Ruth e Ezra no dia em que chegaram, e porque a cruz vermelha estava examinando o campo, eles não foram imediatamente enviados para as câmaras de gás. Então ela explicou sua promessa a Ruth de um dia se reunirem. Ele tocou a cabeça de Ezra, fazendo uma oração de agradecimento em hebraico. Ele se voltou para Greta e fez o mesmo.

E então ele olhou os papéis em sua mão.

– Ruth Eichenbaum, esposa de Daniel Eichenbaum, ambos de Colônia – ele repetia várias e várias vezes a informação que Greta tinha dado a ele. Havia várias páginas, cada uma com uma longa lista de nomes. Ele foi minucioso, mas disse a ela: – Por favor, confira novamente. Meus olhos estão velhos e não quero perder um nome.

Ela entregou os papéis a Jimmy e a Tony. Eles ajudaram na busca, lendo as páginas com uma esperança desesperada: Eichenbaum, Sara; Eichenbaum, Israel; Eichenbaum, Miriam. Cada vez que ela via o sobrenome, seu coração pulava, e ela proferia uma oração, *por favor, ah, por favor, que seja ela*. Mas nunca era o nome dela. Ele examinou a última página, balançou a cabeça, sem sorte. Ela a agarrou, talvez ele tivesse deixado passar o nome. Mas, novamente, as chances de eles a encontrarem tão facilmente eram quase impossíveis. Ruth tinha estado no Governo Geral, a área da Polônia ocupada pelos alemães. Agora Greta e Ezra estavam na Alemanha, a centenas de quilômetros de distância. Ela não pôde evitar, as lágrimas vieram. Ela percebeu agora como essa era uma tarefa impossível. Jimmy estendeu a mão para ela e a segurou.

– Pronto, pronto, é muito cedo para perder a esperança. – O rosto sábio do guia deles se enrugou gentilmente. – Vamos procurar alguém com autoridade. Eles podem ter uma lista melhor e podem anotar suas informações. Assim, ela também pode encontrar você. Não subestime o amor de uma mãe.

Tentando sufocar as lágrimas, Greta assentiu, a sabedoria dele era poética. Eles o seguiram através de multidões, ziguezagueando para todos os lados. Ela estava extremamente grata por essa ajuda. Como ela poderia ter prosseguido por conta própria? Eles pararam na frente de um grupo de homens de aparência acadêmica. Uma breve conversa em hebraico se seguiu. Ela imaginou que o guia deles queria ajuda. Ezra se contorcia como um menino de cinco anos faz.

Então ela sentiu um puxão frenético na mão.

– Ezra, o que foi? – Freneticamente, ela olhou em volta, tentando ver o que ele via. Ela estava aterrorizada. Era um guarda do campo? Era alguma coisa horrível? Ela seguiu o olhar dele e viu ao longe uma mulher de pé em um vestido muito grande para sua forma fraca. O cabelo curto dela enrolado nas pontas, as botas gastas e esfarrapadas. O copo que ela segurava se virou, o conteúdo se derramando no chão. Ezra e a mulher estavam presos num olhar fixo.

Finalmente, Ezra gritou:

– Mamãe! – Ele se libertou de Greta e correu.

O reconhecimento caiu sobre eles. Era a sua postura, a aparência geral. Ela tinha perdido ainda mais peso, como se fosse possível. O rosto dela estava esquálido, com uma palidez doentia. Mas não havia como confundi-la. Era a Ruth! Eles a tinham encontrado!

– O que o Ezra está fazendo? – Jimmy se virou para Greta enquanto ela apertava a mão dela em euforia. – Meu Deus! É realmente ela? Aquela é a Ruth?

Uma multidão se formou, observando uma mãe e seu filho se reunirem. Ruth girava e girava em círculos, segurando Ezra contra o peito, beijando-o por toda a cabeça. Lágrimas escorreram sobre o menino que ela segurava em seus braços trêmulos. Exclamações e aplausos de júbilo encheram o ar, enquanto a multidão reunida aplaudia e festejava.

Uma lágrima quente e salgada caiu do olho de Greta. Ela se virou para Jimmy, observando como a emoção o afetou igualmente. Ela sussurrou:

– Nós a encontramos!

Passando os braços ao redor dela, ele falou carinhosamente em sua orelha.

– Eu sabia que iríamos encontrá-la, de alguma forma, eu sabia que iríamos.

Tony finalmente declarou:

– Bem, eu calo a minha boca! – Ele sorriu para eles, passando as costas da mão sobre as bochechas molhadas, antes de se dirigir a Ruth e Ezra, de pé ao lado da reunião efervescente.

– Estão vendo, se a pessoa tem um pouco de fé – o prestativo guia deles disse, listando seus nomes no papel. – Encontrada: Eichenbaum, Ruth, de Colônia, na Alemanha, mãe de Ezra, esposa de Daniel, ex-prisioneira de Auschwitz. – Então ele fez uma segunda nota. – Encontrado: Eichenbaum, Ezra, de Colônia, na Alemanha, filho de Ruth e Daniel, ex-prisioneiro de Auschwitz. E você, minha querida? – Ele ergueu a caneta, apontando para o papel e para Greta. – Eu preciso fazer minha lista, as pessoas precisam saber.

– Müller, Greta, de Berlim, filha de Helga Müller – ela recitou para ele, os olhos dela nunca deixando Ruth e Ezra. Ele anotou as informações.

– E o seu pai?

– Eu não tenho pai.

Ele deu um tapinha leve no ombro dela.

– Você fez uma grande ação. Agora é hora de encontrar quem está procurando por você.

– Não restou ninguém para mim – ela sussurrou.

– Ah, mas existe alguém, talvez alguém que espera ser encontrado. – Ele piscou para Jimmy antes de desaparecer no mar de tendas.

Ruth fez sinal para Greta.

– Venha, venha, por favor, venha aqui. – Quando ela caminhou até lá, Ruth abraçou Greta. – Eu sabia que você conseguiria. Eu temi por você quando partiu. Ouvi os cães, os tiros, mas eu rezei e rezei. Eu sabia que Deus os levaria em segurança. – Ela segurou Ezra com força, beijando seu rosto uma e outra vez.

E então, aconteceu, como se a barragem que continha toda a água explodisse e o rio fluísse livre. Ezra começou a falar, a dizer tudo o que não tinha falado por um ano e meio. Ele falava rápido em alemão.

– Mamãe, a Greta tem sido tão gentil. Ela conheceu um americano, bem, vários americanos. Ela salvou a vida dele. Então, o amigo dele Tony, bem, o Tony é meu amigo também, ele me deu chocolate. – Ele apontou para Tony: – É ele, mamãe, é ele. Ele é o meu melhor amigo, o meu melhor melhor amigo. E eu comi tanto chocolate que tive uma dor de estômago enorme, mas não me importei. Eu amo chocolate, mamãe, amo. E depois o Tony me mostrou um truque de mágica. Você quer ver, quer? – Ele correu para encontrar uma bola.

O riso irrompeu de Greta, completamente desenfreado. A alegria era contagiante, todos eles se juntaram, até mesmo Ruth, que não sabia exatamente por que era engraçado. Finalmente, Greta explicou.

– Ruth, ele disse exatamente três palavras desde que a deixamos. Chocolate, Tony e mamãe. – Greta enxugou as lágrimas dos olhos.

– Meu pobre filho, meu pobre, pobre bebê.

Greta colocou a mão no ombro de Ruth.

– Ele tem guardado cada palavra para você, Ruth. Ele sabia que a veria de novo. – Elas se abraçaram como irmãs há muito perdidas.

Greta falou em inglês.

– Ruth, esses são Jimmy e Tony. Eles têm sido nossos absolutos salvadores desde o fim da guerra. É por causa deles que Ezra e eu ainda estamos aqui.

Ruth sorriu para eles. Ela falou em inglês, com um leve sotaque.

— Eu sou tão grata a vocês. Obrigada.

— Você também fala inglês? — Tony perguntou, confuso.

— Sim, eu era professora de inglês antes da guerra, mas depois perdi meu emprego. Os judeus não tinham mais permissão para ensinar.

— Bem, você fala inglês lindamente.

— Obrigada. — Ela se afastou timidamente dele, um leve rubor manchando as bochechas dela.

Ezra voltou com uma pedra e imediatamente começou a falar em alemão:

— Isso vai funcionar. — Agora olhe. Você está olhando, mamãe? Fique de olho na bola, quer dizer, na pedra. — Ruth ficou ali, observando-o, envolvida no momento. Ele mostrou a ela alguns outros truques de mágica que Tony ensinou a ele. Então começou a fazer perguntas: — Qual é a sua cor favorita, mamãe? A minha é azul.

— Rosa... — e ele a interrompeu para fazer a próxima pergunta.

— Qual é a sua comida favorita?

— Qualquer...

— A minha é chocolate. Ensinei o Tony a dizer chocolate em alemão, *Schokolade*. Você lembra, Tony?

— *Schokolade* — Tony repetiu, não totalmente certo do que o menino estava dizendo em alemão rápido, mas pela pausa entusiasmada de Ezra, ele sabia que deveria dizer alguma coisa.

E Ezra continuou, até que, finalmente, Ruth disse, tocando o rosto dele com ternura:

— Ezra, meu menino querido. Descanse apenas por um momento. — E como mágica, ele estava quieto. Ele olhava para a mãe com pura adoração, a mesma mulher que tinha arriscado tudo e finalmente estava aqui com ele. Ele nunca mais queria sair do lado dela outra vez.

— Ruth, você deve ficar comigo — Greta disse. — Eu tenho uma pequena casa, é onde temos morado há um ano e meio. É segura e confortável.

Ruth assentiu com a cabeça. Ela estava fraca e cansada. O reencontro tinha minado a pouca força que ela tinha.

— Eu preciso discutir isso com os americanos primeiro. — Ela apontou para o portão da frente. Juntos, eles vagaram pelo labirinto de tendas até chegarem ao seu destino. Eles se juntaram a uma fila no balcão de registro. Ruth segurava a mão de Ezra com carinho, e ele olhava com adoração para ela. Finalmente, eles foram chamados à frente.

— Eu encontrei minha família. Posso partir com eles?

O sargento com quem tinham falado antes verificou o nome dela em sua lista. Ele disse que ela deveria primeiro ser examinada por um médico.

— Se o médico liberar você, então está livre para ir. Só nos avise.

O exame foi rápido, mas minucioso. Eles retornaram ao sargento, que anotou as informações dela, no caso de mais alguém estar procurando informações sobre ela e Ezra.

— Agora iremos para minha casa e lá você encontrará conforto e um banho quente. — Greta mordeu o lábio inferior, resistindo ao desejo de descarregar todos os detalhes do último ano e meio. Ruth precisava de tempo para se adaptar.

— Banho — Ruth falou —, não consigo pensar em palavra melhor nesse momento. — Então ela parou, percebendo que a luta pela sobrevivência havia realmente acabado. — Não sei o que fazer, agora que já não tenho de continuar lutando e sobrevivendo. O que vou fazer?

Greta entendia perfeitamente.

— Tenho me sentido da mesma forma. Como voltamos a ser nós mesmas?

— Quem somos nós? — Ruth fez a exata pergunta que tinha rondado a cabeça de Greta também.

Ruth e Greta caminhavam de mãos dadas, duas irmãs, um vínculo mais profundo que o sangue. O que elas suportaram, o que passaram, aquilo as uniria para sempre.

— Tony — Ezra o chamou e Tony o apanhou em um abraço. — Você viu quem encontramos? Dá para acreditar? Eu sabia, apenas sabia. Ela saberia onde me encontrar. Ela não é bonita? Ela é a melhor mãe. — O inglês dele era surpreendentemente bom.

— Ele fala inglês? — Ruth tropeçou nos próprios pés, chocada.

— Por sugestão de uma mulher maravilhosa, Liesel, eu venho ensinando a ele pelo último ano e meio. Tivemos tanto tempo juntos, tínhamos que fazer alguma coisa. — Todos olharam para ele, piscando. — Eu não tinha percebido que ele realmente aprendeu.

Tony soltou uma gargalhada, ciente de que sabia algo que ninguém mais sabia.

— Eles não sabiam, não é? — Ele despenteou o cabelo do menino. — Você finalmente contou seu segredo, hein? Ez.

— Sim, contei, Tony. Eles não parecem engraçados? — Ele os imitou fazendo uma careta. — Como peixes que caíram do céu.

— Como você... mas como? — Jimmy gaguejou.

— Eu não sabia até essa manhã, quando ele veio me acordar. Ele entrou correndo no quarto e sussurrou no meu ouvido. "Quer saber um segredo?" Fiquei tão chocado, acho que quase gritei. Então ele diz: "Eu sei falar, em inglês." E com isso ele já estava lá fora, em uma carreira ao redor da sala. Crianças, cara. — Ele balançou a cabeça.

Eles caminharam em direção ao jipe, todos tomando seu

tempo. Tony ofereceu o braço à Ruth, ajudando-a a caminhar a curta distância até o veículo. Ninguém parecia ter uma preocupação naquele momento.

– Eles sabem que sou judia? – Ela sussurrou para Greta em alemão.

– Sim, e eles vão adorar você. Esse é seu lugar. Ruth relaxou visivelmente.

Eles subiram no jipe. Ruth, Greta e Ezra se sentaram todos atrás, os homens na frente. A viagem de volta para casa foi alegre e rápida. Ezra falou por quase todo o caminho, sem parar, e em um inglês quase perfeito. Greta não podia acreditar que ele manteve esse segredo de todos por tanto tempo. Ela não pôde deixar de se perguntar sobre Tony e as razões pelas quais Ezra escolheu abraçá-lo como um pai. O que tornava o Tony tão especial aos olhos de Ezra?

Eles chegaram à casa. Ezra agarrou a mão de sua mãe e começou a mostrar o quintal a ela, apontando seus lugares favoritos. Ruth girava em admiração, murmurando "casa" repetidamente para si mesma.

Jimmy segurava Greta, mantendo-a perto dele. Eles ficaram para trás, esperando que Ruth continuasse sua exploração. Ezra olhou por cima do ombro para eles, impedindo que todos os outros entrassem na casa.

– Ei, Jimmy? Você vai beijar a Greta de novo?

Greta quase desmaiou. Ela tropeçou em seus próprios pés, mas Ruth empurrou as costas dela eretas. Ela sentiu um calor nas bochechas, no peito. Todos encaravam Greta. *Ah, por favor, Senhor, abra um buraco agora para eu me jogar dentro.*

Os olhos de Jimmy brilhavam com um brilho diabólico.

– Você gostaria que eu a beijasse?

Ezra ponderou aquilo, sua testa franzida em concentração.

– Hum, não, bem, talvez. Mas não, acho que você devia se casar com ela. Sim, é isso que você deveria fazer. Case-se com ela e depois podemos todos ir para a América. Você gostaria disso mamãe, gostaria de se mudar para a América?

– Sim, qualquer lugar menos aqui. – Ela cuspiu no chão.

Tony chutou terra sobre onde ela cuspiu.

– Tecnicamente, agora isso é América. Nós libertamos esse lugar, a Alemanha tem de merecê-lo de volta.

– Ah, então eu imploro por seu perdão. – Ruth estava mortificada que ele a pegou fazendo um gesto tão rude. Mas a raiva dela aumentava a cada dia, tinha crescido irada e feroz. Ela sentiu uma raiva impotente.

– Não precisa se desculpar. – Os olhos castanhos dele brilhavam maliciosamente para Ruth. Ela não pôde deixar de prender a respiração. Ele cuspiu no chão também e sussurrou no ouvido de Ruth, para ela ser a única a ouvir. – Foda-se a Alemanha.

Foi tão libertador que ela também teve de dizer.

– Foda-se a Alemanha – ela disse a ele.

– Boa garota, Rutinha. Boa garota. – Tony deu um tapinha no ombro dela.

Jimmy passou o polegar ao longo do queixo de Greta.

– Ele acha que devemos nos casar. O que você acha?

Casamento? Ela mal podia imaginar a palavra. Casar-se parecia um sonho distante, e com Jimmy. Seria possível? Os olhos dela se arregalaram, emocionados com a ideia. Aquela resposta era suficiente para ele, por enquanto.

– Olhe, mamãe, ele vai beijá-la – a voz de Ezra rompeu o momento.

Jimmy soltou um risinho.

– Bem, de qualquer forma, não agora.

Ezra ficou claramente desapontado e disse a Tony:

– Eu esperava que eles se beijassem. Greta sempre fica feliz depois que eles se beijam. Ela começa a cantar e tal.

Tony caiu em risada e disse:

– Bem, eu não vou beijar a Greta, mas que tal sua mãe?

Os olhos de Ezra se arregalaram.

– Você acha que ela começaria a cantar?

– Eu não sei, vamos ver. – Ele segurou Ruth, que estava completamente alheia à conversa. Pegando-a em seus braços, ele a inclinou ligeiramente para trás e a beijou intensamente na boca. No início, ela ficou surpresa, mas depois parou de resistir. Ela se derreteu em seus braços e começou a beijá-lo de volta. – Bem-vinda ao lar – ele disse a ela, encerrando o momento. Ela tropeçou, tentando recuperar o equilíbrio, completamente confusa.

– Hum, ela não cantou – Ezra disse. – E ela parece toda engraçada.

Todos riram alto, exceto Ruth. Ela tocou os dedos nos lábios e sussurrou "uau" para Greta.

CAPÍTULO VINTE

Depois de comemorar o retorno de Ruth até tarde da noite, Greta e Jimmy se retiraram para o quarto dela. As pálidas paredes amarelas davam ao quarto um brilho suave, um convite à serenidade pacífica. A colcha artesanal espalhada pela pequena cama proporcionava um calor agradável. Era o paraíso.

— Jimmy. — Greta colocou a mão em volta do rosto que tanto adorava. — Você pode me ensinar a me defender?

— Por quê? — Ele perguntou, as sobrancelhas franzidas em desolação. — Eu posso cuidar de você.

Ela amava a confiança dele e sabia que ele a protegeria. Mas era apenas uma questão de tempo até que ela estivesse sozinha, mais uma vez.

— Eu sei, mas talvez um dia você não esteja comigo.

A mandíbula dele travou e o corpo endureceu quando ele olhou para o rosto machucado dela – um doloroso lembrete de que ele nem sempre estaria ao seu lado e dos perigos dos quais não poderia protegê-la. Ele pigarreou e acenou com a cabeça. Colocando a mão delicada dela na dele, ele começou a lição.

– Aperte seu punho assim – ele disse, abrindo o polegar. – Abaixe-o para o lado e use o quadril para se impulsionar. Faça do seu braço um peso morto. – Ele mostrou a ela como o balançar o corpo. – Faça contato com o atacante, algum lugar do rosto dele faria com que ele deixasse você ir. – Ele a fez praticar.

– E se ele segurar meus braços, de pé atrás de mim?

– Você tem algumas opções. – Movendo-se atrás dela, ele prendeu os braços à lateral do seu corpo. – Primeiro, você pega o pé aqui – ele cutucou, com o pé, o peito do pé dela –, e depois passa na canela dele.

Ela imitou a manobra sem usar toda a sua força, mas Jimmy ainda se desequilibrou.

– Eu sinto muito – ela choramingou.

– Não, não, linda, não chore. É eficaz mesmo, não precisa ser forte. – Ele continuou a lição. – Esse próximo usa a sua cabeça. Incline-se totalmente para frente e use sua cabeça para esmagá-la contra a o rosto de alguém. Se quebrar o nariz dele, ele não pode segurá-la. – Hesitante, ela ensaiou o movimento. – Também funciona se você estiver de frente para alguém, você tem que se inclinar para trás e bater de frente. Mas isso também vai machucar você. Pode até atordoar você.

Endireitando sua posição, ela revisou o que aprendeu. Ele sorriu para ela, seus olhos brilhando de orgulho enquanto segurava o queixo dela na mão.

– Mais uma coisa – ele acrescentou. – Se você tentar chutá-lo, chute-o na bexiga. Isso fará com que ele urine em si mesmo e o tornará mais fácil de identificar.

– Hum, como vou saber que é a bexiga dele? – Ela perguntou timidamente.

– Aqui. – Colocando a mão dela na dele, ele a colocou acima do quadril. – Agora aqui – ele disse, deslizando a mão para a proeminência enrijecida das calças dele –, está muito para baixo.

– Jimmy! – Ela repreendeu, balançando a cabeça e rindo.

– Apenas uma pequena lição de anatomia. – Os lábios dele se curvaram em seu adorável sorriso. Ele beijou a ponta do nariz dela.

– Obrigado. – Ela se sentiu aliviada. – Eu me lembro da primeira vez que vi você, eu estava apavorada com quem você era e incapaz de me defender.

– Você foi um anjo. – Ele a puxou para os braços, sua respiração próxima do ouvido dela. – Eu não estaria aqui se não fosse por você.

– E eu não estaria aqui se não fosse por você. – Ela jogou os braços em volta dele, soluçando.

– Meu anjo precioso, acabou agora. – Ele a segurou, deixando suas emoções correrem livres, não mais engarrafando a mágoa e o medo por dentro. – Acho que está na hora de ir para a cama.

Ela bocejou, tinha sido um dia extremamente longo e cansativo. No entanto, ela queria saborear todos os momentos que ainda tinha com o herói diante dela. Com um brilho aquecido nos olhos, ele capturou a atenção dela abrindo os botões de suas roupas, revelando centímetro por centímetro de seu glorioso físico esculpido. A boca de Greta se encheu de água em antecipação.

A voz dele se aprofundou enquanto ele avançava em direção a Greta, os pés dela enraizados no lugar, os olhos devorando esse homem que ela adorava tão completamente.

– Está vendo isso, foi aqui que você removeu a bala. – Ele pegou a mão dela e traçou a cicatriz com ela. Ele deslizou a mão dela até sua coxa, movendo do joelho até logo abaixo da cueca. – E aqui, foi aqui que você deu pontos na minha perna.

Ela pegou a mão dele e a colocou em seu peito, o coração

acelerando sob o calor da palma dele.

— Aqui, isso é o que você roubou no dia em que nos conhecemos.

— Eu posso ter seu coração Greta, mas você é dona da minha alma.

— Ah, Jimmy. — A parte de trás das pernas dela atingiu a estrutura da cama enquanto os lábios dele se arrastavam de sua boca até a garganta. Por mais que ela quisesse esse momento, ela resistiu, empurrando o peito dele para quebrar o contato. — Eu tenho medo.

Os olhos dele dançando para trás, a testa dele franzindo.

— De mim?

— Disso. — Ela apontou para o ar entre eles.

— Você é virgem, Greta? Eu serei gentil, tão gentil com você, querida. — As pontas dos dedos dele desenhavam círculos suaves por cima de seu ombro.

Ela mordeu o lábio, com medo demais para falar. Será que ela poderia realmente ser honesta com ele? O que ele diria se soubesse toda a verdade? A razão pela qual ela esteve em Auschwitz?

— Não — ela choramingou. — Mas eu não estou pronta, Jimmy.

Ele a embalou contra o peito, as mãos dele passeando cuidadosamente sobre suas costas.

— Eu entendo, mas, Greta, não temos para sempre. Eu nunca forçaria você. — Ela começou a balançar a cabeça. Ela sabia que ele não era esse tipo de homem, mas ele a impediu de falar. — Deixe-me fazer amor com você. — Ele capturou o lóbulo da orelha dela entre os dentes, dando uma puxadinha divertida.

Ela soltou um gritinho, enterrando o rosto contra o peito dele.

— Jimmy — ela protestou —, hoje não.

O suspiro cansado dele encheu a sala, seguido pela única pergunta que ela não podia responder.

– Por quê?

Ela balançou a cabeça, mordendo o lábio trêmulo. Por que ela não podia se abrir para ele? Por que ela era tão covarde?

– Tem uma coisa que eu não posso suportar, e é alguém guardando um segredo. Eu posso sentir como está com medo, mas você tem de confiar em mim.

Ela ficou tentada, mas poderia confiar nele? Ela acenou com a cabeça, enquanto ele enfiava uma mecha de cabelo atrás da orelha dela.

– Mais um dia, Greta. Tire mais um dia para encontrar a coragem de me dizer do que tem tanto medo. Preciso que confie em mim. – Ele agarrou a mão dela na dele, pressionando-a contra o coração. – Você me tem, de corpo e alma. Não há nada a temer. Confie em mim. – Ele pressionou a testa contra a dela. – Eu preciso que você confie em mim, por favor.

Pouco tempo depois, ele adormeceu, com os braços envolvendo-a num casulo. O ronco suave dele era uma canção de sereia, uma falsa canção de ninar que a atraía para um sono tranquilo. Ela lutou contra o sono, sua mente a mil. Ela poderia confiar nele com uma verdade tão terrível? Ruth mostrou à Greta há muito tempo como enterrar a dor para sobreviver. E Greta tinha sobrevivido, mas a que custo? Seu passado seria algo que Jimmy poderia ignorar? Ela estremeceu e ele a abraçou com mais força em seu peito, envolvendo-a em seu abraço protetor.

– Mais uma noite – ela sussurrou. Se ela dissesse a verdade, ele iria embora; se ela não conseguisse dizer a verdade, ele iria embora. – De qualquer forma, ele vai embora.

Ela fechou os olhos com força, rezando por uma resposta que nunca veio.

CAPÍTULO VINTE E UM

Jimmy se encostou ao batente da porta, olhando avidamente para a mulher que remendava sua camisa. Entre os dentes, ela agarrava a agulha enquanto cortava o fio do carretel. Então, ela colocou a língua para fora para molhar a ponta, passando a linha pelo buraco da agulha. Depois de amarrar as pontas, ela começou a costurar o buraco na manga. Assistir as mãos dela se agitarem em uma dança hipnótica de domesticidade causou um aperto nas partes íntimas dele. Como podia um simples trabalho doméstico ser tão atraente?

Ele pigarreou e ela ergueu a cabeça. O sorriso cintilante dela roubava o fôlego dele todas as vezes.

— Tenho algo para você. — Ele levantou uma pequena cesta marrom.

— O que é? — Ela baixou a camisa, pulando em pé de animação.

— Um piquenique. Tony é amigo do cozinheiro. Ele providenciou para que tivéssemos uma cesta e Liesel me deu um tratamento especial.

— Quando você conheceu a Liesel?

Ele fez sinal para ela seguir.

— Engraçado, ela passou por aqui outro dia quando você estava dormindo. Ezra e eu pensamos que você precisava descansar. Então ela me entregou uma pequena surpresa, deu uma piscadela astuta e disse: "guarde para uma ocasião especial." Vamos, eu encontrei o lugar perfeito para nós dois.

Greta dobrou o cobertor extra no final da cama.

— Não vou a um piquenique desde que era uma menina. Isso vai ser divino.

Da porta da frente, eles se dirigiram para as árvores que rodeavam a propriedade. Em uma das mãos, ele segurava a cesta, mantendo a outra envolta na cintura dela. O caminho através da floresta abriu para uma pequena clareira cheia de grama e pequenas flores brancas.

Ele espalhou o cobertor pela grama verdejante e deu um tapinha no lugar ao lado dele. Alcançando a cesta, ele arrumou alguns sanduíches embrulhados em papel encerado, uma lata e dois copos.

— Tenho mais algumas surpresas. — Com um floreio, ele descansou uma garrafa no antebraço. — Para a senhora, madame. A melhor safra que esse soldado pôde encontrar.

Ela soltou um risinho.

— Onde é que você encontrou isso?

Ele abanou a sobrancelha.

— Um homem nunca revela as suas fontes. — Ele abriu a rolha da garrafa e encheu os dois copos. — Saúde! — Ele exclamou enquanto tilintava o copo contra o dela.

— *Prost!* — Ela devolveu. — A nós. — Eles entrelaçaram os braços e beberam o vinho espesso e escuro. — Meu Deus, isso é delicioso. Dever ter custado uma fortuna!

A risada dele ressoou no peito.

— Nem tanto, foi isso o que a Liesel me deu. Insistiu que dividíssemos.

Greta pegou na garrafa e a examinou mais de perto.

— Ah, Jimmy. Esse era o vinho que ela guardou para quando o marido voltasse da guerra.

O rótulo empoeirado era difícil de ler, mas por muito pouco ele conseguia entender o ano. 1914. Ele mexeu o líquido, observando o vinho pegar nas paredes do copo.

— Estou realmente sem palavras.

— Ela é terrivelmente romântica. Provavelmente o encantou com uma poção do amor.

— Então devemos mudar o brinde. À Liesel e suas maquinações românticas.

— Que elas trabalhem a nosso favor.

Eles beberam o líquido aveludado, apreciando as notas de baunilha misturadas com o toque defumado de carvalho.

— Eu tenho outra surpresa. — Ele entregou seu copo de vinho a ela e vasculhou dentro na cesta. Ele tirou uma câmera preta e prateada. — Pensei em tirar uma fotografia nossa. Tem um temporizador, para podermos sair juntos.

— Você pensou em tudo!

Ele posicionou a câmera em uma pedra a poucos metros de distância e fez Greta posar para ele.

— Perfeito! Deixe o espaço à sua direita livre. — Ele ajustou o temporizador e mergulhou no cobertor. Jogando o braço em volta do ombro dela, ele sorriu para a lente, enquanto ela olhava com adoração para ele. A câmera fez um clique. — Fantástico! Vamos fazer outra.

— Assim cada um de nós dois pode ter uma.

Ele fez uma pausa diante da implicação. Os dois precisavam de uma fotografia porque muito em breve voltariam a se separar. Ele balançou a cabeça para limpar seus pensamentos. *Não, hoje não.* Hoje estava perfeito, não havia necessidade de preenchê-lo com dúvidas persistentes sobre o seu futuro incerto. Ele beijou a ponta do nariz dela.

– Ótima ideia.

Depois da segunda foto, ele apanhou a câmera.

– Diga xis, Greta. – Ela inclinou seu copo de vinho em direção a ele, o sorriso dela brilhando. – Você é realmente a mulher mais deslumbrante.

– Não, é você quem é maravilhoso. – Ela apontou para a câmara. – Pode me mostrar como usar isso? Eu gostaria de outra fotografia sua.

Ele passou os braços em volta dela, mostrando a ela como focar a lente.

– Ali. – Ela apontou para perto da linha das árvores. – Um *Kaninchen*, quer dizer, coelho. A câmera clicou silenciosamente, capturando o momento antes de o coelho pular. Ela se virou para Jimmy. – Agora, você posa para mim.

Ele se esparramou sobre o cobertor, com a cabeça apoiada na mão. Uma perna dobrada no joelho, a outra reta.

– É isso que você está querendo?

– Meu belo príncipe, sim. – Ela focou a lente e tirou uma foto dele.

– Talvez uma com mais pele? – Ele desabotoou a parte superior da camisa.

– Jimmy – ela riu, sentada de joelhos ao lado dele. – Eu não posso tirar uma foto de você sem estar completamente vestido.

Um sorriso perverso surgiu na boca dele.

– Você me deixaria tirar uma foto sua assim? – Com as bochechas coradas, ela lentamente balançou a cabeça de um lado para o outro. – Imaginei que não. – Ele a puxou de volta para o cobertor.

Suavemente, ele a beijou. A pressão leve a princípio, reverente. O cabelo dela caiu em torno do rosto como uma auréola brilhante. Tudo sobre essa mulher fez seu coração

150

bater, seu corpo doer de necessidade. Ele passou o polegar sobre a sobrancelha dela, descendo pela ponte do nariz.

— Eu amo você, Greta.

Os olhos dela se abriram. Ela pegou a mão dele e apertou os lábios em cada uma de suas juntas.

— E eu amo você.

Tudo se encaixou, esse momento perfeito. Ele a amava. Não havia mais como se conter, não havia como se esconder atrás de sentimentos que ele não queria nomear ou explorar. Era isso, amor. Pela primeira vez em sua vida, ele realmente sentiu o esplendor vertiginoso do amor. E ela era dele, ela pertencia a ele e a mais ninguém. Ele baixou a boca, os lábios ocupados sobre os dela, as mãos a explorar cada curva do corpo dela.

Duas gotas de chuva pesadas caíram do céu.

— Já fez amor na chuva?

Ela soltou um gemido forte e balançou a cabeça. Um estrondo de trovão abafou sua resposta. Ele recolheu tudo na cesta. Ela colocou a colcha sobre as cabeças dos dois enquanto seguiam em um ritmo constante para casa. O mancar dele os atrasou, mas nada poderia alagar o calor que se espalhava no peito dele enquanto ele se apressava para casa com o amor de sua vida bem ao lado dele.

CAPÍTULO VINTE E DOIS

O prazo tinha acabado. No entanto, ele não exigiu nada, nenhuma grande revelação do segredo que ela guardava. A cada dia que passava a confiança dela diminuía, tinha certeza de que perderia tudo. No minuto em que ela dissesse aquelas palavras, contasse toda a história, ele não olharia mais para ela como fazia nesse exato momento. E ela o perderia para sempre.

Jimmy apareceu na porta segurando uma vara de pescar de madeira e uma pequena cesta.

— Eu decidi levar você para pescar.

Ela pulou do sofá, onde ela e Ruth estavam discutindo planos para o futuro.

— Eu pensei que você só gostasse de pescar sozinho?

— Normalmente, sim. Mas para você, vou abrir uma exceção.

Ruth a empurrou para a frente.

— Vá com ele ou então eu tomarei o seu lugar.

Eles caminharam pelo prado até o riacho que contornava a

fronteira norte dele. A água escorria preguiçosamente sobre rochas lisas.

— Eu perguntei aos caras da minha unidade, e eles disseram que esse é o lugar, se você gosta de pegar peixe.

Ele ficou na praia e fez sinal para Greta se juntar a ele.

— É assim que você joga a linha para os peixes. Balance para trás por cima do ombro. E então arremesse de volta para a água.

A linha navegou suavemente pelo ar. Jimmy envolveu a cintura dela com as mãos, colocando os lábios contra o pulso no pescoço dela.

— O que exatamente você está pescando? — Ela inclinou a cabeça, dando a ele melhor acesso.

— Você. — Ele ergueu a mão para a vara, mas quando Greta a soltou, o pé dela escorregou em uma pedra. Plof! Ela desabou na água fria. Jimmy se curvou de tanto rir. Ele estendeu a mão para ela.

— Não. — Ela sorriu maliciosamente. Envolvendo a mão em torno do tornozelo dele, ela puxou o pé dele para a frente. Splash! Ele caiu direto na água.

Ela riu, triunfante. Sem dizer uma palavra, ele a pegou em seus braços, segurando-a logo acima da água. O sorriso no rosto dele era preocupante.

— Não, Jimmy. Não!

Ele fingiu deixá-la cair, e ela soltou um gritinho.

Ele apertou os lábios contra o cabelo dela.

— Eu nunca soltaria você. — Ele se dirigiu em direção à costa. Em uma saliência rochosa, ele a colocou para sair da água.

— Venha nadar comigo. — Ela afundou na água, deixando a corrente levá-la rio abaixo, onde o riacho se alargava. Ela o chamava com o dedo.

Ele analisou a costa, depois deu de ombros. Ele flutuou em

direção a ela, antes de afundar na água. Ela esperou, mas ele não reapareceu. Ela ficou imóvel, procurando freneticamente ao redor até sentir os braços fortes dele enrolados em sua cintura.

– Sentiu minha falta? – Ele perguntou depois de emergir atrás dela.

– Você sempre me provoca. – Ela podia sentir o sorriso dele contra sua bochecha.

– Humm, mas é sempre tão divertido provocar você. – A voz dele cantarolava baixo em seu peito.

Cautelosamente, ele levantou a bainha de seu vestido, a água fria flutuando contra as pernas dela. Os dedos dele deslizaram ao longo das coxas, e então alisaram o cós da calcinha dela.

– Jimmy! *Was machst du denn?*

– O que foi? – Seus dedos mergulharam mais abaixo, roçando os cachos macios. Seu dedo indicador abriu as dobras dela.

– O que você está fazendo? – A pele dela formigava. Nunca antes ela tinha sentido uma sensação como aquela enquanto ele apalpava sua área mais íntima.

– Explorando – foi a resposta ofegante dele. Um dedo mergulhou dentro, acariciando dentro e fora em um ritmo lento e inebriante. O corpo dela se encheu de uma sensação tentadora, que aumentava profundamente em sua barriga. As pernas dela enfraqueceram, o aperto dele em sua cintura era a única coisa que mantinha sua cabeça acima da água. Então o polegar dele pressionou contra a protuberância no ápice de sua feminilidade, e ela perdeu toda a noção de seus arredores, envolvida pelas sensações aceleradas.

A pressão subiu de dentro para fora enquanto ele acrescentava um segundo dedo, curvando-os lá dentro e descobrindo o ponto mais divino. Os quadris dela trabalhavam ritmicamente contra ele enquanto seus dedos empurravam com urgência para dentro. A cabeça dela girava, o pulso disparou, cada nervo em chamas.

– Não lute contra isso. Goze para mim, linda.

Ela não entendeu as palavras, mas o timbre da voz dele falava de prazer proibido. A sensação tomou conta dela, enquanto ela empurrava contra ele, imitando suas mãos ágeis e hábeis. Em um instante, ela explodiu. O nome dele se tornou uma declaração de prazer.

Os dedos dele se acalmaram dentro dela, mas ficaram apalpando sua região íntima. A água fluía suavemente em torno deles, o ar se enchia com o doce aroma da primavera.

– *Ach, du Lieber!*

Ele a embalou nos braços.

– Pode ser que tenhamos assustado os peixes.

Ela soltou uma risada deselegante.

– Talvez, mas uau... – Como ela poderia explicar como se sentia?

– Foi a primeira vez para você?

– Oh meu Deus, sim. – A corrente girava em torno deles, suas roupas se levantando e flutuando em seus corpos. – Maravilhoso – ela suspirou sem fôlego.

– Que bom que gostou. Os lábios dele passaram ao longo da têmpora, do queixo, do pescoço dela. – Nós provavelmente deveríamos voltar para casa. O sol mergulhava baixo no céu, lançando longas sombras no chão.

– Mas nós temos mesmo de voltar?

– Estou pensando que uma cama pode ser mais confortável para o que planejei a seguir.

As palavras dele a fizeram enrijecer. O que ele esperava que aconteceria a seguir? Poderia ela se entregar livremente a ele antes que ele soubesse toda a verdade? Não, como poderia tirar vantagem dele? Ela murmurou em concordância enquanto ele a ajudava a sair do riacho. Reunindo suas coisas, eles começaram uma caminhada lenta para casa. O ar contra a pele e as roupas molhadas deles estava congelando. Quando chegaram à casa, ela estava tremendo e batendo queixo. Era o estado de suas roupas ou nervos?

O vestido dela estava indecentemente úmido, abraçando todas as suas curvas. Ele parou diante dela no quarto amarelo-claro, suas narinas queimando quando ele soltou um gemido baixo.

— Está na hora de tirar essas coisas de você antes que você pegue algo que a mate. — Sem dizer uma palavra, ele afrouxou os botões e levantou o vestido sobre a cabeça dela. Em seguida, envolvendo o cobertor em torno dos ombros dela, ele disse. — Aqueça-se, querida.

Ela se sentou na cama e assistiu enquanto ele tirava a roupa, mostrando a ela apenas sua parte de trás. Ele balançou o traseiro para ela.

— Você gosta do que vê?

— Ah, sim.

Ele enrolou uma toalha ao redor da cintura. Seu peito estava nu e coberto com uma camada fina de pelos. Abaixo do umbigo havia um rastro de pelos escuros incendiando a mente dela, imaginando o que poderia estar escondido abaixo.

Ele se dirigiu para a cama, deitando-a com ele. Ele alinhou seus corpos, pressionando sua crescente excitação contra ela. No entanto, ela colocou a mão no peito dele quando disse:

— Ainda não.

— Por quê, Greta, por que não agora? Depois do que aconteceu no riacho?

— Eu tenho de contar uma coisa a você. — A voz dela falhou. Ela queria mesmo dizer essas coisas agora? Não seria melhor deixar o momento continuar e depois revelar a verdade? Mas não, ela não podia fazer isso com ele. Ele merecia a honestidade dela antes de começarem uma intimidade física. A hora tinha chegado, e ela não podia mais adiar. Não era justo com ele. Ela não poderia se entregar a ele sem antes revelar toda a história horrível.

— E então? — As carícias dele eram ternas.

— Eu tenho de contar uma coisa a você. Temo que não se sentirá do mesmo jeito depois disso. Não posso me entregar a você, não até que você saiba. — Ele estava prestes a falar, mas ela o impediu. — Toda a história.

— O que foi, Greta? Foi por isso que disse a você como eu me sentia no outro dia. Eu preciso que saiba que pode confiar em mim. Eu amo você e nada que diga vai mudar como eu me sinto. — Jimmy passou a mão pelos cabelos castanhos escuros, as mechas se espalhando em desordem.

Greta estremeceu.

— Ah, Jimmy. Por tanto tempo eu guardei isso dentro de mim, não sei como formar as palavras. Estou apavorada.

Embalando-a dentro do círculo de seus braços musculosos, seu polegar passeou ao longo da extremidade do queixo dela.

— Está na hora de confiar em mim, Greta.

— Ainda estou com medo. O que eu escondi de você vai mudar tudo o que você sente por mim. — Ela tremeu quando Jimmy a puxou para mais perto.

— Greta, eu garanto que não há nada que possa mudar o que eu sinto por você agora.

Apoiando o queixo na cabeça dela, ele começou a afagar círculos nas costas dela.

Mas ela ainda estava aterrorizada. Ela não suportava o pensamento de que ele a olhasse de forma diferente, duvidando da afeição dele. Como ele poderia ainda sentir o mesmo sobre ela, uma vez que ele soubesse o que tinha sido feito, como ela tinha sido usada? Nenhum homem desejaria uma mulher que já estivesse suja. Sua mãe tinha sido franca com ela desde tenra idade. A virgindade de uma mulher era sagrada e só podia ser partilhada com um homem, o seu futuro marido. Não importava se tivesse sido dada voluntariamente ou tomada, todos os homens a veriam da mesma forma. Estragada, para sempre estragada. Ela não conseguia dizer a verdade a ele, não depois de ele ter sido tão aberto com ela.

Havia mais a temer. Ele seria tão bruto, tão exigente quanto *ele*? Ela agarrou os lençóis, tentando diminuir as borboletas esvoaçando como loucas. Não, Jimmy não. Ele não era como *ele*. Ele já havia mostrado a Greta o quão gentil e carinhoso ele realmente era, ele nunca a machucaria intencionalmente.

— Ah, Jimmy, eu não posso. — Ela enterrou a cabeça no ombro dele, enquanto as mãos dele caíam. O calor subiu pela espinha dela, a náusea a dominou.

— Greta, não me dizer é o mesmo que mentir. Você entende que eu não posso estar com alguém que não confia em mim? — O suspiro dele era pesado e longo, mas ainda havia a mesma ternura enchendo seus olhos. Ele estava implorando que ela contasse sobre seu passado, mas as palavras ficaram presas como melaço em sua garganta.

— E se eu disser a verdade e você me achar detestável, então o quê? De que terá servido contar a você? — Ela queria implorar a ele que ficasse com ela, que não fosse embora, mas não podia confiar em si mesma para contar. Ainda não, não quando ela não conseguia nem dizer as palavras para si mesma. Como ela poderia explicar todos os seus medos?

— Então acho que você tomou sua decisão e eu tenho que tomar a minha. — Ele se afastou dela, com as costas rígidas e tensas. Ele vestiu suas roupas e, sem olhar para trás, deixou-a na cama.

— Jimmy! — Ela chorou, a voz se alterando. Por favor, não vá.

— Greta, eu não posso fazer isso agora. Eu preciso de tempo. Deixe-me pensar. — Ele passou para a sala de estar. Greta colocou o vestido às pressas, desesperada para impedi-lo de sair.

Tony se levantou do sofá, com Ruth olhando em volta do ombro dele.

— O que é que está acontecendo aqui?

Greta estendeu as mãos para Ruth, implorando. A dor nos olhos de Jimmy fez Greta recuar. Ele falou com Tony.

— Eu preciso de ar, importa-se em dirigir?

Ruth deu um tapinha nas costas de Tony.

— Leve-o para fora por um tempo, deixe-me conversar com Greta.

— Isso é um adeus? — Greta mordeu o lábio para não chorar.

Ruth respondeu em alemão:

— Não, eu acho que vocês dois precisam de uma perspectiva diferente. Tony vai levar o Jimmy para dar uma volta de carro, e você e eu podemos ter uma conversa de meninas.

Tony deu a ela um sorriso compassivo.

— Tempo, Greta. Apenas dê a ele tempo para resolver as coisas. Voltaremos amanhã de manhã.

— Jimmy, eu amo você — ela implorou, na esperança de impedi-lo de sair.

— Eu sei que ama. — Ele hesitou na porta, segurando a madeira com força. Ela quase podia ouvir os pensamentos guerreando dentro do crânio dele. Ele bateu duas vezes na porta e saiu.

Ela correu para o quarto, jogando-se na cama. Ela ouviu a porta da frente bater atrás dele. Poucos minutos depois o jipe partiu. Greta desabou em um ataque de soluços. Ela o havia perdido, o único homem em quem sempre quis confiar e deixar amá-la. E por causa *dele*, por causa daquele monstro, ela perdeu o único homem que realmente amava.

Ela sentiu um par de braços ossudos em volta dela. Uma voz suave perguntou:

— O que aconteceu, Greta?

— Ah, Ruth, foi terrível. Ele estava pronto para finalmente sermos íntimos, e eu o rejeitei.

Ruth analisou o rosto dela.

— Por causa do Heinrich?

Lágrimas escorreram pelo rosto de Greta. Ruth acariciou os cabelos dela e embalou Greta em seus braços.

— Tenho tanto medo. Com certeza Jimmy vai pensar que não sou merecedora do amor e indigna do afeto dele.

— Você realmente acha que depois de tudo o que vocês dois passaram, ele pensaria de forma diferente sobre quem você é? Por algo sobre o qual você não tinha controle?

Greta fechou os olhos. Ela ainda podia ver o rosto de seu pai quando implorou por ajuda. Com total desgosto, ele se afastou dela. Ela se sentiu tão suja e usada. Certamente Jimmy se sentiria da mesma maneira. Como não poderia? Se o seu próprio pai a rejeitava, porque é que Jimmy não faria o mesmo?

— Ruth, como ele poderia não me ver como algo além de estragada? — Ela sentiu o aperto de Ruth intensificar. — Como ele poderia me tratar da mesma forma, quando meu próprio pai me deu as costas?

— Você, minha querida amiga, está equivocada. — Ruth suavizou o apertão e continuou a acariciar o cabelo dela. — Você vai ver. Vai contar toda a história a esse homem por quem você é tão obviamente apaixonada, e vai descobrir que ele tem mais caráter no dedo mindinho do que qualquer outro homem que você já conheceu.

— E como você sabe disso? — As lágrimas já haviam parado há muito tempo. Não havia mais nenhuma para cair. Em vez disso, ela sentiu o peso do sono puxando suas pálpebras.

— Primeiro, meu filho. Ele falou dessa grande afeição entre você e Jimmy. Segundo, é óbvio pelo jeito como vocês dois olham um para o outro. Como o mundo deixa de existir quando estão juntos. É honestamente um pouco nauseante para quem está ao redor de vocês.

Greta riu e relaxou ligeiramente sobre o travesseiro. Será que Ruth tinha razão?

— Não acredito que ele foi embora. Você acha que um dia ele vai voltar?

— Sim, e suspeito que será cedo amanhã. Tony e eu conversávamos quando ouvimos vocês discutirem. Nós achamos que vocês dois precisam organizar seus próprios pensamentos separadamente.

Greta ficou intrigada com o que Ruth disse.

— Onde o Tony estava?

— Sentado no sofá, conversando comigo.

— Ah.

— Não diga "Ah" nesse tom. Eu sei o que está pensando. Eu não conseguia dormir, nunca consigo dormir. Então, fui à cozinha beber um pouco de água e o Tony começou a falar comigo. Ele é um bom homem e isso é tudo.

Greta tentou sufocar um sorriso de quem entendia.

— Bom?

— Quieta, isso é sobre você. Agora, descanse. — Ruth deu dois tapinhas no ombro dela. — Vou ficar aqui e fazer companhia a você.

Greta deitou na cama contando os minutos que passavam no relógio do cuco. Ela repassou as palavras que diria quando, com esperança, o visse novamente. Debateu cada maneira de finalmente contar a história, mas toda vez que ela recitava a história em sua mente, ela terminava da mesma maneira desastrosa. De todas as experiências horríveis que ela havia vivido, isso a aterrorizava mais. Perder Jimmy não era uma opção. Mas como ela poderia mantê-lo se não revelasse o único acontecimento que mudou a sua vida para sempre?

CAPÍTULO VINTE E TRÊS

Jimmy observou a paisagem voar enquanto Tony navegava pelas estradas escuras. Eles sentaram em silêncio, o barulho do vento esfriando sua pele enquanto ele tentava limpar sua mente de Greta. Mas tudo o que ele podia fazer era pensar nela, seu sorriso terno e atraentes olhos azul-esverdeados. Ela despertava sentimentos internos, sentimentos profundos que ele dificilmente poderia nomear, muito menos explicar. E ele estragou tudo. Ela admitiu que estava com medo, e em vez de tentar acalmar seus medos, para ajudá-la a se abrir, ele a abandonou. Ele se arrependeu de ter partido no momento em que entrou no jipe com Tony.

E agora o que tinha sobrado de tudo aquilo? Uma ereção furiosa e nada de fim para a quantidade de autopiedade que sentia. Ele exigia a transparência completa em todos os seus relacionamentos, mas isso era inteiramente justo? Ele também não estava sendo totalmente honesto com Greta. Havia muito mais em sua história, mas ele não confiou nela. Para ser honesto, ele não confiava em ninguém com toda a verdade. O único que sabia o que tinha acontecido naquela noite há tanto tempo era Hugh. Então, por que ele não podia permitir que Greta tivesse seus segredos? Jimmy rosnou em frustração.

— Está tudo bem aí? — Tony espiou pelo banco da frente.

— Às mil maravilhas. — Jimmy chutou o assoalho.

— Escuta, eu acho que é hora de conversarmos. — Tony dirigiu o jipe para o acostamento e o desligou. Ele se curvou e apoiou um pulso magro no volante. — Ruth está me perturbando para falar com você. E como eu tenho toda a intenção de ficar nas graças dela, estou relutantemente falando com você.

Jimmy ergueu o olhar para o amigo, arqueando a sobrancelha.

— O que está acontecendo entre você e a Ruth?

— Muita coisa, na verdade. Parece que nos demos bem e não pretendo deixá-la escapar. — Tony alisou alguns vincos na perna da calça. — Você me conhece, não posso resistir a uma mulher em necessidade.

— Sim, parece ser o seu método. — Jimmy tirou um cigarro de um maço e ofereceu um a Tony. — Sobre o que ela quer que você me aborreça?

— Greta. — Tony deu uma longa tragada no cigarro. — Aparentemente, algo realmente horrível aconteceu com ela, e ela está com medo de que você pense menos dela.

— Então ela decidiu que eu vou condená-la por isso, em vez de confiar em mim? —

Tony olhou para seu amigo com ceticismo.

— Cara, eu sei que você também não está sendo honesto com ela. Conheço você por tempo demais e nós passamos por muitas merdas juntos. Eu sei que há coisas no seu passado sobre as quais você não está sendo honesto. Sei que não contou a ela tudo sobre você. Então, porque você está aqui sentado, agindo como um idiota, quando podia estar com ela?

Jimmy estava muito chocado para ficar com raiva, Tony nunca tinha usado um tom tão acalorado antes.

– Ela é alemã. Não é como se algo pudesse acontecer entre nós.

– Ah, não vem com essa balela para o meu lado. Você sabe que a proibição de casar com alemães não vai durar para sempre e ainda não estamos falando de casamento. A verdade é que você é diferente com ela. Melhor. Eu vi. Inferno, metade dos caras nesse uniforme vê como você mudou. Já não é mais o Capitão O'Brien certinho incapaz de contar uma piada. Volta para ela. – Tony esmagou o cigarro. – Essa manhã.

Jimmy deitou a cabeça contra o assento. Tony tinha razão? Ele realmente havia mudado? Ele deveria confiar em Greta, permitir que ela se abrisse com ele no seu próprio tempo? O terror dela foi um soco no estômago. Ele queria apagar os medos, as dúvidas. Como poderia ela pensar que, depois de tudo o que tinham passado, ele pensaria menos dela?

Ele resistiu a colocar um nome no que estava sentindo. A cada dia, ficava mais forte, como um fio sendo puxado, aproximando-os. Ainda assim, ele estava profundamente com medo de que seu delicado vínculo pudesse ser tão facilmente quebrado. Uma coisa era certa, ele não estava pronto para deixá-la ir. Já era tempo de ambos enfrentarem essa incerteza juntos.

Os dois homens sentaram-se no jipe, cada um perdido em seus próprios pensamentos. Apenas o acender ocasional de um fósforo se intrometia no silêncio. Muito depois de o sol ter se arrastado pelo horizonte, o céu mudou como um caleidoscópio de azul marinho para magenta e para a lilás.

– Ei, Tony?

Tony esmagou seu cigarro.

– O quê?

– Vira o carro.

CAPÍTULO VINTE E QUATRO

— O esporte favorito do Tony é beisebol. Você sabia, mamãe? — Ezra pulava de um pé para o outro enquanto Ruth tentava limpar as migalhas de seu rosto. — Também é meu esporte favorito. Vou ser um jogador de beisebol como o Babe Ruth! — Ele tentou se afastar da mãe. — Ou talvez eu possa jogar futebol, como o Tony. Ele jogava no ensino médio e era muito bom, mamãe.

— Ezra Eichenbaum, pare de se mexer. Você tem migalhas de orelha a orelha. — Ezra escapou do cerco de sua mãe, agarrando a bola de beisebol enquanto corria pela porta.

— Mais tarde, mamãe, agora eu vou jogar bola!

Ela suspirou, balançando a cabeça.

— Não acredito que esse é meu filho.

Greta sentou-se à mesa com Ruth, servindo a cada uma delas uma xícara de um fraco substituto do café, Sanka. — É impressionante como ele mudou nas últimas semanas. Honestamente, isso me dá me tanta esperança para o futuro de todos nós.

Ruth estendeu seu braço frágil sobre a mesa, apertando a mão de Greta.

– Também me dá esperança. Eu vejo muito da influência do Tony sobre ele. Sem mencionar o chocolate por toda a parte do rosto dele.

Greta deu um risinho. Toda vez que Tony vinha até a casa, ele trazia uma nova guloseima para o menino.

– Acho que metade do peso que ele ganhou é graças ao Tony.

– O que você acha dele? – Ruth passou o dedo sobre uma marca de copo molhado sobre a mesa, tentando não olhar para a amiga.

– Ora, eu acho que você está apaixonada.

Ruth respondeu com um rubor.

– Eu acho que Tony é um bom homem, mas acho que ele é casado.

– Ah, bem, há mais sobre a história dele. – Ruth se inclinou para a frente, sussurrando de maneira conspiradora, mas parou ao som de um veículo freando do lado de fora.

A porta se abriu para Ezra exclamando:

– O Tony está de volta! – Ele correu para fora, depois voltou como um raio. – Ah, e o Jimmy também. – Girando nos calcanhares, ele se apressou para cumprimentar os homens.

Greta tropeçou em seus pés, a cadeira capotando atrás dela. Freneticamente, ela alisava o cabelo e o vestido.

– Relaxe, Greta. Você está tão adorável como sempre. – Ruth ficou de pé, abraçando a amiga. – Fique forte, estou aqui para você.

Greta engoliu seco.

– Você se importaria de levar Tony e Ezra lá para fora por um tempo? Gostaria de falar a sós com o Jimmy.

– Só por você suportarei a discussão interminável sobre esportes e Ezra entoando elogios eternos a Tony. Ah, como eu sofro por sua causa, querida amiga. – Ruth zombou, colocando a mão na testa.

Tony ouvia Ezra tagarelar sobre o jogo que ele estava jogando lá fora. Ruth se aproximou deles, inclinou-se para sussurrar algo no ouvido de Tony e os enxotou para fora. Jimmy permaneceu na porta, apertando o chapéu nas mãos.

Greta tentou avançar, mas seus pés pareciam atolados no chão. Ela deu a Jimmy um sorriso vacilante, sentindo-se completamente exposta.

– Oi. – A voz dela falhou e estremeceu. – Fico feliz por você estar aqui. – Não havia nada que ela pudesse fazer para esmagar a torrente de energia nervosa. O corpo enviava sinais conflitantes, exigindo que ela se jogasse em nos braços dele e permanecesse enraizada exatamente onde estava. Os dedos dela ficaram brancos de segurar a cadeira com tanta força, e ela havia alisado o mesmo ponto em sua saia cinco vezes.

– Oi, Greta. Está linda como sempre. – Ele se aproximou da mesa; a voz interior dela gritou, *abrace-o!*

– Café? – Ela fez um gesto para o copo à sua frente, com a mão trêmula revelando o seu nervosismo.

– Não, obrigado. – A boca dele se abriu e fechou repetidamente, como se estivesse procurando as palavras certas para dizer.

Eles continuaram olhando um para o outro em silêncio. Cada um esperava que o outro falasse, que dissesse algo para quebrar a tensão em torno deles. Ela ansiava por se lançar nos braços dele, envolver-se na forte extensão de seu peito, passar os dedos pelas mechas negras.

Finalmente, Jimmy foi o primeiro a ceder.

– Eu sinto muito. Nunca devia ter ido embora, não enquanto conversávamos. – Ele apressou as palavras tão rapidamente que soou como uma palavra longa em vez de uma frase.

Ela acenou com a cabeça, tentando desesperadamente conter a enxurrada de lágrimas que o pedido de desculpas dele causou.

— É tão difícil confiar nas pessoas depois de tudo o que passei. Eu acho difícil me abrir, especialmente para revelar coisas tão horríveis.

Ele estendeu a mão para ela, segurando o cotovelo dela na mão.

— Eu entendo mais do que você imagina. Mas você pode confiar em mim. Estou aqui para você, por inteiro.

Ela deu um passo instável em direção a ele. Estendendo a mão, ela brincou com as bordas de seu colarinho.

— Acho que estou pronta para contar a você. – Mordendo o lábio inferior, ela se atreveu a olhar para aqueles olhos deliciosamente castanhos chocolate.

Ele descansou a mão sobre a dela.

— Vamos nos sentar no sofá para podermos conversar.

— Não, vamos para o quarto.

Ele engoliu com força, seus olhos correndo entre Greta e a porta.

— Para garantir que tenhamos privacidade caso Ruth ou Ezra voltem para casa. Não quero que mais ninguém ouça o que tenho a dizer.

Ele acenou com a cabeça e a guiou para o quarto. Os dois se sentaram na cama, com os ombros se tocando, as costas rígidas.

— Eu não tenho nada além de tempo para você, Greta. Ele segurou a mão dela na dele, dando a ela forças para contar a sua história.

Ela respirou fundo e começou.

JULHO DE 1943

Era absolutamente emocionante! Greta rodopiou. Hoje era o dia em que ela e Fritz anunciariam seu noivado! Greta e sua mãe trabalharam por dias, alterando o vestido que ela havia usado em sua festa de dezoito anos. O vestido era de uma deslumbrante seda azul real deslizando elegantemente sobre sua figura de ampulheta. A roupa de festa caía delicadamente sobre os ombros, terminando com um leve decote nas costas. Seus longos cachos loiros cor-de-manteiga foram presos longe de seu rosto e adornados com pequenas flores brancas de seu jardim.

Ela sorriu de alegria, se ao menos Fritz pudesse vê-la. *Quando o Fritz me ver*, ela pensou, corando ao se lembrar da proposta no sábado passado. Ele estava tão galantemente vestido com seu uniforme, e ela estava sentada em um banco no jardim do pai dela, vestindo seu vestido de verão escarlate e creme favorito. Ele se curvou, segurando a mão dela na dele.

– Minha querida Greta, posso ter a honra da sua mão em casamento?

Ela deu um pulo, encantada.

– Sim, Fritz, sim!

E então ele a beijou, tão gentilmente, seus lábios pressionando levemente contra os dela. O primeiro beijo deles! Os lábios dela ainda formigavam um pouco com o terno sinal de afeto.

Uma vez terminada a guerra, eles viveriam numa casa fantástica e a encheriam de lindos filhos. A mistura perfeita dos dois, tão felizes juntos. Depois de contar à família sobre a proposta, a mãe insistiu que eles organizassem uma festa no próximo fim de semana. Em tempos como esse, não havia sentido em esperar por um noivado e festa de casamento demorados. Eles deveriam se casar dentro de duas semanas e depois seria a noite de núpcias. O pensamento disso a fez corar por dentro. *A noite de núpcias.* Ela irrompeu em risos novamente.

O quarto estava lindamente iluminado com velas em todos os lugares. A casa dela era antiga, mas linda, da época de Frederico, o Grande. Estava na sua família há gerações e estava bem no coração de Berlim. As janelas eram grandes e, durante o dia, o sol banhava a sala com um brilho suave. Mas com a guerra, as janelas tiveram que ser cobertas à noite para manter a luz dentro. Ela estava girando e girando ao redor da pista de dança. Ela se sentia inebriada.

Durante a festa, ela dançou com todos, com a sua melhor amiga Katja, com o seu noivo Fritz – até o excessivamente severo pai dela dançou com ela uma vez. Era uma noite que ela nunca esqueceria. Girando, girando, girando, ela teve que recuperar o fôlego.

Greta se dirigiu ao recipiente de ponche e ouviu um "ram-ram" distinto atrás dela. A voz! A pele dela se arrepiou; só poderia ser uma pessoa. O primo de Fritz – Heinrich Braunfeld. Na noite anterior, ela implorou a Fritz que não o convidasse.

– Mas por que ele tem de vir? – Greta choramingou.

– Ele é da família, querida Greta, devemos convidá-lo – Fritz disse com firmeza, mas com um sorriso compreensivo.

– Ah. – Ela bateu o pé em frustração infantil. – Ele é muito assustador. Há algo nele que me faz sentir suja apenas de ficar ao lado dele.

– Estarei lá com você a noite toda. Você não tem nem de dançar com ele. Eu prometo – ele disse, dando um beijo doce e casto na mão dela.

Mas agora, Fritz estava jogando bilhar com seus amigos da Wehrmacht, e ela foi deixada sozinha perto do ponche. Ela podia sentir o olhar de Heinrich antes mesmo de se virar. A maneira como os olhos dele a cobriam, era como se ele soubesse como ela era debaixo do vestido. Ela estremeceu.

– Olá, Heinrich. – Ela olhou por cima do ombro em busca de ajuda.

– Isso é jeito de cumprimentar seu primo?

Ela suspirou. Ela sabia que devia ser a anfitriã perfeita para todos, até para Heinrich. Relutantemente, ela se virou e fez uma rápida reverência.

– Ah, muito melhor – e ele devolveu a saudação. – Posso ter essa dança, acredito que será uma valsa?

– Não, obrigada – ela disse de forma curta. Ela não sabia exatamente o que sobre ele que a deixava tão inquieta, mas toda vez que o via, queria fugir o mais longe possível dele. Talvez fosse porque ela percebeu que, como membro da Unidades da Caveira, não havia como ele ser um bom homem, ele provavelmente havia matado dezenas de pessoas sem qualquer sinal de remorso. Ou talvez, fossem todas as suas insinuações não tão sutis. Ou ainda, tenha sido quando ela o viu chutar um cachorrinho. Ele realmente chutou um cachorrinho de verdade. Ela não sabia dizer exatamente o que era. Ela sempre odiou Heinrich e ela não iria arruinar a mais bela das noites dançando com *ele*.

– Que rude da sua parte recusar o meu agradável convite – ele zombou. Ele se ergueu sobre ela, fazendo-a se sentir fraca e desamparada.

– Lamento, Heinrich, mas tenho um pouco de dor de cabeça. Acho que vou me deitar um pouco. E então provavelmente vou sentir vontade de dançar novamente. – Essa mentira era tudo o que ela conseguia pensar no momento. – E quando eu voltar, você será a primeira pessoa com quem dançarei. – Ela sorriu com uma doçura forçada para ele e se virou o mais rápido que pôde com uma mão cobrindo a testa. Ela esperava que o gesto reforçasse a desculpa que havia dado.

Ela saiu do salão de baile e foi silenciosamente pelo corredor para o escritório de seu pai. Fechando a porta atrás dela, ela acendeu a pequena lâmpada elétrica na mesa dele. Agora, ela poderia estar sozinha para desfrutar desse humor incrível.

Ela cantarolou algumas notas de uma valsa e continuou a dançar, fingindo que estava na frente de um príncipe. Ela fez uma reverência perfeita.

— Pois não, Príncipe Ludwig, eu ficaria honrada em ter essa dança. — Ela então balançou para a esquerda e para a direita, para frente e para trás, sua saia farfalhando.

Greta parou de repente. Ela ouviu o estalo da porta se fechando e o som de botas em madeira dura. Virando-se, ela esperava ver Fritz — talvez eles pudessem desfrutar de um encontro clandestino com alguns beijos. Para o choque e horror dela, era Heinrich. Seu cabelo castanho claro penteado para trás, seu uniforme preto bem arrumado, quase impecável demais. Ele tinha uma cicatriz grossa que contornava a bochecha. Fritz contou a ela uma história sobre a cicatriz que fez seu sangue esfriar. Quando Heinrich estava na Universidade, ele colocou uma moça em apuros. Ele se recusou a se casar com ela, e o irmão da menina o desafiou para um duelo. O resultado era desconhecido, mas era a suposta origem da cicatriz. *Duelando em tal idade, era um completo bárbaro.*

— Talvez você esteja se sentindo melhor? — Ele perguntou, os olhos dele deixando um rastro escaldante, finalmente fixando o olhar sobre o peito dela. Ele colocou a língua para fora e lambeu os lábios rachados. Instintivamente, ela cruzou os braços para se proteger.

— Sim — ela gaguejou — eu estou. Agora realmente devo voltar à festa.

— Não tão rápido. — Ele agarrou o braço dela com força, apertando-o na mão com intensidade que causaria hematomas. – Você não deve se cobrir. – Ele moveu os braços dela, esfregando propositalmente a mão sobre seu peito.

– Pare. Você está me machucando e vai deixar um hematoma. – Ela tentou escapar, mas ele intensificou o aperto. A pele dela se moldava como massa no aperto dolorido.

Um sorriso doentio penetrou o rosto dele.

– Gosto de deixar hematomas, isso sempre me faz lembrar das minhas conquistas mais tarde, do quanto aproveitamos nosso tempo juntos. – Ele empurrou sua ereção contra a pélvis dela. – Do quanto ela implora por isso, querendo a mim.

– Pare com isso imediatamente – ela exigiu. – Vou me tornar sua prima. Eu sou uma dama respeitada e não uma prostituta.

A risada dele ecoou ameaçadoramente nos painéis de madeira.

– Existe alguma diferença? Não são todas mulheres, prostitutas?

Ela estreitou os olhos.

– Sua mãe era uma prostituta então?

Ele deu um tapa nela com as costas da mão, o estalo ressoando alto no ouvido dela. Ela tropeçou em um pufe e caiu no chão. Atordoada, ela ficou ali, tentando recuperar os sentidos.

– Nunca mais fale comigo dessa maneira! – Ele pairou sobre ela, bloqueando sua única fuga.

Com os músculos tensos, ela se impulsionou para cima do chão.

– Vou falar com você da maneira que eu quiser. – Ela sentiu como se estivesse à mercê absoluta desse marionetista sádico, mas ela não iria recuar.

– Venha até mim. – Ele sinalizou com o dedo para ela.

– Nunca, nem mesmo se você for o último homem vivo.

Nem se o próprio diabo estivesse atrás de mim. Eu nunca farei o que me disser para fazer. – Ela sabia que era inútil. Ela estava muito longe da porta. O escritório estava nos fundos da casa, ninguém poderia ouvir, ninguém ouviria. *Você é uma garota tão estúpida, por que deixaria a festa?* Ela levantou o queixo de maneira desafiadora.

Em dois passos ele estava sobre ela, sua boca devorando os lábios dela. Com o corpo dele pressionando contra ela, ela o sentia cada vez mais forte enquanto ele mergulhava a língua uma e outra vez, moldando o corpo dele contra o dela. Ela fez ânsia, na esperança de vomitar. Ela tentou fazer ânsia de novo, tentou enfiar o dedo na garganta, mas ele usou de força para prender os braços dela contra a lateral de seu corpo, os dedos longo apertando sua carne. Ela cuspiu em no rosto dele, diretamente no olho.

– Você definitivamente vai pagar por isso.

As mãos dele estavam na garganta dela, e então ela ouviu seu vestido rasgar, seu lindo vestido. Lágrimas quentes escorriam dos seus olhos enquanto ela o atacava, chutava e arranhava. Não adiantava, ele era forte demais. Ele rasgou os restos de seu vestido, rasgou suas roupas íntimas. Ela ouviu a calça dele abrir. Ele a jogou na mesa, forçando as pernas dela a se abrirem. Ela o sentiu invadi-la. Ela batia nele sem parar, agarrando coisas para detê-lo, qualquer coisa. Ela derrubou tudo da mesa, ela alcançava e agarrava, golpeando e se debatendo. A mão dele em seu pescoço se apertou, um estalido soou em seu ouvido, e então não havia nada, apenas escuridão.

Ela acordou no chão do escritório de seu pai, o vestido rasgado, pendurado em pedaços nos ombros dela. As pernas dela estavam pegajosas e molhadas. Sua cabeça girava enquanto ouvia a comoção ao seu redor. Olhando para cima, ela viu o único homem que tinha certeza de que a ajudaria.

– Pai – ela murmurou –, ajude-me.

Ele simplesmente olhou para ela. *Por que ninguém me ajuda?*

— Por favor, alguém, socorro — mas ninguém veio. Ela desmoronou de volta ao chão, enfraquecida, desesperada. — Pai, por favor — ela implorou.

Finalmente, alguém a ajudou a se levantar, tirando o vestido rasgado e o substituindo por algo simples. Ela implorou ao pai.

— Por favor me ajude, eu sou sua filha.

— Eu não tenho filha — ele declarou, saindo do quarto, deixando-a lá. Alguém agarrou o braço dela e a puxou para fora do escritório, pelo corredor, para fora da porta da frente, e para dentro um táxi à espera. Ela viu sua mãe correr pela porta em sua direção, gritando, mas ela foi impedida por seu pai. Ele a puxou para dentro, batendo a porta.

Dentro do táxi estava um homem vestindo um uniforme da SS e balançando a cabeça com simpatia.

— Você enfureceu um homem importante. — Dando a ela seu lenço, ele indicou para que ela limpasse o sangue do rosto. — Eu gostaria de poder fazer algo por você, mas temo que não tenha poder aqui. — Ele fez sinal de reprovação. — Uma garota tão bonita quanto você teria feito uma amante perfeita para algum general gordo. Eu mesmo a tomaria, mas sabemos que o Comandante Braunfeld iria descobrir. Pobre moça, ser minha amante seria muito melhor do que o lugar para onde vai. — Ele pegou o lenço dela e o enfiou no bolso.

Eles chegaram a uma estação de trem distante, longe da vista de Berlim e de seus moradores.

— Chegamos. Desejo sorte a você, é sua única chance de sobrevivência agora.

Ela foi arrancada do carro e jogada em uma multidão de pessoas. Eles estavam sendo empurrados para a frente, carregados em comboios. Mas esses não eram comboios normais, eram comboios de gado. Ela perdeu o equilíbrio; um soldado gritou com ela. *O que está acontecendo?* O pânico começou. Ela foi empurrada para o canto de trás do carro. Havia apenas uma pequena janela acima dela, coberta de arame farpado. Não havia onde ficar, e o cheiro era abominável, pior do que tudo que ela já tinha sentido antes. *Eles sequer limparam os vagões?*

Ninguém se olhou, ninguém disse uma palavra a ninguém. Eles viajaram assim por dias, com as pernas doendo, as costas cansadas e doloridas. Não havia lugar para sentar ou deitar, nem comida para comer ou água para beber. Os baldes sanitários transbordaram, eram tantas pessoas. *Indo para onde?*

O comboio finalmente parou. De repente, as portas se abriram, a luz do sol cegando a todos. Mais gritos, para fora, para fora, todos devem sair. Mulheres e crianças à direita, homens à esquerda. Da aglomeração de mulheres e crianças, eles começaram a arrancar os jovens e saudáveis. As mães e os filhos, os idosos, eram enviados para a direita. Nuvens escuras de fumaça rodopiavam no céu, o fedor de morte intenso.

Era um acampamento enorme com cercas de arame, torres, guardas, cães por toda parte. Ela marchou junto com as outras mulheres. Elas foram levadas para uma sala onde outros presos esperavam por elas. Greta os chamava de presos porque estavam todos com o mesmo uniforme de prisão. A maioria tinha a estrela amarela de David estampada no peito e no ombro. Suas cabeças raspadas. Alguém tatuava números nos antebraços esquerdos deles, um cotonete de álcool sujo e depois os números. Finalmente, deram um uniforme a ela. Ela tocou o triângulo vermelho, *mas eu não sou comunista?* Ela estava confusa e aterrorizada.

Todos eles marcharam para quartéis diferentes. Ela foi jogada dentro de um, com um cobertor e um copo branco esmaltado. Apenas uma mulher a cumprimentou. Ela era mais alta e um pouco mais velha que Greta, com olhos azuis assustadoramente bonitos. Ela parecia frágil, suas mãos estavam sem calos. Ela não estava acostumada ao trabalho duro, não como os outros que tinha visto. A mulher apontou para um beliche de baixo cheio de palha.

— É aqui que vamos dormir — ela disse. — Segure seus pertences, todo mundo rouba aqui.

Greta tocou o triângulo vermelho novamente.

— Você vai se acostumar com isso — a mulher disse para confortá-la.

— Eu não sou uma comunista — Greta murmurou.

A mulher a olhou com estranheza.

— Se você não é comunista, por que está aqui? Você é casada com um judeu? Ou casada com um comunista?

— Não. — Ela começou a chorar.

— Ah, não deixe que eles a vejam chorar. Eles adoram torturar aqueles que o fazem — ela disse com simpatia, apontando pela janela para os guardas.

— Eu estava na minha festa de noivado. Estava linda e então o primo do meu noivo estava lá e ele... — Ela não podia dizer as palavras, ela não podia descrever o que havia acontecido com ela.

Ela gentilmente agarrou o ombro de Greta, fazendo pequenos círculos calmantes.

— Eu sou Ruth — a mulher disse. — Esse lugar está cheio de pessoas terríveis que fazem coisas terríveis. Não sei por que razão está aqui, mas não há escapatória para nenhum de nós agora.

Greta ainda não entendia tudo o que diziam a ela, mas temeu que compreenderia em breve.

— Eu sou Greta.

Ruth olhou para sua nova amiga, notando os hematomas que cobriam cada centímetro de pele exposta.

— Ele fez isso? — Ela fez um sinal circular, apontando para o rosto todo de Greta.

Greta acenou com a cabeça, enxugando uma lágrima solitária.

— Sim — ela engasgou. Ruth assentiu em compreensão.

Ela puxou a mão de uma criança escondida atrás dela, que parecia não ter mais do que três anos.

— Esse é Ezra, meu filho. Bem-vinda a Auschwitz.

CAPÍTULO VINTE E CINCO

Jimmy empalideceu e se levantou, andando de um lado para o outro pela pequena sala. Ele não disse nada pelo que pareceu ser uma eternidade, passando as mãos pelos cabelos grossos e pelo rosto. As ações dele a preocuparam, era isso o que ela mais temia? *Ele tem nojo de mim? Ele vai me deixar sabendo que não sou pura? Sabendo como um homem me violou?*

Então Jimmy finalmente falou, com a mandíbula cerrada.

— Se ele ainda não estiver morto, eu vou matá-lo. Eu juro para você. — Ele cuspiu as palavras como veneno, seus punhos cerrados.

— Você não pode, seria assassinato — ela implorou a ele.

— Você acha que alguém se importaria? Importaria com um homem desse? Eu já disse isso a você, Greta, homens não ferem mulheres. Eles não as agridem, eles não a *estupram*. — Ele enunciou cada palavra, as sílabas pontuando a quietude.

A palavra apunhalou o coração dela, ela nunca havia proferido a palavra, nunca admitiu verdadeiramente para si mesma o que ele realmente fez a ela. Ela balançou a cabeça. Ela esperava que Heinrich estivesse morto, esperava que alguém o tivesse assassinado, ou que ele tivesse sido atropelado por um tanque, ou preso em uma estaca à la Vlad, o Empalador. De alguma forma, todas essas mortes ainda pareciam boas demais para ele. Mas Jimmy parecia diferente agora. Era isso que ela mais temia. A cabeça baixou, um pequeno soluço escapou.

Passaram-se longos momentos de silêncio, e então ele finalmente falou.

— Greta.

Ela levantou a cabeça, sentindo o peso das emoções surgir através dela. Ele se joelhou diante dela, com as grandes mãos apoiadas nos joelhos dela.

— Por favor, entenda, Greta. Eu acho que a respeito agora mais do que nunca. Você sobreviveu à maneira como ele a torturou, e depois sobreviveu a muito mais — a Auschwitz, ao esconderijo, a Ezra, ao soldado alemão, resgatou um soldado americano perdido — e olhe para você. Você está aqui. Você sobreviveu; você ajudou o Ezra a sobreviver. Você o ajudou a encontrar a Ruth. Você me curou. Você me curou de maneiras que eu não sabia que precisava.

Ela descansou a cabeça contra o ombro dele, sentindo a respiração dele contra sua bochecha.

— Ah, Greta, Greta — ele suspirou para ela. — Eu era um homem estragado quando você me conheceu. Derrotado pela guerra, derrotado pela solidão. Você me salvou. — Ele repetiu: — Você me salvou e agora devo fazer o mesmo por você.

— Você já fez isso — ela exclamou. — Pela primeira vez em muito tempo, sinto que há uma possibilidade de futuro. A palavra "vontade" significa algo mais do que um sonho que nunca poderia acontecer. — Ela sorriu para ele. — Ontem à noite, pela primeira vez desde que me lembro, eu tive um sonho. Um sonho de verdade. Eu parei de sonhar na noite em que fui enviada para Auschwitz e agora, por sua causa, posso voltar a sonhar. Tenho esperança para o futuro.

Eles se deitaram na cama, agarrados um ao outro. Eles precisavam se manter perto um do outro desesperadamente, sentir o calor um do outro, os batimentos cardíacos um do outro. Ele encostou a testa contra a dela.

– Você vai me contar sobre o sonho?

Ela o beijou levemente nos lábios.

– Sim, eu estava em Reading. – Ela podia sentir o batimento cardíaco dele acelerar. – Seus pais atenderam a porta e você estava lá, assim como sua irmã, Erin. Todos me alcançaram e disseram: "Bem-vinda à nossa família." Eu tinha uma família de novo. – Ela suspirou profundamente.

Ela sentiu uma lágrima quente escorrer pela bochecha. Jimmy estava chorando. Ele disse baixinho:

– Não tenho certeza se isso é um sonho.

– Ah, não?

– Eu acho que você viu o futuro. – Ele a beijou com força e por muito tempo, deixando seus lábios expressarem os sentimentos em seu coração. – Eu também tenho um segredo.

– Você vai me contar? – Ela perguntou. Ela já havia se aberto tanto para ele, era hora de ele revelar um pouco para ela.

– Ainda não, Greta, mas em breve. Eu prometo.

Ela entendia muito bem a necessidade de se conter. Por enquanto, não havia mais nada a dizer, os lábios deles passeavam avidamente sobre seus corpos, desesperados por mais. Eles se agarravam com força, não querendo se soltar, romper o vínculo que formaram. Eles adormeceram de exaustão, agarrando-se um ao outro, sem se afastar de seus abraços.

CAPÍTULO VINTE E SEIS

Na manhã seguinte, Greta encontrou Tony sentado sozinho à mesa da cozinha. Alegremente, ela o cumprimentou, procurando nos armários ingredientes para o café da manhã. Não havia muito para encontrar. Normalmente, eles continham apenas algumas poucas coisas.

– Dia – ele murmurou. Ele olhou para cima e a viu examinando os armários quase vazios. – Fui ao acampamento essa manhã. Tinha de enviar uma correspondência. Eu trouxe algumas coisas de lá. – Ele acenou com a mão para uma mesa perto da porta.

Greta encarou em choque absoluto. Ela não se lembrava da última vez que havia visto tanta comida.

– Como você... – Foi tudo o que ela conseguiu dizer.

Tony riu.

– Ah, isso? – O sorriso dele era agradável, aquecendo todo o rosto. – Ter amigos nos lugares certos ajuda. Então, eu trouxe bacon, ovos, um pouco de farinha, leite e umas latas de alguma coisa. O café que o Jimmy tinha no jipe. Não dá para viver sem um bom cafezinho. – Ele caminhou até a lata de café, entregando-a a ela. – Acha que pode passar um pouco? Estou morrendo de vontade de uma xícara.

– Com muito gosto. É um luxo que só tivemos desde que conhecemos você e o Jimmy. Antes disso, já se passaram anos desde que eu tomei um dos bons.

– Eu sou um baita de um cozinheiro, tenho de dizer. Estava me preparando para fazer um monte de panquecas. – Ele acenou com a mão sobre os ingredientes.

– Panquecas? Eu me pergunto se elas são como as nossas panquecas. Em Berlim nós as chamamos de *Eierkuchen*, mas aqui na Baviera, Liesel as chama de *Pfannkuchen*.

– *Pfannkuchen?*

– Traduzido literalmente como panquecas.

– E a outra palavra, hum, como era: *aia curra*?

Ela sufocou uma risada.

– *Eierkuchen.*

Ele tentou falar novamente, com o rosto ficando vermelho.

– 'Cês alemães têm uma maneira engraçada de falar. Enrolando os erres e tal. – Então os lábios se espalharam em um sorriso brilhante. – Mas aposto que nunca provaram nada como essas panquecas. Então você proceda com o café. E depois relaxe e assista a mágica acontecer.

Ele entrelaçou os dedos e os alongou à sua frente. De um saco que trouxera consigo, ele tirou recipientes de vidro com açúcar e manteiga. Em seguida, ele colocou uma garrafa de vidro sobre a mesa. Greta a abriu e cheirou, o líquido doce espesso e pegajoso.

– Xarope de bordo – ele disse, começando a trabalhar.

A Greta passou o café.

– E o açúcar e a manteiga? – Eram luxos inéditos, até refrigerantes eram adoçados com frutas agora.

— Eu tenho meus métodos — ele sussurrou de forma conspiratória. — E ajuda ser o melhor amigo do cozinheiro.

Ela só podia imaginar. Era mais do que provável que Tony virasse melhor amigo de quase todo mundo que ele chegasse a conhecer. A personalidade encantadora e sociável dele era uma das muitas razões pelas quais a Ruth estava gostando tanto dele. Como alguém poderia não achar o charme dele contagiante? Ele irradiava energia positiva.

Tony trabalhava rapidamente, medindo os ingredientes e aquecendo uma panela com óleo. Greta assistia enquanto ele virava as panquecas e fritava o bacon. A maneira como ele trabalhava sobre um fogão a lembrava de um maestro com sua sinfonia. Era pura arte.

— Então, o que significa a outra palavra? O *Eierkuchen*. — A pronúncia dele melhorou, mas ainda continha seu distinto sotaque americano.

— Bolos de ovo. A nossa palavra para panquecas descreve, na verdade, uma massa recheada com geleia e polvilhada com açúcar. O que Liesel chamaria de *Krapfen*, mas não comemos isso há anos. Estou muito animada para experimentar as panquecas e esse xarope que você tem. Ela colocou duas canecas sobre a mesa.

— Bem, aqui está. — Tony colocou os pratos, uma grande pilha de bacon e uma enorme pilha de panquecas. — Deixei ovos para você. Ezra pode comê-los mais tarde. Ele é um menino em fase de crescimento.

Nenhum deles comeu. Os dois pegaram suas bebidas e bebiam tranquilamente.

— Tony, estou um pouco curiosa. O Ezra parece estar completamente encantado com você, então onde isso deixa você e a Ruth?

Tony suspirou genuinamente.

– Bem, a verdade é, Greta, o Ezra é uma das razões pelas quais estou me apaixonando pela Ruth.

Greta se inclinou para a frente, ansiosa por ouvir mais sobre os sentimentos de Tony por sua amiga. Ela sentiu uma faísca entre eles quando se conheceram. O beijo que eles compartilharam deu a entender que havia algo mais do que mera paixão. Ela estava tão feliz que seus dois amigos encontraram tanto afeto um pelo outro, mas se perguntou como era possível formar um vínculo tão rapidamente.

– Eu sei que é loucura, mas no momento em que a vi pela primeira vez, eu sabia que a amava. Como a flecha do Cupido, zum, diretamente no coração. – Ele bateu com o punho no peito. – Foi a força dela, a forma como se portava. Eu não podia acreditar que essa pequena e frágil mulher sobreviveu a um lugar como aquele. E ela fez isso pelo Ezra, por ninguém além do Ezra.

Greta o encorajou a continuar.

– E então, descobri que não há nada frágil sobre ela. Ela é toda espevitada; ela cuspiria fogo se pudesse. – A risada alta dele preencheu a pequena cozinha. – E Deus, eu a amo por isso. Eu não me importo se ela fica zangada comigo ou é doce e amorosa. Cada um de seus humores é inebriante. Não me canso dela.

– Ela é uma mulher incrível. Verdadeiramente única.

Ruth era alguém que muitos subestimariam, mas não Greta. Ela tinha visto a força inacreditável que a sua amiga possuía no momento em que pôs os pés em Auschwitz. A capacidade de Ruth de continuar lutando, deu à Greta sua chance de sobrevivência. Ela entendia tudo o que o Tony tentava explicar.

Ele pegou um prato e empilhou várias panquecas. Entregou uma pilha a ela e depois serviu a si mesmo.

– Obrigada, parecem uma delícia.

— O melhor jeito de comer é com manteiga e xarope. A manteiga acabou, mas ainda temos xarope. Ele regou o xarope na pilha de panquecas dela e depois na dele.

— Você parece querer ser necessário, Tony. Eu realmente espero que possa encontrar alguém que possa ser essa pessoa para você.

Ele beliscou um pedaço de bacon.

— Eu acho que você está certa. O Ezra precisa de um pai, e eu estou aqui por ele. Pelo menos até o velho dele voltar para casa.

— O pai dele não vai voltar para casa. Ruth não contou a você?

Ele pegou outro pedaço de bacon, segurando-o na boca.

— É mesmo? Como é que ela sabe?

— Ruth me contou a história quando estávamos em Auschwitz. Pouco antes de ela e o Ezra serem deportados, ela recebeu um telegrama. Foi cruelmente direto: cônjuge morreu campo de concentração de Dachau, assinado o comandante. Ele foi enviado para lá antes do Ezra nascer. — Ela baixou a xícara. — Ela estava tendo dificuldades em aceitar o que aconteceu. Acho que às vezes ela o mantinha vivo por causa do Ezra.

Os olhos de Tony brilhavam com lágrimas não derramadas.

— Eu a admiro cada vez mais. Tudo o que ela passou. — Ele balançou a cabeça e deu algumas mordidas nas panquecas. — Uma viúva, mãe de um menino novo, e depois deixada para morrer num campo.

Eles comeram em silêncio por um tempo, não havia mais nada a dizer.

— Isso é tão delicioso. — Greta decidiu que precisavam mudar a conversa.

Ezra apareceu correndo, com o cabelo espetado para cima, linhas de sono no rosto.

— Opa, Ezra! — Tony o cumprimentou, o menino correu para os braços estendidos de Tony. — Quer café da manhã? — Tony o segurou por um pouco mais do que o normal, e Ezra apenas o deixou. Ele sentiu como o Tony precisava dele.

Então Ezra ficou boquiaberto com a quantidade de comida.

— Tudo isso para nós? Eu quero bacon e aquelas, e o que é isso? — Ele levantou a garrafa de xarope.

— É açúcar puro, você vai adorar.

— Pode colocar, Tony. — Ele deu uma mordida, seus olhos arregalaram. — Esse é o melhor café da manhã de todos os tempos. Adorei. Nós temos que comer isso o tempo todo, montes de ovos e bacon e essas outras coisas. — Ele ergueu a panqueca no garfo.

— Panquecas — Greta explicou.

— Mamãe precisa comer conosco. — Ele pulou da cadeira, deslizando-a pelo chão e saiu correndo da cozinha.

Tony sorriu e riu.

— Ele é o maior!

Ezra voltou, arrastando uma Ruth resmungona atrás dele. Ela obviamente ainda estava com sono.

— O Ezra está insistindo que eu coma. — Ela cheirou o ar. — Isso é... isso é café de verdade? — A voz dela estava cheia de esperança. — Com cafeína de verdade?

Desde que os nazistas tomaram o poder, o café descafeinado foi elogiado como a opção mais saudável. Depois veio o racionamento em tempo de guerra e o embargo comercial, tornando quase impossível a aquisição de qualquer café.

Tony serviu uma xícara e colocou na mão dela.

— Café de verdade para uma moça encantadora.

Ruth aceitou timidamente a xícara quente.

— Tony, você é demais.

Eles se sentaram, todos com um prato.

— Espere — Ezra exclamou —, Jimmy! — E saiu correndo da cozinha.

— O Jimmy não vai nem ver de onde veio o tiro. — Tony piscou para Ruth, fazendo com que suas bochechas corassem.

Ezra correu de volta para o cômodo, arrastando um Jimmy muito sonolento atrás dele.

— Fui convocado — Jimmy murmurou com a voz rouca. Ele então se inclinou e deu um beijo na cabeça de Greta. — Bom dia, meu anjo. Agora, o que é essa história que eu ouvi sobre panquecas? — Greta pegou uma cadeira da sala de estar e a trouxe para a mesa para que ele pudesse se juntar a eles. — Quem cozinhou?

— Tony — Ezra disse. — Elas são ma-ra-vi-lho-sas! — Ele desenhou cada sílaba da palavra. — A melhor coisa que eu comi em toda a minha vida.

— Acho que ele está exagerando um pouco — Tony disse, radiante de orgulho.

Ruth suspirou.

— Provavelmente não, Tony. O pobrezinho nunca comeu tão bem.

Tony olhou com amor para Ruth.

— Bem, acho que já é hora de ele comer bem.

Os olhos dele se encontraram do outro lado da mesa, um lampejo de paixão os unindo pelo mais breve dos momentos. Ela suspirou como uma estudante apaixonada e começou a comer.

— Minha nossa, ele tem razão. Isso é um pequeno prato de paraíso bem aqui. E o bacon, ah, como eu senti falta de carne. — Ela dava mordidas minúsculas, apreciando cada sabor, e tomando cuidado para não comer demais. Ela tinha passado fome por tanto tempo que o estômago tinha encolhido de tamanho. Por enquanto, ela só podia comer pequenas refeições, até que seu corpo se ajustasse à porção correta de comida. No entanto, no curto espaço de tempo em que esteve na casa de Greta, a cor dela melhorou e o rosto ficou um pouco menos esquelético.

— Venha para a América comigo. Vou me certificar de que vocês dois tenham o que quiserem comer. Você nunca teria fome. — A ousada sugestão de Tony surpreendeu a todos.

— Mas sua noiva — Jimmy gaguejou, lamentando as palavras quando Greta enfiou o cotovelo nas costelas dele.

— Ela cancelou o noivado. Na verdade, recebi uma carta dela ontem. Ela se casou com uma antiga paixão. — Tony olhou para Ruth, esperando que ela respondesse. A mente de Ruth era um amontoado de pensamentos passando por sua cabeça.

— Eu não posso ser sua amante — ela soltou.

Ezra se afastou da mesa.

— Vou brincar lá fora. As coisas estão ficando terrivelmente bobas aqui. — E correu para fora, com a porta se fechando atrás dele.

— Nunca pedi que fosse — Tony respondeu com a voz rouca.

— Ah. — Ruth tomou seu tempo comendo mordidas e apreciando cada pedaço saboroso. O ar estava espesso com uma tensão estranha.

Jimmy pegou outro pedaço de bacon da pilha e cutucou Greta para comer mais. Ela disse que não e deu um tapinha no estômago.

— Não importa o quanto eu queira, não poderia comer outra mordida. Juro que comi dois pratos cheios de comida.

— Ela comeu sim, cara, mais do que eu. Fiquei impressionado — Tony brincou com ela.

Jimmy recostou na cadeira, satisfeito. Uma mulher bonita ao seu lado, uma barriga cheia de comida, e nenhuma preocupação no mundo.

— Ruth? — Greta perguntou. — O que você vai fazer?

Ela suspirou e ergueu a xícara para Tony.

— Pode me servir mais um pouco, por favor? — Ele encheu a xícara e a baixou. E então ele pegou a mão dela, esfregando os polegares sobre os nós dos dedos.

— Eu mal conhecia o Daniel antes de nos casarmos. Foi tudo arranjado pelos nossos pais. O casamento foi curto demais. Estávamos casados e alguns meses depois eu estava grávida. Então a polícia secreta o prendeu e o mandou embora para aquele terrível campo de concentração onde os nazistas o mataram. Ele nunca conheceu o Ezra. Não tenho certeza se estou pronta para entrar em qualquer coisa ainda, mas fiz a solicitação para imigrar para os Estados Unidos. Estou esperando pela aprovação.

— Você sabe onde vai se estabelecer? A América é um lugar muito grande.

Ela balançou a cabeça.

— Ainda não tinha pensado, onde você sugere?

— Na minha casa. — Ela acotovelou o braço dele. — E que tal Dallas? É onde vive a minha família. Podemos cuidar de você e do Ezra.

— Vou pensar nisso.

Greta se levantou e começou a limpar a mesa. Todos estavam sentados, sem saber o que dizer ou fazer agora. Tony segurou a mão de Ruth, acariciando-a com o polegar.

— Posso beijar você? — Ele finalmente pediu.

Ruth se assustou.

— Por quê?

— Não sei, só sinto que preciso beijar você. — Ele deu de ombros. — Um beijo adequado e digno seria bom.

Ela se colocou de pé, prestes a dizer alguma coisa, quando Tony agiu. Ele segurou o queixo e inclinou a cabeça dela sobre seu braço. A intensidade do beijo aumentou. Ruth se derreteu nos braços de Tony. Quando ele se separou do beijo, ele a firmou contra a cadeira, seus dedos traçando os lábios formigantes dela. Um sorriso satisfeito se instalou em seu rosto, e ele piscou para Jimmy e Greta. Então ele viu o Ezra perto da porta.

Ezra riu.

– Uhul.

E então ele correu de volta para fora. A risada de Tony encheu a sala enquanto ele seguia o Ezra porta afora. Ruth ainda estava imóvel. Jimmy e Greta a encaravam, esperando que ela dissesse algo.

Greta finalmente falou.

– Você está bem?

– O que foi isso? – Ela perguntou, com os dedos ainda tocando os lábios.

Jimmy riu e saiu, deixando as mulheres para conversarem entre si.

– Foi o que você pediu, Ruth.

– Um beijo? Os homens realmente beijam você assim? – Os olhos dela se arregalaram. – Daniel nunca me beijou com tanto entusiasmo, e duas vezes agora, uau. Outras coisas podem fazer você sentir tudo formigar?

– Outras coisas?

– Você sabe, lá dentro? – Ruth apontou para o quarto.

– Sinceramente, ainda não sei, ainda estou esperando para descobrir.

Ruth sacudiu os ombros de Greta.

– Você precisa descobrir por mim e depois me contar tudo.

Greta gaguejou.

– Ma-mas, Ruth, você era casada, você e Daniel, hum... você já não fez essas coisas? Quero dizer, você tem o Ezra.

– Não, nada perto disso. – Ela balançou a cabeça. – Nosso casamento foi um acordo. Gostávamos um do outro, mas não sabíamos que podíamos fazer coisas como *aquilo*. Quero dizer, ele se deitava em cima de mim e movimentava um pouco, e aí acabava. Nem sequer me despia completamente.

Elas trabalhavam na cozinha, limpando.

— Eu acho que você estava perdendo – brincou Greta.

Um sorriso malicioso se instalou no rosto de Ruth.

— Eu acho que você tem razão.

CAPÍTULO VINTE E SETE

P ara Greta, havia uma pergunta sem resposta: o que aconteceu com sua amada mãe? Aquele momento, que parecia uma vida atrás, permanecia marcado na superfície de sua memória. O grito angustiado da mãe enquanto ela implorava e suplicava ao pai de Greta que intercedesse. O bater da porta. O último adeus.

Havia uma pessoa que talvez soubesse alguma coisa. Com a ajuda de Liesel, Greta havia enviado algumas cartas para sua mãe secretamente, informando-a de que ainda estava viva. Elas não receberam resposta, mas ela esperava que de alguma forma essas cartas, como mensagens em uma garrafa, encontrassem o caminho de casa. Foi só por essa razão que Greta se colocou a percorrer o caminho solitário entre a sua casa e a fazenda de Liesel. Talvez Fritz pudesse ter respostas, afinal, ele esteve em Berlim na segunda metade de 1944.

Enquanto segurava e soltava o vestido, na esperança de acalmar as borboletas no estômago, ela se viu sorrindo sobre sua conversa matinal com Jimmy. Depois que ela contou a ele suas intenções, ele se ofereceu para acompanhá-la.

— Não, eu acho que isso incomodaria o Fritz. — Jimmy desviou o olhar dela, a decepção em seu rosto enfraquecendo sua determinação. — Não é que eu ainda ame o Fritz. De certa forma, tudo isso aconteceu com ele também. Você é um lembrete do que ele perdeu.

Com relutância, ele concordou que ela deveria ir, mas ele não queria deixá-la ir ainda.

— Por favor, prometa que terá cuidado. Ele se inclinou sobre ela, acariciando sua bochecha. — Você é preciosa demais para que qualquer coisa aconteça.

— E Jimmy, você é... — Ela parou, procurando as palavras certas. Precioso parecia bobo, mas era o que ele era para ela. Algo tangível e querido.

— Gentil? Fabuloso? Irresistível? Perfeito? — Ele brincou com ela, terminando a frase.

— Você é demais — ela suspirou, colocando a mão contra o peito dele.

— Hum, eu estava esperando maravilhoso. — Ele deu a ela seu sorriso perversamente encantador, fazendo o coração dela vibrar. — Falo sério, Greta, tenha cuidado. Você é meu tudo.

Meu tudo. As palavras causaram ondas de calor na espinha dela e uma risada impulsiva escapou. Ah, como ela amava esse homem.

O verão havia finalmente chegado. A terra estava inundada de um arco-íris de cores com abelhas voando de flor em flor. O canto das abelhas atraiu Greta ainda mais para o campo, onde ela reunia alegres flores em um buquê. Ela se viu suspirando pesadamente, sonhando com o toque de Jimmy, a sensação dos braços dele ao redor dela. *O Jimmy dela*. Que sorte ter sido na porta dela que ele havia tropeçado.

Ela ouviu uma voz gritar alegremente, despertando-a de suas doces reflexões.

— Greta! O que você está fazendo aqui?

– Fritz! – Ela acenou para ele. Ele mancava ao longo do caminho de terra, retornando após um árduo dia de trabalho na manutenção da modesta fazenda de Liesel. – Eu estava querendo falar com você e com a Liesel, eu tenho algumas perguntas e trouxe essas flores para a Liesel.

O rosto dele se desmanchou em um sorriso fácil.

– Como sempre, é maravilhoso ver você. Infelizmente, a Liesel saiu já faz algum tempo. Mas, por favor, entre. – Ele passou o braço pelo dela e juntos eles entraram na casa.

Eles se sentaram na sala de estar confortavelmente equipada, de frente um para o outro.

– Eu posso preparar um chá. – Ele começou a levantar.

– Ah, você é tão gentil, mas não é preciso. – Ela sorriu com doçura para ele. Ele sempre era tão generoso, pensando no conforto dos outros.

Ele se sentou de volta no sofá. Aproveitando um raio de sol que espreitava pela janela, ele a estudou, antes que sua mandíbula começasse a se contorcer visivelmente.

– Por que seu rosto está machucado? O seu americano bateu em você?

– O quê? – A mão dela voou para a bochecha. – Ah, não, jamais. O Jimmy não é assim. – Ela não queria contar a história do soldado brutal, mas não teve escolha, tendo um vislumbre de raiva que ela nunca imaginou que o gentil Fritz pudesse possuir. – Um terrível soldado, um alemão, invadiu a casa e atacou o Ezra e a mim.

Fritz saltou de pé e puxou Greta em direção à luz para inspecionar seu rosto e braços.

– O Ezra foi ferido?

– Não, graças a Deus. Felizmente, o Jimmy e seu amigo, Tony, chegaram e o impediram. Ele foi preso pelos americanos.

– Eu sinto muito, Greta, eu falhei em proteger você mais uma vez. – Havia um brilho de devastação nos olhos de centáurea dele, os braços dele caindo pela agonia de não ser capaz de evitar tal violência.

– Você nunca falhou comigo, Fritz. – *Ah, pobre Fritz, ele nunca mereceu nada disso.* – Se você estivesse lá, teria feito algo para detê-lo. Eu conheço você. – Ela procurou algum tipo de reconhecimento no rosto dele. – Você é um bom homem, meu caro querido Fritz. Você sempre foi tudo o que é puro e decente nesse mundo. E você nunca falhou comigo. – Ela suplicou que ele entendesse.

Ele balançou a cabeça, mas não fez contato visual.

– Fritz, por favor, escute. Os olhos azuis claros dele encontraram os dela. – Eu estou bem. O Ezra está bem.

Finalmente ele assentiu. Mas ele não a soltou.

– O que você quer perguntar?

– Eu esperava que você pudesse responder a algumas perguntas.

– Suponho que você está querendo respostas sobre a nossa festa de noivado. – Ele tirou o olhar dela e o lançou para longe. – Eu tentei encontrar você. Sabia que o Heinrich tinha feito alguma coisa. O seu pai não falava comigo nem com a sua mãe. Ela tentou, mas seu pai estava agindo de forma estranha. Como se não pudesse confiar em mim. – Ele balançou a cabeça, tentando desesperadamente conter as lágrimas, a dor que o Heinrich havia causado. – Eu parei de trabalhar. Estava numa missão para encontrar você. As minhas ações não passaram despercebidas, embora eu suspeitasse veementemente que havia sido o Heinrich quem tinha me reportado. Fui destituído dos meus deveres, rebaixado e enviado para o leste para lutar.

– O Heinrich sempre deixou o poder subir à cabeça dele. Desde que éramos jovens, ele fazia tudo o que podia para nos tornar infelizes. Você se lembra do que ele fez com meu coelho de estimação? Greta estremeceu com a memória. Nunca mais foi permitido que ninguém segurasse sua Lop Francês depois do incidente com o Heinrich.

– Ameaçando alimentar o cachorro dele com ela e a mantendo por um resgate? Sim, difícil de esquecer. A maioria das minhas memórias são dele nos torturando, e até mesmo à sua amiga Katja de vez em quando. Eu me lembro de ele ter cruelmente insultado a garota há apenas alguns anos, chamando-a de leitoa. – Fritz mudou de posição, tentando relaxar os músculos rígidos.

– Eu não entendo por que ele parecia obcecado por mim.

– Não entende? Quando descobriu que estávamos noivos, ele tentou de tudo para me convencer que você não era nada honrada. – Greta arfou com a revelação. – Mas, claro, eu não acreditei nele. Ele tinha inveja. Eu tinha uma mulher bonita, uma mulher que ele não podia ter. Você o recusou tantas vezes, o que ele nunca iria perdoar. Você era a única mulher que ele não conseguia convencer da superioridade dele.

– Então, ele queria que eu pagasse? – Ela tinha adivinhado a motivação de Heinrich há muito tempo, mas discutir aquilo com Fritz reabriu velhas feridas que ela queria esquecer.

– Sim, porque você escolheu a mim em vez de ele. É tudo minha culpa.

Ela agarrou a mão dele com força.

– Nunca foi sua culpa. Era tudo tão injusto, ele se culpar pelas ações do primo. – Ver seu outrora despreocupado Fritz tão desgastado pela vida causava uma dor muito pior do que ela imaginava. – Você tem passado bem? – Ela finalmente perguntou.

– Melhor do que eu provavelmente mereço – ele afirmou. – Greta, eu sei que nunca vou poder compensá-la por nada disso, mas quero que saiba que farei qualquer coisa por você, qualquer coisa mesmo. – Ele apertou a mão dela na dele. Ela queria se afastar de tal declaração.

Ela espantou os pensamentos para longe.

— Eu sei que faria. Por agora, esperava que tivesse informações sobre a minha família. O que aconteceu com a minha mãe?

O suspiro dele foi longo e pesado.

— Infelizmente eu não sei. As coisas estavam tão caóticas quando saí de Berlim para vir para cá que nem ouvi falar da minha família desde que saí. Naturalmente, espero que estejam bem, mas não há certeza. Especialmente quando os soviéticos avançaram pela cidade no final da guerra.

— Se ouvir alguma coisa, você vai me avisar?

— Com certeza. Eu também estarei aqui para você, o que você precisar.

— Sempre meu cavaleiro. Por favor, cuide-se. Encontre um pedacinho de felicidade. — Ela gentilmente acariciou a bochecha dele, mas ele se encolheu ao toque.

— Eu vou, Greta, e espero que você também. Adeus. — Lágrimas se acumularam no canto dos olhos dele.

— Adeus, Fritz. — Ela o beijou ternamente pela última vez e foi embora. Uma lágrima gorda e pesada desceu pelo rosto dela, mas ela não a enxugou. Ela se virou, esperando vê-lo olhando para ela. Em vez disso, ele mancou de volta para a casa, sem nenhum último aceno por cima do ombro.

A caminhada para casa foi mais longa do que ela se lembrava. As emoções do dia tomaram conta dela enquanto ela processava tudo. Ao longe, ela viu Jimmy e Tony conversando perto de sua porta, onde esperavam por ela. A alegria de vê-lo ali, seu Jimmy, preencheu o vazio dolorido deixado em seu coração. Ela lutou contra o desejo de correr o resto do caminho para casa e se arremessar em seus braços. Em vez disso, ela manteve a cabeça erguida e o presenteou com um sorriso brilhante.

Ele a encontrou no meio do caminho, a arrogância

confiante dele enchendo-a de desejo, uma necessidade de segurá-la, consumi-la. Ela estava pronta para se tornar totalmente dele. Quando Jimmy se aproximou, os olhos castanhos dele escureceram de luxúria.

— Senti sua falta.

Ela beijou a bochecha dele.

— Estou tão feliz que você está em casa.

— Eu também. — Ele prendeu o lábio farto dela no seu. Rápido demais, ele se afastou. — Você pode tentar me distrair o quanto quiser, Greta. Eu ainda quero saber. O que aconteceu? Como foram as coisas com o Fritz? — Ela sentiu um toque de amargura em torno do nome.

— Ele não sabia nada da minha família. Ainda não sei se estão vivos ou mortos. — A voz dela falhou.

— Eu sinto muito. Eu sei que você esperava encontrar algumas respostas — ele disse, decididamente mais suave, a tensão em sua mandíbula diminuindo enquanto esfregava círculos leves nas costas dela.

— Tenho medo de que demore muito tempo até que eu saiba. As coisas estão caóticas com a divisão de Berlim. O correio é, na melhor das hipóteses, esporádico e não há como saber se eles ainda estão na casa deles. Receio estar um pouco sem esperança. — As lágrimas correram. Ela chorou por seu lar, suas memórias, por seu amor por Fritz, por sua inocência perdida. Finalmente, ela estava livre para lamentar tudo o que uma vez havia sido. Jimmy ficou ali, emprestando sua força até que os soluços copiosos se desvaneceram e a última lágrima derramada pelo passado dela caiu. Jimmy era o futuro dela agora.

Enquanto as lágrimas diminuíam, Jimmy levou Greta em direção à casa.

— Tony e eu temos uma surpresa para você e Ruth. O major disse que estava danificado demais para perder tempo reformando, mas se eu e Tony pudéssemos consertá-lo, é nosso. – Tirando um lenço do bolso, ele o amarrou frouxamente em volta da cabeça dela, vendando-a. Ele a guiou através da soleira.

Na porta, ela o sentiu afrouxar o nó.

– Abra os olhos – ele sussurrou em seu ouvido.

Um coro de vozes gritou:

– Surpresa!

Contra a parede havia um piano Steinway azul, muito semelhante ao que ela tinha visto no acampamento americano. Tony estava sentado diante dele em uma das cadeiras da cozinha, com as mãos pairando sobre as teclas. Com um floreio e um sorriso largo, ele tocou uma melodia familiar a todos eles.

– *Für Elise!* Ah, eu adoro essa música. – Ruth aplaudiu com alegria. – Eu senti tanta falta de música.

– Um Victory vertical! Eu mal posso acreditar. – Greta jogou os braços em volta de Jimmy. Ele a ergueu do chão, girando-a em um círculo. – Que surpresa maravilhosa, e é azul!

– Não olhe muito de perto para o lado esquerdo, tivemos que fazer alguns reparos e remendos, mas não tínhamos a tinta da cor certa. – Jimmy pegou a mão dela, levando-a para o centro da sala de estar. – Toque algo animado, Tony.

Sem pausa, Tony mudou para uma melodia animada.

– Não se sente debaixo da macieira com mais ninguém além de mim – ele cantou com seu forte sotaque na voz.

– Você sabe dançar? – Jimmy perguntou a Greta. Respondendo, ela segurou a mão dele, movendo os pés ao ritmo da música.

Ruth e Ezra se juntaram enquanto ela demonstrava passos fáceis para o filho acompanhar. Vendavais de riso encheram a casa, enquanto Jimmy girava Greta pela sala. Ele mostrou a Ezra como deslizar pelo chão e voltar a ficar de pé. Jimmy até tentou levantar Greta por cima de suas costas, mas seu ombro cedeu no último minuto. Eles terminaram em uma pilha no chão com Ezra fazendo uma expressão desaprovadora sobre eles.

Com uma voz velha demais para a sua idade, ele os repreendeu. –

Isso não é dança.

Ruth riu, então chamou Tony.

– Toque outra coisa que possamos dançar.

Tony fez a transição perfeita para outra melodia familiar, mas de ritmo mais lento. Greta ajudou Jimmy a se levantar. Então ele colocou os braços em volta da cintura dela, mantendo-a perto enquanto eles balançavam ao som da música como se estivessem em um sonho.

Ruth ficou ao lado de Tony, cantando junto com a música.

– Eu vou ver você. Em todos os antigos lugares conhecidos. Que esse meu coração abraça. Durante todo o dia.

Após a primeira estrofe, Tony continuou tocando, mas parou de cantar.

– Como você conhece essa música?

– Antes da guerra, minhas amigas e eu tocávamos discos contrabandeados no porão de uma das casas delas. Essa música era a minha preferida. – Ruth cantou a estrofe seguinte, enquanto Tony a observava com adoração.

A música aumentou e o mundo em torno de Greta e Jimmy ficou em segundo plano. Ela olhou para os ricos olhos castanho-escuros de Jimmy. Suas mãos repousavam no peito dele, onde ela sentia o estável tum-tum do batimento cardíaco dele. Ele declarava "amo você, amo você" de novo e de novo enquanto eles se deixavam levar pelas harmonias melódicas de Ruth e Tony. A clareza no olhar de Jimmy. A certeza do coração de Greta. Esse era o momento. Amor – em toda parte, abraçando-os e os acolhendo em casa.

CAPÍTULO VINTE E OITO

Depois de uma noite cheia de dança e canto, Greta e Jimmy retiraram-se para o quarto dela. Estava banhado pela luz da lua, as cortinas de renda emoldurando a janela, criando sombras delicadas nas paredes e no chão. Greta foi puxar as cortinas sobre a janela, mas Jimmy a impediu.

– Deixe assim, eu quero vê-la na luz. Ele passou os braços em volta dela. – Você está realmente bem?

– Sim, *mein Schatz*. Sinto-me melhor do que nunca. – Ela ficou na ponta dos pés e pressionou a boca contra a dele. Jimmy a segurou de forma possessiva. A boca dele reivindicava a dela, os lábios se abrindo e saboreando um ao outro. As mãos dele passavam para cima e para baixo nos braços dela, movendo seus dedos travessos para a frente do vestido dela, desabotoando o primeiro botão, então o segundo e o terceiro. Os lábios deles nunca deixaram um ao outro. Ela colocou a mão na dele e sussurrou:

– Pare.

Ele suspirou, seus ombros caíram em resignação. Ela continuou:

– Sinto muito, é, hum, eu realmente nunca fiz isso antes. – Então ela confessou sem fôlego: – Estou tão nervosa.

– Ah – ele proferiu, completamente surpreso. Uma onda de dúvidas obscureceu o rosto dele por um momento. – Nem mesmo com Fritz?

– Não, eu fui ensinada a me entregar apenas ao meu marido na nossa noite de núpcias. – Ela desabotoou o primeiro botão da camisa dele. – Não sei nada sobre o que fazer e como fazer *isso*.

Ele sorriu maliciosamente, enviando ondas de desejo correndo pelas veias dela. Ele se inclinou, a respiração dele soprando sobre a bochecha dela.

– Eu posso ensinar você. – Ele mordiscou o ponto abaixo da orelha dela, aquele ponto deliciosamente sensível que ela só recentemente havia descoberto. – Mostrar a você como me agradar. – A língua dele tocava o pulso na garganta dela. – Trazer você ao auge do êxtase. – Ele soprou ar frio, fazendo a pele dela se arrepiar. – E mostrar de novo. – Mordida. – E de novo. – Beijo. – E de novo. – Lambida.

Ela agarrou a camisa dele com as mãos, usando-a para estabilizar suas pernas trêmulas. A respiração dela abandonou os pulmões, antecipando as promessas sombrias dele. Mas ele não tinha terminado, sem dizer uma palavra ele abriu mais alguns botões e deslizou o vestido dela pelos ombros delgados até que estivesse junto aos pés dela. Os dedos dele, leves e ágeis, despiram o resto das roupas dela. *Respire, Greta.*

Os nervos dela estavam acesos de desejo. Ela estava completamente nua, banhada pela luz da lua. Aqueles olhos castanhos achocolatados que ela sempre amou, agora brilhavam com a fome de um predador. Ela nunca se sentiu tão excitada. Seus mamilos cresceram em botões tensos sob o olhar dele. Ele lambeu os lábios, observando cada respiração dela, cada arrepio.

Ela queria se cobrir, esconder-se sob camadas de roupa. Os olhos dele deixaram rastros de fogo para cima e para baixo, enquanto ele observava as curvas exuberantes do corpo dela, passaram pela pequena pinta no quadril dela e pararam quando encontraram os seios fartos e mamilos claros dela.

A voz ressonante e sensual dele a enchia de uma necessidade dolorosa de ser consumida por ele.

— Você se lembra, quando criança, de estar com tanta fome, mas ainda não podia comer? Você está sentada à mesa enquanto sua mãe traz prato após prato. E você encara toda a comida, esperando para devorá-la. — Enquanto falava, ele deslizou o dedo em volta da clavícula e da nuca dela. Ele levantou o cabelo dela, soprando contra a pele. Em seguida, passou levemente a ponta das unhas pela lateral do corpo dela, fazendo com que ela tremesse com a sensação de cócegas.

— Você pode provar simplesmente olhando para a comida, mas ainda não pode tocá-la. E então eles fazem a oração, todos passam os pratos, mas ainda assim você não come. — A voz grave dele fez com que um calor queimasse entre as pernas dela. Ela as pressionou juntas, na esperança de vencer a aflição que aumentava a cada sílaba abafada. Ele passeou os dedos sobre a barriga nua dela, circulando o umbigo.

— Não até que todos tenham a sua comida. Então, depois de uma eternidade, você finalmente pode colocar o primeiro pedaço na boca. — As mãos dele escorregaram por entre as coxas dela; ele passou por seus cachos dourados, sentindo seu centro úmido. Ele gemeu ao sentir a umidade. Suas calças ficaram mais apertadas em torno de sua excitação. Ele delineou as dobras suaves da feminilidade dela, depois mergulhou para dentro, pressionando para dentro e para fora. Ela inalou profundamente. — Você leva aos lábios, a primeira mordida deliciosa. Sua boca se enche de água antes mesmo de abri-la para comer. – Então, finalmente, você come... – Ele trouxe os dedos aos lábios, colocou a língua para fora e lambeu a umidade. Ela parou de respirar, observando em choque e fascínio enquanto ele saboreava o próprio gosto dela. – E o gosto é divino. –

Ele rondava em torno dela, seus dedos memorizando cada centímetro de sua pele.

– É isso que estamos fazendo essa noite. Olhando, esperando, querendo. Esperando enquanto nossas bocas se enchem de água, querendo saborear cada último pedaço, cada último gosto. – De pé atrás dela, ele ergueu novamente o cabelo dela, sua língua fazendo um caminho ao longo da pele exposta, dedos correndo pela espinha até que ele agarrou os quadris dela, empurrando seu corpo contra o dela. O calor dele aqueceu a pele fria dela instantaneamente, quase queimando ao menor contato contra músculos tão definidos e contornos do corpo dele contra o dela. Ela não aguentava mais a tortura.

Virando-se, ela pressionou contra ele, apreciando um espécime tão glorioso da forma masculina.

– É a minha vez – ela ronronou, enquanto arrancava os botões da camisa do uniforme dele. Então ela desafivelou o cinto, finalmente livre para empurrar suas calças para baixo de suas pernas longas e firmes. Ela levantou um dedo e ordenou: – Botas. Roupa íntima. Fora. Agora.

Ele deu a mais sexy das saudações e seguiu seu comando, removendo sedutoramente o resto de suas roupas. Os olhos dele nunca deixaram os dela.

– Sim, senhora.

O corpo dele foi finalmente descoberto para ela, e ela o estudou minuciosamente. Ele era um Adônis de proporções magníficas. Os músculos bem definidos dele eram cobertos por uma fina camada de pelos escuros. A barriga reta dele se contraiu enquanto ela seguia a linha de pelos do umbigo até o V perfeito do torso dele. A trilha levou os olhos dela para baixo, para a própria essência dele em atenção. Seu coração se acelerou quando ela percebeu o tamanho dele, grosso e pulsando com a necessidade. Ela arrastou o olhar de volta para o rosto dele. Em volta do pescoço, ele usava uma corrente. Cautelosamente, ela a pegou.

— O que é isso? — Ele estremeceu como se o toque dela queimasse a pele dele.

— Minhas plaquetas de identificação. Minha identidade. — A voz dele era rouca com desejo e excitação refreados.

— Ah — ela respirou, colocando a corrente em volta do próprio pescoço. Ela passou a ponta dos dedos sobre as letras em relevo e as beijou, permitindo que caíssem e se aninhassem perfeitamente entre seus seios fartos e cheios. Ele gemeu, seus dedos se contraíram, relutantemente segurando o desejo de arrastá-la contra ele.

Ela passeou ao redor dele, passando os dedos pelo corpo dele. Forte e musculoso, o corpo vigoroso dele se contraía a cada toque. Ela parou na cicatriz no ombro dele e a beijou. Ele soltou um gemido baixo. Então ela segurou as nádegas firmes dele, apertando levemente. Ela passou o dedo ao longo da cicatriz em sua coxa, observando como seu membro balançava sua aprovação.

Isso a fascinou, como ele se projetava com tanta força de seu corpo e respondia ao toque dela. A mão dela se contorceu, querendo senti-lo contra sua palma. Ela tocou a ponta, girando a gota de umidade reunida ali. Em seguida, deslizou a mão para baixo em direção à base, sentindo a pele sedosa deslizando sobre a rigidez por baixo. Ele colocou a mão em cima dela, parando-a.

— Não mais, meu anjo. — Ele a pegou nos braços e a deitou suavemente na cama. Com ternura, ele beijou os lábios dela, depois arrastou a ponta da língua ao longo de sua garganta. Ele pressionou levemente os lábios no pescoço dela, depois no ombro. A respiração dela acelerou. Ele passou a língua até o centro do peito dela, os dedos subindo pelos braços dela.

Os beijos e toques enviaram ondas de prazer por todo o corpo dela. Êxtase enquanto ele segurava seus seios, passando o polegar sobre os mamilos tensos. Ela gemeu de prazer quando ele perguntou:

– Qual primeiro, o esquerdo ou o direito? – Ele soprou círculos de ar frio ao redor da ponta do peito dela. Ela arqueou as costas para ele, agarrando o cabelo dele, implorando para sentir sua boca em volta. Um sorriso travesso se instalou no rosto dele enquanto ele passava a língua contra o botão e então colocava o mamilo inteiro na boca, sugando e beliscando. O ato acalmou a aflição apenas temporariamente, pois agora ela estava consumida pelo desejo de mais.

– Mais! – Ela gemeu alto enquanto ele repetia cada segundo emocionante da deliciosa tortura. Os nervos dela estavam em chamas, implorando por satisfação, implorando por mais.

Uma sensação estranha se formou mais abaixo enquanto as mãos dele desciam, fazendo cócegas e, no entanto, não fazendo cócegas na pele. Ela só podia implorar incoerentemente por mais, gritando seu nome.

– *Bitte, bitte! Mehr, mehr!* – Ela choramingou, com seu inglês falhando. Ela implorou por mais enquanto segurava os ombros dele, desesperada para ele fazer algo para prolongar a sensação fantástica que crescia dentro dela. – *Mehr* – ela exigiu.

– Como quiser. – Ele sorriu diabolicamente. Ele continuou arrastando beijos através da barriga dela até a junção em suas pernas. Passando as mãos ao longo das pernas dela, ele aplicou uma pressão cuidadosa, para que caíssem para os lados. As mãos dele eram ásperas com calos, mas ilusoriamente gentis enquanto ele a acariciava. Com extrema facilidade, os dedos deslizaram entre as dobras macias da pele dela, sentindo o calor e a umidade se acumularem. Ele soltou um gemido baixo, antes de pegar o dedo e esfregar a pérola intumescida no centro dela. Com a ponta do dedo, ele acariciou pequenos círculos repetidamente.

A pressão se acumulava profundamente dentro dela, sua mente turva à medida que o sentimento continuava a se intensificar e ela se debatia a cada toque. Greta se ergueu e gritou:

— *Ach, mein Gott!* — O prazer ondulava através dela, ela enfiava as unhas nas pernas. Ele sorriu com a reação dela, então baixou a boca para o local, lambendo-o primeiro, depois sugando-o suavemente. Os dedos dele deslizaram para dentro, pulsando em ritmo com a língua. A pressão no fundo disparou a uma intensidade que ela nunca tinha sentido antes. As paredes internas dela agarraram os dedos dele enquanto ele os trabalhava para frente e para trás, usando o polegar para manter a pressão sobre o feixe de nervos dela. O prazer erótico explodiu em seu interior com uma intensidade ofuscante.

— Jimmy! — Ela rugiu e depois afundou em uma piscina de satisfação resplandecente, estremecendo até o final.

Ele se inclinou sobre ela, apoiando a testa contra a dela.

— Olhe para mim. — Ela obedeceu de forma sonhadora, os dois conjuntos de olhos vidrados se encontrando e se segurando. — Fique comigo, meu anjo. Ele então pegou seu pênis e começou a esfregá-lo em torno de onde seus dedos e boca tinham acabado de estar. Ela sentiu a brusca extremidade dele em sua entrada, mas os olhos dele permaneceram nos dela. Ele empurrou para dentro, mas apenas a ponta.

— Mais fundo — ela implorou, querendo desesperadamente preencher o vazio dolorido por dentro.

– Ainda não – a voz dele contraída. – Vou pegar leve com a sua primeira vez, Greta. Confie em mim, amor. – Ele deslizou as palmas das mãos sobre os mamilos dela, aumentando a pressão que ela sentia no fundo. Ele empurrou seu comprimento endurecido ainda mais, então deslizou de volta para fora. Para dentro mais alguns centímetros, e então de volta para fora, para dentro um pouco mais, e depois de volta para fora. O ritmo era suave e controlado. A respiração deles ficou mais pesada, o suor brilhava na testa dele.

Finalmente, ele cessou seu tormento. Ele mergulhou profundamente, incorporando-se totalmente dentro dela. Ela empurrou os quadris contra os dele, a plenitude satisfazendo a dor interior. Os impulsos se tornaram mais longos, mais fortes, mas totalmente prazerosos. Os mergulhos impulsionaram ainda mais a pressão, aumentando com o desejo pulsante de sentir a liberação novamente. O ritmo dele acelerou, eles balançaram juntos como se fossem um só. Ela podia sentir seus músculos internos se apertando em volta dele, segurando-o por dentro. Então cada nervo se acendeu em chamas como um raio. Ela colocou os quadris contra ele, levando-o a profundidades impossíveis. Os gemidos dele engrossaram enquanto os músculos internos dela se contraíam em volta dele. Com um impulso final, ela o sentiu derramando sua libertação quente dentro dela. Ele gemeu seu prazer e desabou sobre ela. Então ele passou os braços por baixo, embalando-a contra o peito.

Ela o segurou, respirando rápido, o suor brilhando sobre a pele. Ele riu, mas não se mexeu. Ela não conseguia parar de sorrir, era tudo inacreditável. Todos os nervos dela pareciam vivos e, no entanto, ela estava completamente saciada. Ela ainda podia sentir o êxtase total do que tinham acabado de fazer.

– Você está tremendo – ele suspirou no ouvido dela

enquanto se levantava e rolava de costas, colocando-a ao seu lado. Gentilmente, ele beijou o topo da cabeça dela, passando os dedos pela lateral do corpo dela, fazendo cócegas.

— Você foi incrível — ela suspirou. Ele estremeceu com cada arranhão das unhas dela em suas costas.

Ele permitiu que as palavras dela o preenchessem. Então ele respondeu:

— Eu estava pensando o mesmo sobre você.

Ela corou.

— É sempre assim?

— E muito mais. Existem outras maneiras de fazer amor, diferentes posições e técnicas.

Os olhos dela se arregalaram com o pensamento, as memórias da experiência deles voltando como uma enxurrada para ela.

— Ah, podemos tentar todas elas? — Ela perguntou, provocante.

— Bem, isso depende. — Ele apertou o quadril dela, seus lábios se torcendo em um sorriso tortuoso.

— Do quê, *mein Schatz*? — Ela sorriu para ele, enquanto enrolava as pernas em volta dele. A excitação crescente dele pressionou contra a barriga dela.

— De quão dolorida você está. — A voz dele ficou preocupada, enquanto ele gentilmente traçava as pontas dos dedos sobre as costas dela. — Eu machuquei você?

Um rubor se espalhou pelas bochechas dela.

— Não — ela sussurrou tão baixinho que Jimmy teve que se inclinar para ouvi-la. — Eu agradei você?

Ele sorriu no cabelo dela, tentando acalmar seu entusiasmo.

— Sim, Greta. Muito.

Eles ficaram deitados juntos em um emaranhado de membros por alguns momentos.

— Greta? — Ele perguntou com esperança.

— Humm — ela suspirou, completamente saciada.

— Sobre querer experimentar todos elas? — Ele sorriu, os cantos de sua boca ondulando com prazer diabólico. — Que tal tentarmos isso — ele disse, balançando-a para cima de seus quadris e com o mesmo movimento rápido, mergulhando dentro dela por completo.

E assim foi durante a maior parte da noite, deitados nos braços um do outro e fazendo amor apaixonadamente. Greta sentia seu coração disparar. Seria sempre assim? Ela sempre se sentiria tão completamente amada e adorada por ele? O que o futuro traria?

CAPÍTULO VINTE E NOVE

Jimmy acordou com a surpreendente percepção de que corria o risco de se perder completamente para essa pequena mulher que se aconchegava tão pacificamente contra ele. Ele já estava apaixonado por ela, mas isso era algo mais. Muito mais. Ela murmurou durante o sono, esticou-se e rolou para o outro lado, balançando o traseiro contra a virilha dele. Ele respirou fundo, contou até cinco, antes que ela cessasse seus movimentos torturantes e voltasse a roncar levemente. Ela tinha de estar exausta. Ele a acordou pelo menos três vezes durante a noite para fazer amor com ela apaixonadamente. E era apaixonado, e isso era preocupante.

Com outras mulheres, tinha sido tão diferente, menos gratificante. O sexo era bom, agradável, alguns orgasmos e duas pessoas satisfeitas. Mas com Greta, era algo mais, algo tangível, importante, especial. Ele se sentiu completamente torcido por dentro, a ponto de não se reconhecer. Ela involuntariamente preencheu esse abismo que se revelou no momento em que a conheceu, e nada, absolutamente nada, poderia preencher o vazio, exceto ela.

Olhando para o teto, ele contou todas as maneiras pelas quais ela se abriu para ele, revelando coisas que a maculariam aos olhos dos outros. Ele era o hipócrita, exigindo tal honestidade dela, mas se recusando a fazer o mesmo. Agora era o momento; não podia haver mais espera. Ele tinha de arriscar tudo se quisessem construir uma vida juntos. Ele devia isso a Greta, abrir-se completamente. Ele esperava que saísse do outro lado renascido e livre.

— Greta?

Ela estava lindíssima à luz da manhã. Uma deusa radiante com cabelos bagunçados e bochechas rosadas. Ele mal podia acreditar na sua sorte, uma mulher tão bonita como ela era, com alguém como ele. Ele não era feio, um pouco desgastado com uma grande cicatriz que fazia pouco para atrair a atenção das mulheres. Ele era mais comum do que bonito, mas ela roubava o fôlego dele. Um nó doloroso cresceu em seu peito; ele ansiava por manter essa perfeição por mais algum tempo.

Cautelosamente, ela acariciou o queixo firme dele. Aproximando-se dele, ela encostou a cabeça na extensão esticada de seu peito largo. O tapete de cabelo encaracolado fazia cócegas em seu nariz, enquanto ela acariciava contra ele.

— Sim, Jimmy?

Ele respirou, tentando se tranquilizar, preparando-se para o que sabia que tinha de revelar a ela.

— Meu anjo, eu preciso falar com você sobre algo. — Ele parou, suspirando profundamente. — Mas tenho medo, Greta. Receio que isso mude tudo o que existe entre nós, mude a forma como você sente por mim.

— Será que pode ser tão ruim?

— Receio que seja. — Afastando-se dela, ele se encostou à cabeceira da cama e esfregou os olhos.

— Eu revelei coisas sobre mim para você. Você foi

completamente compreensivo, e até ficou indignado em meu nome. Acha que eu não faria o mesmo?

Olhando para os olhos azul-esverdeados, que piscavam rapidamente tentando evitar a enxurrada de lágrimas, ele sabia que tinha que segurá-la. Ele precisava dela ali ao seu lado para dar a ele coragem de revelar a verdade.

– Estou com medo, Greta.

Ela o envolveu com os braços. – Não tenha medo, *mein Schatz*. Estou aqui e não vou sair.

Com um suspiro cansado, Jimmy contou a história dele.

MAIO DE 1938

A vida sempre tinha sido fácil para James Patrick O'Brien. Ele nunca teve que estudar muito na escola, obtendo as melhores notas quase sem esforço. Ele sempre tinha uma garota nos braços. Ele nem sempre foi o homem mais atraente, mas seu meio sorriso torto e arrogância autoconfiante atraíam mulheres para ele como abelhas para o açúcar. Ele gostava das pessoas e elas gravitavam em torno dele.

Depois de terminar o ensino médio, Jimmy se matriculou na Faculdade Estadual da Pensilvânia. Enquanto saboreava a camaradagem e a liberdade da vida universitária, ele se formou e foi aceito na Faculdade de direito. O sociável filho do dono de uma tabacaria, tinha um caminho de ouro aos seus pés, ele apenas precisava colocar um pé na frente do outro para segui-lo. Mais um ano de Faculdade de direito, depois o exame da ordem. Então ele voltaria para sua cidade natal e abriria seu próprio escritório, com uma esposa e família a seguir.

Era o sonho americano perfeito realizado. Na verdade, ele

já havia escolhido sua esposa ideal, Catherine Walsh. Uma garota católica irlandesa, a mãe dele ficaria muito orgulhosa de sua escolha para noiva. Ela era muito bonita, com longos cabelos ruivos ondulados. A pele dela era impecável, exceto por pequenas e encantadoras sardas no nariz. E olhos verde-esmeralda. Mas o que ele mais gostava era o seu temperamento impetuoso. Ele havia tido várias discussões com ela no ano anterior. As réplicas espirituosas dela o ajudaram a mantê-lo na linha, algo que ele precisava acima de tudo. Alguém que não se deixaria cegar pelo charme dele. Alguém que pudesse ver através da sua fachada, o homem que havia lá dentro.

Essa noite seria a noite perfeita para pedir a mão dela em casamento. Era o fim do ano letivo e havia uma grande festa no clube de campo nos arredores da cidade e todos estariam presentes. Jimmy se dirigiu ao joalheiro para escolher o anel perfeito. Uma fina faixa de ouro com um diamante ostensivo. Ele queria que qualquer um que olhasse para Catherine soubesse que ele a reivindicava, que ela era propriedade dele. Ele só tinha que decidir como faria o pedido. De joelhos, talvez? Óbvio demais. Algo romântico, com música?

Jimmy chegou à festa com seu melhor amigo desde a infância, o sempre espirituoso e inteligente Hugh Bates. No estacionamento, eles beberam uísque de um cantil de prata que Hugh havia trazido. Coragem líquida, ele chamou. Eles caminharam para dentro, verificando a multidão em busca de Catherine e seus outros amigos.

Hugh examinou a sala, na esperança de encontrar uma parceira de dança. Ao contrário de Jimmy, ele ainda não havia se estabelecido, preferindo encontrar companhia nos braços de qualquer garota disposta e principalmente bonita.

– Rá, olhe aquela belezura ali no canto! – Ele fez sinal com o ombro para uma garota morena e baixinha, que bebia ponche na beira da pista de dança. – Está na hora da caça. – Hugh esfregou as mãos em antecipação.

– A pobre garota não tem a menor chance. – Jimmy cutucou Hugh no ombro. – Vejo você mais tarde, vou procurar a Catherine.

– Você vai realmente seguir com isso? Você realmente vai fazer o pedido essa noite?

– Esse é o plano. Não quero arriscar que venha outro e a leve.

– Você não estava com a Mary Stalworth ontem à noite? – Os dois sabiam muito bem das façanhas um do outro.

– Sim, ela foi ótima também. Mas ela sabe que é apenas uma aventura e o meu coração pertence à Catherine. – Jimmy examinou a multidão para encontrá-la. No canto, ele viu Mary conversando com o irmão de Catherine. Sean olhou diretamente para Jimmy, bebendo sua cerveja, e nunca desviando o olhar. Ele não dizia uma palavra de volta a Mary, mas acenava com a cabeça para o que ela dizia.

Hugh seguiu o olhar de Jimmy e observou de forma sinistra:

– Isso não é um bom presságio.

– Ah, o Sean está sempre carrancudo, e eu sei que Mary tem uma queda por ele. – Jimmy deu de ombros, tentando encontrar Catherine. – Ah, ali está ela.

Ela saiu do banheiro com um grupo de garotas rindo. Os homens se separaram e seguiram em direções opostas.

Jimmy pegou duas garrafas de cerveja de uma mesa e chegou até Catherine em três passos rápidos. Ele cutucou seu ombro e beliscou seu traseiro.

Catherine girou, batendo em na mão dele.

– Jesus Cristo! Tenha modos!

– Senhoritas. – Jimmy inclinou a cabeça para o grupo.

Várias delas soltaram risinhos quando ele estendeu a mão para Catherine e a beijou na bochecha.

Ela sorriu timidamente para ele.

— Olá, Jimmy.

— Catherine, você gostaria de uma bebida? — Ele ofereceu uma cerveja a ela.

— Você sabe que eu não bebo cerveja, Jimmy. Gostaria de um ponche, por favor. — Ela jogou o cabelo por cima do ombro.

— Bem, volto logo então. — E bebeu as duas cervejas.

Ele encontrou o recipiente de ponche, serviu um copo para ela e pegou uma cerveja no caminho de volta.

— Aí está você, docinho.

Ela pegou o ponche dele e começou a se mexer.

— Vamos dançar.

Ele bebeu sua cerveja em alguns goles rápidos e a girou para a pista de dança. As cervejas que bebia, mais o whisky que havia bebido no estacionamento, ajudaram a relaxar as suas inibições. A dança dele era decente, fazendo os passos que ele tinha aprendido com sua irmã. Depois de algumas músicas ficou exaustivo, Catherine pediu que fizessem uma pausa lá fora. Jimmy pegou outra cerveja e eles saíram para o ar fresco da noite.

Eles se afastaram da casa, caminhando até o campo de golfe que havia ali perto. O cabelo ruivo dela recebia a luz, lançando um brilho avermelhado. Jimmy estava hipnotizado por ela e seus olhos verdes perfeitos.

— Jimmy — ela suspirou —, beije-me.

Sem hesitar, ele se inclinou, com os lábios soltos e molhados. Ela se virou, depois que ele abriu a boca, tentando colocar a língua na dela.

— O quê? — Ele perguntou.

— Você está com gosto de cerveja. — Ela torceu o nariz. — Eu não gosto de cerveja.

— Mas gosta quando eu beijo você? — Ele a chamou para mais perto dele.

— Mas não assim — ela o repreendeu. — Gosto de beijos suaves e ternos nos lábios. — Você está bêbado demais, Jimmy O'Brien.

— Eu nego categoricamente. — Ele tentou soar como um advogado, mas sabia que o efeito foi perdido depois que soou mais como "categoriamende".

Atrás deles, ouviram Sean chamando a irmã.

— Catherine, venha até aqui.

Ainda olhando para Jimmy, ela perguntou:

— Por quê?

Sean caminhou até eles.

— Ele não é bom para você, Catherine, venha aqui. — Ele a separou de Jimmy, colocando-se entre o casal.

— Como assim, Sean? Como ele não é bom para mim? — Ela cutucou o irmão pelas costas.

Jimmy tentou se esticar a toda a sua altura, mas tropeçou.

— Desapareça daqui. A Catherine está comigo. — Ele olhou para Sean, desafiando-o a dar o primeiro soco.

— Você não quer que eu diga isso na frente de todos, quer? — Sean perguntou, com raiva crescendo dentro dele.

— Eu acho que sim, acho que quero que você diga. — Jimmy enfiou um dedo no ombro dele.

Sean olhou para o lugar que Jimmy acabara de tocar, sua ira irradiando em energia palpável.

— Mary — foi tudo o que ele conseguiu dizer a princípio.

— O que tem a Mary? — Catherine perguntou. — O que aconteceu, Jimmy? O que aconteceu com a Mary? — O medo na voz dela rasgou o coração dele.

— Eles fizeram sexo, Catherine — Sean contou a ela. — Ontem à noite, quando ele disse que estava ocupado, eles estavam fazendo sexo.

– Não – ela conseguiu sussurrar horrorizada antes de explodir em soluços de angústia. Ela fugiu dos dois, direto para os braços de suas amigas. Elas tinham seguido Sean até a porta, tendo visto toda a cena se desenrolar.

– Catherine! – Jimmy chamou por ela, mas ela voltou para dentro. Sean bloqueou sua chance de correr atrás dela.

O irmão dela endireitou os ombros e empurrou Jimmy com força, força demais. Ele começou a perder o equilíbrio e a cair para trás. Ele conseguiu se equilibrar antes de cair completamente.

– Ei, cara, qual o seu problema? – As palavras dele estavam arrastadas e a visão turva. – Você também esteve com a Mary – ele murmurou como uma defesa esfarrapada.

A mandíbula de Sean se apertou.

– A diferença é que eu amava a Mary. E então eu descobri sobre você! – O punho dele acertou o peito do Jimmy. Dessa vez ele estava preparado e não tropeçou. Ele empurrou o ombro contra Sean.

– Então isso é sobre a Mary? – Ele perguntou estupidamente.

Sean acertou um cruzado direito firme contra o nariz de Jimmy, sangue jorrando instantaneamente.

– Isso é sobre minha irmã, seu canalha estúpido! – Ele gritou, acertando soco após soco no rosto de Jimmy. – Você a traiu, pelo quê? Uma noite com uma mulher fácil? Ela estava preparada para ser sua esposa!

Jimmy conseguiu bloquear alguns dos socos, conseguindo até mesmo devolver alguns. Ele deixou um olho roxo e sangrou o lábio de Sean. Os dois se agarraram, cada um tentando derrubar o outro. Finalmente, eles foram separados.

– Parem com isso! – Hugh gritou.

– Vocês precisam sair daqui agora – o homem segurando

Sean disse. – Vocês não podem lutar desse jeito aqui. Esse não é um lugar para esse tipo de comportamento. Sigam em frente.

Hugh insistiu com Jimmy para que se afastasse.

– Vamos embora, cara, não há razão para ficar.

Jimmy relutantemente seguiu seu amigo. Ele usou a manga para estancar o sangue que escorria do nariz. Ao passarem pela porta do salão de dança, seu olhar cruzou com o de Catherine. Ele parou e se virou para ela.

– Catherine. – Ele manteve os braços abertos, implorando a ela.

– O quê? – Ela sibilou para ele.

– Catherine, eu sinto muito. Eu não queria que você descobrisse. – Era a coisa errada a dizer para ela. Seus lindos olhos verdes se encheram de lágrimas. – Eu não quis dizer isso. Eu não quis machucar você. Eu amo você! – Com as últimas palavras, ele estendeu a mão para ela, mas ela se afastou dele.

– Bem, eu odeio você! – As mãos estavam em punhos com a raiva. – Eu odeio você e espero que morra! – Ela gritou e correu de volta para dentro.

Por um momento, Jimmy ficou ali, olhando estupidamente para ela. Ao redor dela, o resto dos foliões balançavam a cabeça e se afastavam, enojados. Os planos do Jimmy se desmoronaram à sua volta. Não havia mais nada a fazer a não ser partir.

Hugh os guiou até o carro. Alcançando a parte de trás, ele pegou um lenço e o deu a Jimmy para que limpasse o sangue. Hugh atirou as chaves para ele.

– Cara, eu não consigo dirigir. Não estou com meus óculos; não consigo ver nada. E estou bêbado demais.

Jimmy pegou as chaves e saltou atrás do volante.

– Para onde? – Ele perguntou, sem saber o que fazer ou dizer.

– Eu não sei, apenas dirija para algum lugar longe daqui. – Hugh acenou para longe.

A estrada estava escura, sem luzes de rua para quebrar a escuridão do céu noturno. Jimmy apertou a embreagem e pisou no pedal do acelerador. O carro deu uma guinada para a frente, movendo-se cada vez mais rápido. O ar chicoteava seus rostos através das janelas abertas. Nenhum deles disse uma palavra, não havia nada a dizer nesse momento.

O rosto do Jimmy doía. Ele podia sentir o lábio inchando, mas o sangramento do nariz havia parado. Ele contou seus dentes, pressionando a língua contra eles. Nenhum havia sido perdido. Cada vez mais rápido eles dirigiam, a escuridão em torno deles criando um túnel com os faróis lançando a única luz. E então, em um segundo, ele viu. Um cervo de repente disparou na frente deles.

Não havia tempo. Pisando no freio, ele se preparou para o impacto. Houve um bum horrível. Ele sentiu quando foi arremessado para fora do carro, sentiu o corpo se chocar no pavimento e derrapar sobre ele, com a pele queimando. Ele se sentiu esfolado vivo. Em seguida, houve silêncio, apenas a luz dos faróis para iluminar a cena. O cervo estava morto na frente dele, o carro capotado mais à frente, destruído. Mas onde estava Hugh? Ele gritou seu nome:

– Hugh! Hugh!

Não houve resposta. *Não, não, não esteja morto. Não esteja morto!* Ele procurou, desesperado para encontrá-lo. Ele vasculhou a vala, atrás do carro, a estrada escura.

– Hugh! Responda, Hugh!

Com toda a força que conseguiu reunir, ele abriu a porta do carro, e lá estava ele, desmoronado em um ângulo muito antinatural. Um osso se projetava da pele, sangue em todos os lugares.

– Não! – A agonia dele rasgou o ar. – Hugh, responda!

Ele sentiu o pescoço de Hugh, seu pulso. Ele não sentia pulsação, não conseguia encontrar um batimento cardíaco. Lágrimas e sangue escorriam pelo seu rosto.

– Não assim, Hugh, não assim! – E então, finalmente, ele viu, o mais leve estremecimento de respiração, superficial, mas inconfundível. Hugh estava vivo.

Com cuidado pela precária posição de seu amigo, Jimmy o arrastou para fora. Estavam no meio do nada e ele tinha que conseguir ajuda. Jimmy levantou Hugh, gentilmente, colocando-o sobre os ombros. Ele ainda estava inconsciente, mas soltou um gemido fraco. Jimmy podia sentir a respiração, superficial e trêmula dele contra seu pescoço.

– Eu não sei o quão longe temos de ir, mas eu peguei você. – Jimmy deu cada passo com cuidado. Sua perna direita latejava a cada passo. Ele mancou ao longo da estrada.

Ao longe, ele viu os faróis de um carro que se aproximava. Determinado, Jimmy continuou a carregar Hugh, tentando não pressionar contra seu amigo mais do que o necessário. – Eu vejo um carro – ele disse. – A ajuda está vindo.

O carro parou rapidamente. As luzes iluminaram Jimmy e Hugh. Um homem mais velho de pijama saltou, correndo até eles.

– Minha fazenda fica perto daqui. Eu ouvi o acidente e vim ver se podia ajudar. – Ele fez sinal para o banco de trás. – Deixe-me levá-los ao hospital. – Ele ajudou Jimmy a instalar o Hugh na traseira do carro. – Aqui, coloque-o sobre esse cobertor.

– Obrigado. – Jimmy deu um tapinha no ombro do homem.

– O hospital não está muito longe daqui. Entre e eu levo vocês dois.

Jimmy se sentou e agora notava a gravidade de seus ferimentos. Sua camisa estava rasgada, sangue escorrendo de onde ele havia deslizado pela calçada. No espelho retrovisor, ele viu um corte de sua sobrancelha através de sua bochecha, era profundo e precisava de pontos. Enquanto estendia a perna, ele gemeu. O tornozelo dele estava quase certamente torcido e carregar Hugh o havia machucado ainda mais. E então, havia os ferimentos da luta, o olho roxo, o nariz ensanguentado, o lábio partido.

– Meu carro – ele murmurou.

– Quando chegarmos ao hospital, podemos chamar alguém para pegá-lo. – O homem falou com preocupação. – O que aconteceu? Você não atingiu mais ninguém? Precisamos voltar?

– Não, éramos só nós. Atingimos um cervo. – Jimmy inclinou a cabeça para trás contra o encosto, tomando goles profundos de ar, tentando acalmar seus nervos.

– Cervos são fatais, eu perdi um primo assim. Descanse agora, estaremos lá em breve. – O homem era afável, lembrando Jimmy de seu próprio pai. – Eu sou Bob, a propósito. – O carro acelerou rapidamente enquanto ele navegava pelas ruas escuras com cautela.

– Bob, obrigado. Sou o Jimmy e o homem que você está salvando é o Hugh. – Jimmy engoliu seco; tudo o que ele conseguia pensar era em seu melhor amigo desde a primeira série. Eles faziam tudo juntos, inclusive ir para a Universidade. Imagens da infância deles passaram por sua cabeça: jogos de beisebol, brincadeiras com seus irmãos mais novos, perseguindo meninas no ensino médio. A imagem do sorriso largo e preguiçoso de Hugh inundou seus pensamentos. O mundo sem Hugh ao seu lado era demais para suportar. Ele abaixou a cabeça, queria chorar, mas nenhuma lágrima veio, apenas uma tristeza profunda e devastadora o afogava.

Bob acenou com a cabeça.

– Temos de ajudar uns aos outros. É a razão pela qual Deus

nos colocou a todos nessa terra. Temos de cuidar uns dos outros, não importa quem sejam ou quem você seja.

As palavras dele atingiram o coração de Jimmy, *cuidar uns dos outros, ajudar uns aos outros*. Durante toda a sua vida, ele se preocupou apenas consigo mesmo, com o que ele precisava e queria. Agora, olhe como ele estava. A relação dele com a namorada havia sido destruída, a amizade com Sean desapareceu, e Hugh estava machucado na parte de trás desse carro. Naquele momento, ele sabia que seu caminho precisava mudar fundamentalmente, precisava de redirecionamento. Sabia que tinha de ser melhor, tornar-se alguém bom e honrado, desafiar-se a se tornar o melhor homem que podia.

Eles chegaram ao hospital quinze minutos depois. Os atendentes levaram Hugh para uma sala de cirurgia. Bob se virou para Jimmy.

— Você quer que eu fique? Eu ficaria feliz em me sentar aqui com você, rezar com você.

— Obrigado, Bob, mas acho que só preciso ficar sozinho. Ele parou por um momento e olhou para o azulejo. — Eu agradeço do fundo do meu coração, não sei como poderíamos retribuir. — Jimmy estendeu a mão ensanguentada para Bob, que a pegou e apertou com cuidado.

— De nada, filho. Cuide-se. — Ele se virou para sair, mas Jimmy o impediu.

— Reze por ele, Bob. Reze por Hugh — ele suplicou.

— Já estou rezando, por você também, Jimmy. — Bob saiu pela porta de vidro e foi para casa.

Jimmy se sentou no corredor e esperou. Uma enfermeira o chamou de volta para uma sala de exame. Lá, eles deram pontos em sua bochecha e enfaixaram a torção. As feridas dele se curariam, as cicatrizes serviriam como um lembrete de como ele nunca mais poderia ser tão descuidado. Ele perguntou sobre Hugh, mas nada se sabia ainda, então ele voltou ao salão para esperar. Ele parou uma enfermeira, que o direcionou para um telefone no final do corredor.

Tremendo, ele segurou o receptor e fez uma chamada a cobrar para os pais de Hugh. Eles precisavam saber. Uma voz sonolenta atendeu o telefone, era a mãe de Hugh.

— Sra. Bates?

— Jimmy? É você? — Ele ouviu a preocupação na voz dela.

— Sim, houve, hum... — Ele procurou desesperadamente as palavras certas. Descansando a cabeça contra a parede, ele engoliu seco e continuou. — Houve um acidente. O Hugh está ferido.

Uma inalação forte, e então um soluço rompeu do outro lado da linha. Ele sabia que ela estava tentando manter a compostura.

— O quão feio foi, Jimmy?

— Eu não sei. — Ele realmente não sabia. Eles tinham levado Hugh diretamente para a sala de cirurgia e ele não tinha nada sobre o seu estado.

— Pegaremos a estrada em poucos minutos. Você precisa de alguma coisa, Jimmy? Quer que liguemos para os seus pais? — A voz da Sra. Bates vacilou. Ele ouviu o pai de Hugh perguntando o que estava acontecendo.

— Não, não se preocupe comigo. — Ele estava com medo de quanto tempo eles teriam, se Hugh não fosse sobreviver. A viagem durava pelo menos três horas.

— Estaremos aí em breve. — Jimmy ouviu o receptor cair com um clique. Não havia necessidade de perguntas agora, os Bates estavam apenas pensando em seu filho e quão terrível era sua condição.

Sozinho com seus pensamentos, Jimmy reviveu o acidente repetidamente. Durante a noite, cada segundo agonizante dos acontecimentos do dia o atormentava. Finalmente, uma hora depois, ele foi chamado ao quarto de Hugh. O médico explicou a gravidade dos ferimentos dele: um braço quebrado, quadril quebrado, hematomas internos. Eles deram pontos nos ferimentos do peito e das pernas, e colocaram os ossos no lugar. E então a gravidade da voz do médico aumentou.

— Ele pode nunca mais andar. Ele fraturou a coluna.

Jimmy sufocou as lágrimas.

— Quão paralisado ele está?

O médico balançou a cabeça.

— Eu não estou completamente certo, não há como saber com certeza agora. Ele reagiu a estímulos na parte superior do tronco, então há uma chance de as lesões afetarem apenas as extremidades inferiores.

O suspiro de Jimmy sacudiu seu corpo.

— Então, pode haver esperança de que o Hugh possa andar de novo?

O médico folheou a ficha de Hugh.

— Filho, não quero que tenha muitas esperanças, estamos muito longe de saber ao certo quais podem ser os danos. Temos de esperar até que o corpo dele tenha uma chance de cura antes de podermos oferecer respostas definitivas. Nesse momento, tudo é uma questão de tempo.

— Obrigado, doutor. Os pais dele devem estar aqui dentro de uma hora.

O médico assentiu.

— Vá para casa e descanse, filho. É disso que vocês dois precisam agora. — Ele inspecionou Hugh, ajustando algumas bandagens, depois deixou os dois sozinhos.

Jimmy encarou o amigo, observando sua respiração, mesmo agora, rítmica. Finalmente, ele caiu em uma cadeira do lado direito de Hugh e começou a chorar. Ele estendeu a mão para o amigo, apertando a mão dele.

— Eu sinto muito. Eu sinto muito mesmo!

Hugh conseguiu contrair levemente a mão, um pequeno aperto.

– Jimmy – a voz da Sra. Bates chamou mansamente da porta. A mãe e o pai de Hugh estavam na entrada da sala, olhando para o filho. O Sr. Bates tinha as duas mãos nos ombros dela, tentando mantê-la firme.

– O que aconteceu, filho? – A voz do Sr. Bates era pesada e tensa.

– Havia um cervo, o carro capotou. – Jimmy não podia contar mais a eles, não a história toda. Não sobre a bebida, a luta, as suas ações irresponsáveis que poderiam ter feito com que o seu amigo, o seu melhor amigo, perdesse a capacidade de andar, e talvez até de ter filhos. A culpa o estava devorando vivo.

O Sr. Bates deu um único aceno.

– E o que diz o médico?

– O Hugh deve sobreviver.

A Sra. Bates caiu na cadeira em frente a Jimmy e pegou a mão de Hugh na dela. Ela passou um lenço em volta do rosto dele, acariciando sua bochecha.

– Meu querido menino, meu querido, querido menino. – Os soluços tomaram conta dela. O Sr. Bates se mexeu para confortá-la.

– Pronto, Darla. O menino não precisa das suas lágrimas. – Mesmo que o Sr. Bates tenha dito isso, Jimmy notou os próprios olhos vermelhos e lacrimejantes do homem.

Jimmy continuou:

– Eles acham... – Ele estudou o teto, implorando por forças para continuar. – Ele pode estar paralisado.

A angústia no pranto da Sra. Bates rasgou o coração e a alma de Jimmy. Não foram ditas mais palavras entre eles. O quarto estava em silêncio, exceto pelos soluços da mãe de Hugh.

O dia amanheceu e Hugh continuava a dormir. Depois de horas sentado em vigília, Jimmy se afastou de seu amigo, mancando pelas portas do hospital. Ele não sabia para onde estava indo, mas repetiu as palavras de Bob repetidamente em sua cabeça. *Estamos aqui para ajudar uns aos outros.*

Ele passou por lojas e curiosos olhavam para ele. Ele sabia que devia parecer assustador, mas não se importava. Ele continuava com seus passos falhos, destruído e perdido. Procurando uma resposta, procurando uma razão pela qual ele estava ali, por que ele havia sobrevivido. Esperando encontrar uma maneira de reparar as coisas com o Hugh. À direita dele, um sinal o atraiu. Era uma estação de recrutamento do exército, fazendo propaganda para homens servirem. Sem saber por quê, esse lugar o chamou e ele entrou. Quando a porta se abriu, um homem de uniforme olhou para cima, com os olhos arregalados ao ver Jimmy.

– Meu nome é James O'Brien e quero ajudar, quero servir o meu país.

CAPÍTULO TRINTA

— Então foi assim que eu acabei aqui. Ao contrário de muitos outros, eu me ofereci e servi desde 1938, antes mesmo de a guerra começar aqui. — Ele esfregou os olhos com os dedos e se esticou.

Greta endireitou a postura. Ela mordeu o lábio inferior novamente, perdida em pensamentos. *Eu sabia que isso iria acontecer, eu sabia que ela iria mudar, ela não me amaria mais.* Uma sensação fria de pavor o varreu enquanto observava Greta enrijecer. Isso era o que ele mais temia – rejeição. Desde aquela noite, Jimmy se sentiu menos do que digno de amor, de relacionamentos, por causa do dano que ele era capaz de infligir. De ferir aqueles com quem mais se importava. Sean. Catherine. Hugh. As vítimas de sua irresponsabilidade. Agora, ele arriscava tudo para abrir seu coração novamente para Greta. O que ele sabia que aconteceria, aconteceu, ela sabia que ele não era nada mais do que um homem superficial, danificado, incapaz de altruísmo. O vazio profundo voltou rapidamente. O buraco se abriu, ameaçando engoli-lo novamente.

Finalmente, ela perguntou:

— Você sabe o que aconteceu com o Hugh?

— Antes de partir para o exército, eu o vi novamente. Ele estava no hospital ainda se recuperando. — Jimmy se mexeu contra a cabeceira da cama. — As pernas dele ainda não respondiam, e ele estava se preparando para iniciar a fisioterapia. Havia esperança de que ele pudesse aprender a andar novamente, mas era uma chance muito, muito pequena. Todo o resto tinha sarado bem. Graças a Deus.

— Que bom, eu estava tão preocupada por ele — Greta disse, ainda mordendo o lábio inferior.

Ele precisava que ela o agarrasse, que o amasse. Ele precisava da aceitação, ele ansiava por isso. Mas ela ficou sentada ali, em contemplação silenciosa.

— Greta? — Ele perguntou com a voz rouca.

— Hum? — Ela ainda estava perdida em pensamentos.

— Diga o que você está pensando. Você pode me dizer como realmente se sente agora, eu aguento. — Com essas palavras, ele sabia que não poderia, de fato, aguentar. Que ela partisse, que não o amasse mais. Era a única coisa a que ele não conseguiria sobreviver.

— Ah, Jimmy. — Ela se jogou em volta dele, seus braços finos os unindo. — Que coisa horrível, que coisa terrível! — Ela começou a soluçar no ombro dele. — E você está bem, você está curado, sim?

— Fisicamente — ele disse —, exceto por isso. Ele pegou o dedo dela, usando-o para desenhar ao longo da cicatriz que ia do olho até o queixo. — Para mim, é um lembrete para pensar nos outros e como minhas ações têm consequências. Isso me mantém firme, em vez de completamente tolo.

— No dia em que nos conhecemos, eu me perguntei sobre a sua cicatriz. — Ela passeou o dedo pelo comprimento dela. —

Lamento muito que você tenha passado por um momento tão terrível, do qual o Hugh quase morreu.

– Eu sinto muito mais pelo Hugh. Pelos ferimentos dele. – Ele se enrijeceu, todas as memórias inundando os sentidos dele. – Por minha causa, a vida dele acabou.

– Não, não há razão para pensar assim. Você não sabe o que ele poderia ter se tornado, onde o caminho dele o levaria. – Ela balançou a cabeça. – Eu me recuso a acreditar que o Hugh o acusaria de causar o acidente. Poderia ele culpar você pelo cervo?

– Eu não sei. São muitas as vezes em que eu desejei poder vê-lo de novo. Se pelo menos eu pudesse escrever para ele e dizer o quanto eu lamento. Mas quando se trata do Hugh, eu continuo com medo. Mesmo depois de todo esse tempo, com os combates e a guerra, enfrentar o Hugh é a única coisa que me assusta.

– Eu acho que compreendo. É difícil enfrentar as consequências de nossas ações, quando ferimos aqueles que mais amamos – ela disse, com os olhos cheios de lágrimas.

Esses olhos azul-esverdeados.

– Você consegue me perdoar pelo que fiz?

– Não cabe a mim perdoá-lo, *mein Schatz*. Lamento muito que a tenha perdido, Catherine. Ela era o amor da sua vida. – Greta se afastou dele.

– O quê? Não, Greta, não. – Ele estendeu a mão para ela, apoiando o queixo na cabeça dela. – Eu nem tenho certeza se sequer entendia o que era o amor naquela época. Ela teria sido uma boa esposa, e provavelmente é uma boa esposa para algum homem agora. Mas eu era um tolo. Não sabia o que era o amor. – Ele começou a acariciar seus braços com ternura. – Eu não entendia o amor até conhecer você. Ele levantou o rosto dela para ele. – Eu amo você, Greta.

– Jimmy. – A maneira como ela disse o nome dele era como

uma carícia amorosa, como nuvens de chuva se separando para o sol, depois de uma tempestade. – Por mais que suas ações tenham causado dor a você, era seu destino estar aqui. O Ezra e eu não estaríamos aqui hoje se não fosse por você. Você pode sentir que tirou a vida do Hugh, mas não tirou. E espero que ele tenha encontrado o propósito dele, porque, Jimmy, seu propósito era estar aqui. Por sua causa, estamos aqui.

– Eu sinto que estou aqui por sua causa, Greta. Você salvou minha vida. – O aperto dele se intensificou. – Mais do que isso, você deu sentido à minha vida. Todo esse tempo eu me senti perdido, como se estivesse à procura de algo, mas não sabia o que era. Eu era um homem estragado, vagando pela vida. E agora sei por que estou aqui.

– E por que é, Jimmy? – Ela se agarrou a ele.

– Você – ele disse. – Você é minha razão de estar aqui, meu coração. Você significa tudo para mim. – Ele a segurou com força, querendo que ela sentisse através de seu toque, todas as emoções fluindo através dele.

– Jimmy, eu amo você. – A tensão no corpo dele derreteu quando ela repetiu sua declaração.

Por alguns breves momentos, eles olharam um para o outro, admirando sua nudez. As mãos dele apertavam ao longo das curvas do corpo dela: os seios fartos, o charme dos quadris, as coxas macias. Ele choveu beijos quentes e molhados ao longo dos ombros dela. Ela se contorceu debaixo dele, tentando moldar seu corpo ao dele.

Ele a puxou para ele, pressionando sua rigidez contra ela.

– Greta – ele sussurrou –, eu quero você, agora.

– Jimmy, eu amo você.

A declaração dela enviou ondas de calor através dele. Ele precisava do amor dela, da garantia de que ela se sentia da mesma forma que ele.

– E eu amo você. – Sua voz estava rouca de necessidade

quando ele a ergueu em seus braços, embalando-a contra seu peito. Ele se inclinou para trás, observando como a luz do sol brilhava em seus cabelos, o leve rubor aumentando no corpo dela diante do olhar escaldante. – Meu Deus, você é a mulher mais bonita.

– Eu estava pensando algo parecido sobre você. Você é realmente uma imagem para os deuses. – Ela suspirou, passando os dedos pelo peito dele. Ele prendeu a respiração e soltou um gemido baixo e gutural quando a mão dela se abaixou, tocando-o. Arqueando as costas, ela se inclinou para ele, agarrando-o pela cintura. – Não quero esperar mais um segundo. Eu quero você dentro de mim, agora.

– Como posso recusar tal pedido? – Ele se posicionou em cima dela e mergulhou para dentro. Os dois soltaram gemidos de prazer enquanto ele continuava seus impulsos rítmicos. O prazer e a luxúria desenfreada preenchiam seus cernes à medida que se uniam como um só. Quando ele chegou ao clímax, chamou o nome dela. Ele nunca mais estaria sozinho, o amor de Greta preenchia o vazio dolorido. Jimmy estava inteiro novamente.

CAPÍTULO TRINTA E UM

O amor deles cresceu exponencialmente, tornando-se esse vínculo inflexível e abrangente que os mantinha unidos. A revelação da história dele explicava finalmente a tristeza que ela tinha visto à espreita nas profundezas dos seus olhos e, com ela, a compreensão de como os acontecimentos do seu passado o atormentavam. A abertura dele quebrou as barreiras que ele havia erguido, e seu coração estava finalmente livre para aceitar o amor que Greta dava tão livremente. Ela era o mundo dele.

Ao lado dela, Jimmy roncava suavemente. Desinibida pelo sono dele, Greta podia explorar a forma gloriosamente nua dele. Ela enrolou uma mecha escura ao redor do dedo; o cabelo dele tinha crescido o suficiente para fazer cachos atrás das orelhas. Levemente, para não perturbá-lo, os dedos dela exploraram o comprimento do torso dele, seguindo as linhas bem definidas do abdômen. Levantando o lençol, ela timidamente espiou por baixo, observando com admiração enquanto o membro túrgido dele se levantava em saudação.

– Você gosta do que vê?

Ela deixou cair o lençol, com o rosto brilhando em um vermelho culpado. A voz dele era um sussurro gutural em seu ouvido.

– Não se envergonhe, amor. Eu faço o mesmo quando você está dormindo.

Ela bufou de maneira deselegante.

– Não tenho certeza se deveríamos admitir isso.

– Você é linda e não tenho vergonha de admirá-la como uma espécie de escultura em exibição em um museu muito travesso. – As pupilas dele se dilataram; ela se sentiu engolida por seu olhar. – Já que você conseguiu a atenção dele – ele olhou claramente para o lençol entre as pernas – por que não continua o que quer que estava planejando?

Ele levantou Greta pelos quadris e a colocou em cima de suas coxas. Com a ponta do dedo indicador, ela circulou a ponta arredondada do membro dele. Deslizando os dedos até a raiz, ela deu um apertão suave e o colocou dentro da boca.

– Meu Deus, Greta! Você vai ser a minha morte.

Ela murmurou enquanto o sugava, correndo a língua para cima e ao redor do comprimento dele. Ele rosnou, virou-a de costas, abriu as pernas dela e se lançou completamente dentro.

– Desculpe, amor, isso não será gentil. – Ele se retirou, deixando apenas a ponta para dentro, depois empurrou completamente de novo. Ele empurrou os quadris contra os dela, pressionando-a ainda mais contra o colchão enquanto estabelecia um ritmo feroz.

A fome em seus olhos inflamou o desejo dela. Ela envolveu as pernas em volta dos quadris dele e balançou com um ritmo igualmente contundente. A cama rangeu em uníssono. Os gemidos de prazer dele, os murmúrios de desejo dela impulsionaram a excitação deles, crescendo cada vez mais alto até atingir um ápice de euforia. O êxtase saiu do controle até que explodiram juntos, despedaçando-se completamente. Eles desabaram um no outro, ofegantes por ar.

– Eu não consigo me mexer. – Ela se sentia como uma poça de manteiga derretida.

– Desculpe, amor. – Ele tentou sair dela, mas ela o segurou com força.

– Eu não estava reclamando.

Ele apoiou a cabeça no ombro dela e a apertou com força.

– Bom, porque eu realmente não quero sair desse lugar.

Eles se deitaram como um, brilhando após sua união. A casa estava sossegada, cedo demais para qualquer outra pessoa estar acordada. Pássaros do lado de fora da janela cantavam suas canções. Entrelaçados, eles voltaram a dormir.

Greta foi despertada de seu sono pacífico pelas vozes alteradas de Tony e Ruth. Depois de se vestir rapidamente e demorar um momento para admirar a forma adormecida de seu amor, ela se arriscou a ir até a cozinha. Tony e Ruth estavam em lados opostos da mesa, discutindo um com o outro. Assim que a viram, pararam repentinamente, olhando timidamente para o chão.

– O que está acontecendo? – Ela perguntou.

– Ele é o homem mais impossível! – Ruth levantou as mãos em frustração.

Simplesmente dando de ombros, Tony voltou para um velho rádio que estava tentando consertar.

– Vê? – Ruth disse, apontando para ele. – Ele nem diz nada, apenas... – Ela imitou o dar de ombros dele.

– Mas por que estão discutindo? – Greta perguntou enquanto se servia de uma xícara de café e se sentava à mesa.

– Estamos discutindo sobre como nossos caminhos se cruzaram, se é destino ou coincidência. Eu digo que tudo é mera coincidência, ele teimosamente declara que é destino. –

Ela apontou um dedo acusatório na direção dele. – Ele não ouve a voz da razão!

– Eu acho que preciso de mais esclarecimentos, se eu quiser dar uma opinião – afirmou Greta enquanto tomava seu café em contemplação simulada. Ela segurou a xícara com cuidado sobre a boca, escondendo o sorriso. Claramente, as coisas estavam evoluindo ainda mais entre Tony e Ruth. *Ninguém pode irritar tanto você, se você não tem sentimentos por ele.*

– O que está acontecendo? – Jimmy perguntou quando entrou na sala bocejando e coçando a lateral do corpo. – Acordei com a sensação horrível de estar de volta ao meio de um campo de batalha. – Ele vestia sua camiseta e calças de uniforme, a barba e bigodes por fazer a uma semana cobriam seu rosto. Ele gostava de ser dispensado do serviço e não ter que se barbear diariamente. Tendo acabado de acordar, seu cabelo ainda estava desgrenhado. Inclinando-se para Greta, ele beijou o topo da cabeça dela e a cumprimentou.

– Bom dia, linda. – E então ele se serviu de café. Puxando uma cadeira para perto de Greta, ele se sentou, apoiando um tornozelo no joelho.

– Explique você – Ruth exigiu, jogando-se em uma cadeira e olhando ameaçadoramente para Tony.

Tony colocou a chave de fenda que estava usando no rádio e deu os detalhes.

– Eu estava explicando à Rutinha aqui, que tudo na vida dela é destino. Ela não tem chance nenhuma lutando contra os próprios sentimentos. O destino dela a trouxe a esse momento específico.

– Não é destino, é coincidência – ela exigiu. – E pare de me chamar de Rutinha!

– Ok, Rutinha. – Apenas um canto da boca dele se transformou em um sorriso. Ele claramente gostava de irritá-la. – Então, explique seus sentimentos por mim?

— Meus sentimentos! — Ela exclamou, encarando-o. — Eu sinto que você me irrita.

— Bom — ele continuou. — Você me encanta. — Ele parou de trabalhar e olhou diretamente para ela, desafiando-a a discutir. Ela arfou, incapaz de responder.

— Explique o que quer dizer, Tony. — Jimmy fez um gesto para ele continuar. — Explique por que você está chamando isso de destino e não coincidência.

— Para começar, o destino levou a Greta para Auschwitz. Ela poderia ter sido enviada para algum lugar na Alemanha, mas não, o demônio a enviou o mais longe dele que pôde. — Tony conhecia a maior parte da história de Greta, pois Ruth o havia informado depois de obter a permissão de Greta para compartilhar os detalhes.

— Coincidência — sibilou Ruth.

— Então, você foi trazida para esse campo de refugiados — apontou Tony na direção geral do campo —, exatamente o mesmo em que Greta foi com o Ezra, procurando por você. Destino — ele disse.

Ruth começou a discutir, mas ele continuou:

— E então, Greta passa por todas as outras pessoas, tenda após tenda, e quem o Ezra vê... — novamente ele apontou, dessa vez para Ruth. — Você! — Ele exclamou.

— Não. — Ela balançou a cabeça novamente.

— Onde a Greta vai parar? Ela poderia ter ido para qualquer lugar depois de fugir, mas acaba aqui nesse aparente nexo do universo. Aqui, onde você está. — Ficando de pé, a voz dele ficou mais alta. — E quem é que conhece o seu filho, faz com que ele volte a falar, a se abrir? — Ele estava quase gritando, apontando para o peito: — Eu!

Ele então foi até Ruth, ajudando-a a se levantar. Sua voz mudou de tom, tornando-se terna e amorosa.

— Então, por quem você se apaixona loucamente, quem

também conquistou o coração de seu filho? A quem você abre seu coração noite após noite. Que por acaso também está aqui.

— Coincidência. — A voz dela estava menos segura.

— Destino. — A voz dele não passava de um sussurro.

— Coincidência — ela insistiu uma última vez.

— Destino — e ele apertou os lábios contra os dela. Ela o cercou com os braços, puxando-o para perto. Os dois se abraçaram fervorosamente. Finalmente, ele interrompeu o beijo, enquanto ela se desmanchava sobre ele.

— Você venceu, é destino — ela suspirou. Tony passou o queixo pelo topo da cabeça dela, em seguida a transferiu para os braços estendidos de Greta, para que a ajudasse a apoiá-la, e começou a sair.

Ele se inclinou para Jimmy, sussurrando:

— Eu amo fazer isso com ela. Beijá-la até que ela perca os sentidos.

Jimmy concordou.

— Você fundiu o cérebro dela.

Todos, menos Ruth, riram. Ela se apoiou em Greta, suspirando.

— É melhor eu me preparar — disse Jimmy. — Tony e eu temos algumas coisas para resolver. — Ele se dirigiu para o quarto. Alguns momentos depois, ele trazia a mochila nas mãos. Ele se inclinou para Greta, dizendo: — Eu amo você.

— Eu também amo você. Não demore muito.

Greta odiava ver Jimmy partir. Seu tempo juntos estava chegando ao fim depressa demais. Onde estaria ela sem o Jimmy? O que aconteceria com ela? A insegurança do que o seu futuro reservava, a possibilidade de uma separação permanente, era mais do que ela queria pensar, enchia-a de um sentimento de pavor avassalador.

Tony se despediu.

— Senhoras, até mais tarde.

Ezra, ouvindo a porta se fechar, correu para o cômodo.

— Eles já foram? — Ele soou tão desapontado.

— Sim, querido — explicou Greta. — Mas eles voltarão mais tarde.

— Qual o problema da mamãe? — Um Ezra confuso perguntou.

— Eu não tenho certeza — disse Greta. — Talvez seja melhor você brincar em seu quarto por um tempo.

— Não, eu vou lá para fora fazer coisas de homem — e saiu.

Ruth saiu de seu estado confuso perguntando:

— Coisas de homem?

Greta deu de ombros e preparou um café da manhã leve. Ruth lavou os pratos e dobrou os cobertores de Tony, depois guardou suas ferramentas.

— Você se lembra de como eu perguntei sobre as outras coisas? — Greta murmurou um pequeno sim. — Você pode me contar um pouco sobre eles?

Ela corou, mas o rubor se intensificou em um vermelho brilhante enquanto Ruth continuava.

— As paredes aqui são muito finas e, bem, eu pude ouvi-la todas as últimas noites. Eu não podia imaginar o que poderia fazer com que você fizesse tais sons.

— Poderia o Ezra ter ouvido? — Greta ficou absolutamente horrorizada, sabendo que Ruth atualmente dividia a cama com Ezra. Se ela podia ouvir, então certamente ele podia também.

— Ah, não, ele estava dormindo profundamente na terra dos sonhos. Você me conhece, nunca consigo dormir bem. — Ela olhou com tristeza para os cobertores que segurava. — Não desde que estivemos lá. Eu me pergunto, algum dia voltarei a dormir bem?

Depois de todo esse tempo, nenhuma delas podia dizer o nome Auschwitz-Birkenau. Para elas, o nome era um lembrete das atrocidades que deixaram para trás e preferiam esquecer do que revivê-las. No entanto, à noite, as memórias voltavam como enxurradas e elas lutavam para encontrar descanso durante o sono. Ambas estavam prontas para se curar e, curando, enterrar as memórias e construir um futuro, uma nova vida. Talvez outros questionassem as duas se apaixonando tão rápido, mas Jimmy e Tony representavam a vida que ambas as mulheres ansiavam, uma vida cheia de felicidade, segurança e, o mais importante, promessa.

— O que você quer saber? — Greta perguntou, não querendo revelar tudo. Algumas coisas deviam permanecer em segredo entre os amantes. E como ela poderia descrever todos os seus sentimentos, a explosão de prazer e liberação? Todos os amantes experimentam tais sensações, ou foi outro sinal mostrando como ela e o Jimmy foram realmente feitos um para o outro?

— O que ele faz, hum, para que você sinta essas coisas? Para fazer aqueles barulhos? — Ruth se aproximou de Greta; ela temia que o Ezra pudesse entrar a qualquer momento.

— Bem, sabe como o Tony a beija agora e como você se sente depois? — Os olhos de Ruth se ergueram. — Bem, o Jimmy me beija da mesma maneira, *em todo lugar*. Ela enunciou as últimas palavras e levantou as sobrancelhas.

— O que você quer dizer, *em todo lugar*? Você quer dizer... — Ela fez uma pausa; Greta assentia com a cabeça. — *Lá?*

— Sim, *lá* – ela disse. — Ele faz coisas com a boca e os dedos que não são adequados para dizer!

Ruth começou a rir. Greta não conseguiu conter a alegria e se juntou a ela. Elas agarraram as laterais de seus corpos, cada uma se curvando cada vez que uma delas sussurrava "lá".

Ezra espiou pela porta.

— O que há de errado com vocês duas?

Esse comentário causou outro ataque de riso. Ele balançou a cabeça e correu de volta para fora. Havia distintamente algo de Tony na maneira como ele balançou a cabeça. Tony estava se tornando cada vez mais pai de Ezra, pegando não apenas frases que o Tony diria, mas também seu maneirismo. Finalmente, o riso diminuiu e elas recuperaram os sentidos.

— Ah, como é bom rir! – Ruth disse, apertando as costelas.

— Agora falando sério, o que está acontecendo entre você e o Tony? – Greta baixou a voz, certificando-se de que o Ezra não ouviria.

— Não tenho certeza. Há algo nele. Que me faz querer saber mais e mais. Eu quero estar perto dele o tempo todo. – Olhando pela janela, ela segurou a cortina. Ezra brincava no jardim, alegremente correndo em círculos. – Eu me sinto tão culpada às vezes. Nunca me senti assim em relação ao Daniel.

Greta passou os braços em volta da amiga, descansando a cabeça na dela.

— Se a guerra não tivesse chegado, você teria ficado feliz com sua vida com o Daniel e as coisas teriam sido as mesmas. Você não queria essa vida.

Ruth balançou ligeiramente a cabeça.

— Mas eu queria, Greta. Não tudo, mas isso eu queria. Abaixando a cabeça, lágrimas escorreram pelo rosto dela. Ele não era cruel ou rude, ele apenas estava lá, e eu não o amava. Ela puxou as mangas, tentando encontrar uma maneira de explicar o que sentia, para ajudar a amenizar a culpa que a devorava viva desde que conheceu o Tony.

— Quando a Gestapo veio buscar o Daniel, eu estava com tanta raiva dele. Raiva por não ter nos tirado da Alemanha quando eu implorei. E no fim, eu o perdoei, mas eu sabia que nunca o amei. Se nós dois tivéssemos sobrevivido, o casamento não teria sido possível. Ele é do tipo que se agarra à dor, usa-a como um distintivo. Eu quero esquecer. Quero seguir em frente.

Greta segurou sua amiga com mais força – a culpa. Tinha de consumir tudo.

– Está tudo bem, Ruth. Não há nada para se sentir culpada.

– Mas eu me apaixonei tão rapidamente. Tomando a mão dela, Ruth enxugou o rosto, tentando esconder as lágrimas. – Isso faz de mim uma pessoa terrível.

– De novo, não. Não vou deixar que se sinta assim. Você e o Daniel estiveram separados por mais tempo do que estiveram juntos. No início de um casamento, é preciso construí-lo em conjunto. Como você poderia, quando viveram a centenas de quilômetros de distância, passando pelo que ambos passaram? Ele morreu há mais de dois anos. – Girando-a, ela forçou Ruth a olhar para ela. – Você foi uma boa esposa para Daniel. Você cumpriu sua promessa a ele, a Deus. Agora, você tem uma escolha. Você pode optar por fazer a si mesma e a Ezra incrivelmente felizes ou ficar infeliz. – Um sorriso astuto se formou no rosto de Greta. – Além disso, é destino.

Ruth riu através das lágrimas.

– Você também, não!

– Você não pode discutir com o destino, pode? Está na hora de você ver tudo isso como uma dádiva. Você e o Ezra têm uma chance de algo novo, agarre-a.

Por um momento, Ruth ficou em silêncio. Ela levantou a cabeça, uma força dentro dela cresceu.

– Eu atravessei o inferno e saí do outro lado. – Suas costas estavam retas, o orgulho irradiando de dentro. Voltando-se para Greta, Ruth viu a derrota varrer o rosto de Greta. – Você escapou do inferno – acrescentou Ruth com ferocidade, tentando consolar sua amiga.

– Sempre me senti culpada por ter deixado você para trás.

– O quê? O Ezra está vivo por sua causa. Eu estou viva por sua causa. No dia em que você partiu, eu mudei minha própria visão sobre vida e sobrevivência. Eu estava fraca e perdendo a fé. Senti que ia morrer lá. – Ela agarrou os ombros de Greta com força, implorando para que ela entendesse. – No dia em que você partiu, eu jurei que iria conseguir e que iria abraçar meu filho novamente. Agora, aqui estamos, o meu voto está completo. O seu voto está completo. Quando partiu, você me deu forças. A força de que precisava para me manter viva, me deu um propósito e uma vontade de viver.

As emoções eram cruas, avassaladoras.

– E agora olhe para nós – sussurrou Ruth em silêncio. – Nós duas, apaixonadas por homens americanos e talvez, apenas talvez, tenhamos a chance de começar de novo lá.

– Você não acha que os outros americanos vão nos odiar? Duas mulheres alemãs?

– Sim, mas não somos duas mulheres alemãs. Somos duas mulheres sem país. – Ela pegou o antebraço esquerdo e pressionou-o contra o de Greta. – Nenhuma quantidade de ódio que eles lancem contra nós importará. Nada do que disserem ou fizerem irá competir com aquilo pelo que passamos. Nada daquilo importa. Quem nós somos importa. E somos sobreviventes.

CAPÍTULO TRINTA E DOIS

O calor da tarde se desvaneceu para uma brisa fresca da noite, o barulho de insetos zumbindo suas chamadas de acasalamento encheu o ar. O sol afundou mais baixo no céu, além das árvores, lançando longas sombras no chão de madeira. Ezra estava exausto de brincar em seu mundo de fantasia e agora se sentava no sofá, lendo um livro que Liesel trouxera com ela. Mais cedo, ela havia feito uma breve visita, feliz por finalmente conhecer a Ruth.

Liesel bebeu animadamente uma xícara de café recém-preparada com Ruth e Greta.

— Céus, estou com inveja de vocês, adoráveis senhoras, e esse delicioso café. Faz tanto tempo que não tenho um luxo desses, que quase me esqueci de qual era o gosto. — Ela murmurou de alegria. — Então, conte-me tudo sobre o seu Jimmy.

Greta corou.

— Ele é realmente algo especial.

— Especial, humm. Tanto significado por trás de uma

palavra tão pequena. – Liesel baixou a xícara enquanto fazia a pergunta seguinte. – Você está apaixonada?

– Sim, muito mesmo.

– Tenha cuidado para que ele não parta seu coração ou a deixe com um bebê.

Greta cuspiu seu café, engasgando com a implicação, enquanto Ruth exclamou:

– Liesel!

– O quê? – Ela espantou as expressões chocadas delas. – Johann veio depois de apenas sete meses de casamento. Não sou tola, mas uma moça apaixonada pode ser. – O tom dela mudou de provocação alegre para algo mais pesado. – Minha querida menina, você já passou por tanta coisa. Eu gosto do Jimmy. Não é o meu querido sobrinho, Fritz, mas ainda é um bom homem. Por favor, saiba que quero vê-la feliz.

Greta acenou com a cabeça. A preocupação de Liesel era justificável, pois ela expressava os próprios pensamentos que assolavam a mente de Greta. O que reservava o futuro? Haveria casamento, poderia haver casamento?

Ruth fez uma pergunta sobre um assunto que a preocupava.

– Você sabe tudo sobre seu outro sobrinho, Heinrich, o que ele fez com Greta. Como se sente em relação a ele?

Liesel acenou a mão com desdém.

– Heinrich? Argh! Ele era meu sobrinho por casamento e nada como seu primo Fritz. O filho do irmão do meu marido. O pai era um covarde e o filho um monstro. Só espero que tenha sido punido, pois estou certa de que os seus delitos foram numerosos e extremamente cruéis.

Greta concordou com a cabeça. Ruth queria mais esclarecimentos.

– Estou confusa sobre sua árvore genealógica, Liesel. Como todos estão relacionados: Fritz, você e Heinrich?

Os olhos dela brilhavam, qualquer chance de falar sobre seu amado marido era recebida com entusiasmo.

– Meu marido, Wilhelm, tinha dois irmãos e uma série de irmãs. Os pais dele tinham uma fazenda com essa casa e aquela em que vivo. Seus irmãos eram Gerhard e Stefan. – Ela parou por um momento com um suspiro melancólico, depois continuou a explicar. – Gerhard, que é o pai de Heinrich, encontrou um médico para mentir sobre uma suposta condição cardíaca e escapou do serviço durante a guerra – refiro-me à Grande Guerra. Ele conseguiu encontrar um cargo no governo e permaneceu em Berlim. – Ela pigarreou de desgosto.

– Wilhelm nunca gostou do irmão mais velho. Disse-me para não confiar nele, mas seu irmão mais novo, ele sempre foi gentil e generoso. Stefan era muito mais novo do que os outros dois irmãos, apenas um menino quando Wilhelm e eu nos casamos.

– Stefan é realmente um homem encantador, muito parecido com o Fritz. – Greta se lembrou com carinho do pai de Fritz.

As três mulheres se sentaram em silêncio, cada uma perdida em suas próprias reminiscências.

– Mamãe, você acha que o Tony logo estará aqui? – Ezra encostou a cabeça no ombro de Ruth.

Ela deu um tapinha na cabeça dele com amor.

– Não tenho certeza. Ele está fora há muito tempo. Espero que chegue logo.

Ezra assentiu solenemente e se sentou no sofá.

– Quanta mudança nesse menino! Eu me questionava se o ouviríamos falar um dia e agora, que tagarela! Uma criança tão encantadora!

Ruth sorriu.

– Ele é o meu coração.

— Agora — Liesel inclinou-se sobre a mesa —, quem é esse Tony? Outro americano? Sei que Greta está absolutamente apaixonada pelo Jimmy. — Ela piscou e Greta corou.

Durante a hora seguinte, as duas mulheres expuseram seus assuntos favoritos: Tony e Jimmy. Sempre curiosa, Liesel as incitou a fornecer as partes mais quentes da fofoca. Ruth contou a ela sobre o plano de imigrar para a América. Liesel acenou com a cabeça com aprovação. Ela lamentou com Greta e o medo de sua eventual separação de Jimmy. Antes de escurecer, Liesel se afastou da mesa e se despediu, certificando-se de dar a Ezra um beijo de avó na cabeça.

Pouco depois da partida de Liesel, o barulho da buzina do jipe sinalizou a chegada dos dois soldados. Ezra correu para a porta, abriu-a e saltou para os braços estendidos de Tony.

— Você está de volta! — Ele exclamou.

— Sentiu minha falta, guri? — Ele despenteou o cabelo do garoto. Ele entregou dois envelopes para Ruth e Greta. — O major queria que os entregássemos a vocês.

Antes que Ruth pudesse abrir o dela, Tony a puxou para trás. Ele se abaixou e pressionou seus lábios nos dela.

— Antonio Alberto Ricci Junior, o que raios você está fazendo?! — Ruth exclamou furiosamente, mas um sorriso traidor puxou o canto da boca.

— Ah, meu nome completo! Deve ter sido um beijo danado. — Com um sorriso malandro, ele beliscou o traseiro dela. — Você sabe que gosta.

Ela respondeu batendo nele com o pano de prato. Então, por detrás dele, ela gesticulou os lábios para Greta, *Deus me ajude, eu gosto!*

Greta deu um risinho. Jimmy se virou para ela, um sorriso se alargando em seu rosto cansado.

— Qual é a graça?

– Nada – disse ela, tentando sufocar suas risadas sem sucesso, não querendo trair o que Ruth dissera.

Ruth abriu seu envelope, examinando a carta rapidamente. Ela jogou os braços em volta do pescoço de Tony e gritou:

– Fomos aprovados! Os nossos documentos de imigração foram aceitos.

Ele a levantou e eles giraram em círculos.

– Rutinha, eu estou tão feliz! – Ele choveu beijos no rosto dela.

Jimmy cutucou a mão de Greta.

– Abra a sua.

Com as mãos trêmulas, ela gentilmente abriu a aba e desdobrou uma carta bem digitada.

Prezada Greta Mueller, lamentamos informar que o seu pedido de imigração para os Estados Unidos da América foi negado. Nesse momento, você não satisfaz os requisitos para o status de refugiado. Dúvidas adicionais...

Um soluço escapou, ela não pôde continuar lendo. A cabeça dela girou, escuridão se acumulando nos cantos de seus olhos. Colapsando, ela sentiu os braços fortes de Jimmy a segurando contra seu peito.

Ele apertou os lábios contra a têmpora dela. Carinhosamente, ele ajeitou o cabelo dela para fora do rosto e sussurrou palavras calmantes repetidamente em seu ouvido até que ela começou a se mexer. Quando ela abriu os olhos novamente, ela encontrou o olhar de chocolate dele. Os belos olhos dele, como ela sobreviveria à partida dele?

– Eu fui negada – ela disse de maneira sufocada, com lágrimas escorrendo pelas bochechas.

O rosto dele se escureceu. Ele deu um aceno solene e a pegou em seus braços. Um braço levantava os joelhos dela, o outro em volta das costas.

Ruth correu para o lado de Greta, abrindo a boca para falar. Tony colocou a mão em seu ombro, mantendo-a ao lado dele.

– Dê tempo a ela, querida. – Ruth começou a protestar, mas Tony aumentou o apertão em torno de sua cintura. – Deixe o Jimmy cuidar dela.

No quarto dela, Greta entregou a carta a Jimmy e caiu na cama. Depois de ler, ele a amassou em uma bola e a arremessou pelo quarto. Quando caiu no chão com um fracasso patético, ele a pegou e a rasgou em pequenos pedaços. Mas a raiva ainda ardia.

– Nós não podemos ceder. Existem outras formas. – Ele andou pelo cômodo, passando as mãos no rosto incessantemente.

– Como, Jimmy? Existe uma proibição de casamentos. A não ser que eu estivesse grávida, não o deixariam se casar comigo. Se não posso imigrar, tenho de ficar aqui e você tem de ir embora. – A bílis se agitou no estômago dela. O cômodo começou a girar novamente.

– Bem, acho que é a nossa última opção.

Ela virou a cabeça e franziu a sobrancelha.

– Do que é que você está falando?

– Bem, você não pode imigrar, e nós não podemos nos casar a menos que você esteja grávida, entããããão – ele balançou as sobrancelhas. Ela caiu em gargalhada. – Um homem deve fazer sacrifícios. – Ele deu um suspiro zombeteiro e se deitou ao lado dela.

– Então, esse é o seu plano?

O sorriso largo dele não conseguia esconder a dor real que ela viu sombreada em seus olhos.

– Quando o dever chama, devo responder à acusação.

Ela sorriu, os cantos dos lábios vacilando enquanto lutava contra a tristeza em seu coração.

– Essa não é a maneira de começar uma vida juntos.

– Greta, farei tudo o que puder para mantê-la comigo. Cortar seu cabelo, colocar uma barba, vestir você em um uniforme e chamá-la de Bill: feito! Encontrar uma brecha nas leis de imigração: feito. Construir uma caixa e guardar você no meu navio: feito. Mendigar e subornar oficiais para nos deixarem casar: feito. – Ele soltou um som que estava entre um suspiro de desespero e uma risada. – Engravidá-la para que o meu governo permita que nos casemos: feito. Com muito mais entusiasmo do que todas as outras opções, devo acrescentar.

Eles ficaram em silêncio, ele acariciava rosto dela, ela se agarrava ao redor da cintura dele, implorando para que ele nunca a deixasse ir.

– A proibição dos casamentos não vai durar para sempre, Greta. Eu voltarei para você.

Greta resistiu a implorar para que ele fizesse isso.

– E quanto a você ficar aqui? Você não pediu para fazer parte da força de manutenção da paz? – Ela sabia que era a última opção deles por enquanto.

– Fui rejeitado. – Ele a puxou para perto. – Com meus ferimentos, não estou adequado para o serviço. Eles estão me mandando para casa. A minha carreira no exército acabou.

Greta pensou que iria chorar, mas as lágrimas não vieram. Parecia que ela não tinha mais para derramar.

– Eu prometo a você, esse não é o fim. – Com essa declaração, ele levantou o rosto dela, seus olhos implorando.

– Mas, Jimmy, não podemos fazer essas promessas. Não agora, podemos tentar, mas não podemos saber ao certo que faremos essa situação funcionar. – Ela estava totalmente derrotada.

Os olhos dele brilhavam com lágrimas não derramadas.

– Nós temos que fazer, não posso viver sem você. Temos de fazer isso funcionar, de alguma forma. Ele fez uma pausa, afastando uma mecha de cabelo do rosto dela. – Você me completa de uma maneira que eu nunca soube que estava faltando. Você preenche o vazio do meu coração e me torna inteiro de novo.

— Jimmy?

— Sim, meu anjo? — A voz dele estava áspera de emoção.

— Faz amor comigo?

Ele respondeu sem palavras, tirando o vestido dela e quase jogando-a na cama. Depois de retirar as roupas dele em questão de segundos, ela sentiu o colchão afundar sob o peso dele e, em seguida, seus braços envolvendo a cintura dela.

Seus lábios procuravam, devorando-se avidamente uns aos outros. Fizeram amor com desespero ardente, enquanto ambos procuravam saborear cada gosto, cada sensação, pois poderia ser a sua última oportunidade de se sentirem assim por outro ser humano, de amar como eles amaram.

CAPÍTULO TRINTA E TRÊS

Algumas noites depois, Greta acordou congelando, o edredom e a colcha não eram mais suficientes para mantê-la aquecida. Ela estendeu a mão para o outro lado da cama, procurando por Jimmy, mas não havia mais nada além de um recuo no travesseiro. Onde ele poderia estar?

Vestindo um roupão surrado, Greta percorreu a casa em busca de seu amante rebelde. Tony estava roncando suavemente no sofá, sua grande estrutura comicamente esparramada sobre as almofadas com uma perna apoiada no chão. Ela pegou um cobertor caído do chão para colocá-lo sobre o amigo. Ele murmurou, rolou para o lado, seu ronco ficando mais silencioso.

A porta da frente tinha apenas uma fresta aberta. Ela a empurrou com cuidado. De pé no centro do quintal, olhando para o céu noturno estava o objeto de sua busca. Os passos dela crepitavam no cascalho, mas ele não reagiu aos sons. Quando ela se aproximou, ele estendeu um longo braço e a envolveu em seu abraço. A cabeça dela descansou contra seu peito firme, enquanto ela o deixava envolvê-la em seu calor, a batida constante de seu coração era uma batida calmante. Os braços dele repousavam sobre os ombros dela enquanto ouviam a música da noite.

Com um suspiro desalentado, o barítono de Jimmy retumbou em seu peito ao dizer as palavras que Greta mais temia:

— Recebi ordens hoje.

Ela podia sentir as lágrimas se formando. A mente dela gritava *não* uma e outra vez.

— E o que disseram?

O aperto dele se intensificou, como se ele tentasse puxá-la para dentro dele.

— Eu parto em três dias.

Era tudo o que ela podia fazer para não cair em prantos e desabar no chão. Mas ela sabia que tinha de permanecer forte para o Jimmy. Para mostrar que ela não era fraca. Era outro desafio, outro teste que ela não falharia, não poderia falhar.

— Tão cedo. — Ela estava orgulhosa de sua voz não vacilar, era enganosamente leve.

— Eles estão se movendo rápido. O primeiro plano da Europa foi bem sucedido e agora é tempo de acabar com as coisas no Pacífico.

— Eles não vão deixar você ficar mais tempo, enviar os soldados que são capazes de lutar primeiro? — Era a única coisa que ela podia esperar. Isso significaria que Tony iria embora antes de Jimmy, mas as coisas já estavam resolvidas com Ruth e Ezra. Eles partiriam em um mês e tinham arranjado com a família de Tony para ficarem com Ruth e Ezra até Tony voltar para casa, esperavam que antes do ano acabar.

— Não. — Ele balançou a cabeça em negação. Ela estava feliz pela escuridão, feliz por não poder ver seu belo rosto mais claramente, ou então ela seria incapaz de manter essa parede de força que ruía. – A maioria de nós está voltando. Especialmente aqueles de nós que estão aqui há mais tempo. O Major Clarkson tentou nos ajudar, querida. Ele gosta de você e entende que queremos nos casar. Mas não há nada que ele possa fazer. – Ele enfiou a mão no bolso do peito e puxou um cigarro. Colocando as mãos em concha, ele o acendeu e deu uma longa tragada. Desde que perceberam que o tempo que passavam juntos estava chegando ao fim, ele começou a fumar cada vez mais.

– Quantos cigarros você fumou essa noite, Jimmy? – Ela poderia dizer como ele estava se sentindo pelo número que ele consumia.

– Sinceramente? Perdi a conta.

– Assim tão mau?

Ele não respondeu, em vez disso, agarrou levemente a nuca dela, o polegar trabalhando nos nós de tensão.

Ele ofereceu a ela um cigarro. Ela deu algumas tragadas. Ela nunca gostou de fumar, mas a intimidade do momento clamava por isso. Ela sabia que nunca mais poderia sentir o cheiro acético de tabaco sem pensar nele. Todos os aromas dele. Loção pós barba e cravo.

– E nós? O que acontecerá conosco? – Um soluço escapou.

– Eu não sei. Quem me dera poder ver no futuro e saber que tudo vai dar certo. Mas isso não é possível. – Ele apoiou o queixo na cabeça dela. – O que você acha que devemos fazer?

Escondê-la num baú. Mandá-la de avião para a América. Qualquer coisa para estarem juntos. Relutantemente, ela respondeu com a única escolha sã que pôde.

– Talvez esperemos um ano e depois decidimos. Você consegue? Consegue esperar por mim, Jimmy?

– Eu esperaria uma vida inteira por você. Não há mais ninguém além de você, Greta.

A pele dela esfriou. Era o ar ou o silêncio por trás das

palavras dele? As mãos se aquietaram, então deliberadamente ele se afastou dela, a ponta de outro cigarro brilhando vermelho na escuridão que os engolfava.

— Entretanto...

— Hum? — Ele estudou as estrelas novamente, o céu brilhante zombando dela.

— Eu sinto você estava prestes a dizer algo mais. — Ela puxou o laço de seu roupão, esperando que o nó fosse capaz de mantê-la inteira quando tudo ao seu redor estava desmoronando.

Ele esfregou a mão no rosto.

— Estou exausto, Greta. Vamos voltar para dentro.

Ela colocou a mão na dele. Ele segurou com força, mas não a machucou. Eles se arrastaram pela casa, o ronco de Tony ficou mais alto, ajudando a abafar seus passos. Dentro do quarto, Jimmy desamarrou o roupão de Greta. Sem mais uma palavra, ele a pegou em seus braços e colocou os dois na cama. Em seguida, cobriu-os com uma colcha.

Eles ficaram juntos em silêncio. O tique-taque do relógio sinalizava a passagem do tempo, mas nenhum deles conseguia dormir. Nem podiam falar. O céu começou a clarear. Luz magenta e dourada espreitava pela janela.

— Meu Deus, Greta! Como vou sobreviver a isso?

Ela inclinou a cabeça, observando o rosto dele se contrair, querendo apagar a dor que ambos sentiam.

— Você vai. Assim como eu vou. Nós dois já passamos por tanta coisa, essa é mais uma pedra no caminho. Mas voltaremos a estar juntos.

— Como você pode ter tanta certeza? — A respiração dele estava irregular.

— Porque eu sei. Do mesmo jeito que eu sei que o sol vai nascer todas as manhãs. O brilho da primavera sempre afugenta os dias mais escuros do inverno. Voltaremos a estar juntos, porque é o nosso destino.

Ele não respondeu. Em vez disso, ele deixou sua boca e mãos explicarem o que ele estava sentindo. Em questão de segundos, ambos estavam nus, a necessidade dele pela proximidade dela a consumindo. Ela nunca sentiu uma necessidade tão desesperada de tê-lo, de se unirem como um.

Ela se curvou contra ele, enquanto a boca dele descia sobre seu peito suntuoso, os dedos dela agarrando os cabelos dele, segurando-o contra ela. A barba por fazer do queixo arranhou contra o peito dela, enquanto ele procurava o outro mamilo. Beliscando o botão, ele deslizou a língua, girando, saboreando cada um dos gemidos dela. Mais baixo, ele circulou a língua sobre a barriga, correndo-a por seu estômago, seu umbigo, até a junção de suas coxas. Ele abriu suas dobras úmidas e, com um longo golpe de língua, saboreou sua essência salgada e doce.

– Ah, Greta, você tem um gosto melhor do que mel. – Ele mergulhou sua língua por suas dobras entreabertas, o dedo dele encontrando seu botão aflito. Ele a acariciou e a lambeu até o clímax. As ondas de êxtase se acumulando e quebrando em uma explosão estrondosa de prazer. Ela gritou o nome dele quando os tremores a atingiram. Segurando-a quando ela se acalmou, ele murmurou palavras doces em seu ouvido.

Ela deu um sorriso travesso para ele.

– Agora é a sua vez. – Colocando-se por cima dele, ela montou com a cintura dele entre suas coxas. Ela colocou beijos ao longo do queixo dele, descendo pela garganta parando para pressionar a língua contra o pulso. Ela arranhou as unhas através da espessa camada de cachos em seu peito, ao longo de seu abdômen tenso, até sua dureza aflita. Levantando os olhos para os dele, os lábios dela se curvaram em um sorriso sensual enquanto lambia a umidade na ponta de sua masculinidade.

Jimmy estremeceu e gemeu, tentando mudar de posição, para reivindicá-la inteiramente.

– Ainda não – disse ela, com a voz uma oitava mais baixa, a mão segurando seu comprimento endurecido e deslizando sobre a pele sedosa. Tornando-se mais ousada, ela deslizou a boca sobre a ponta e para baixo o comprimento dele.

Jimmy agarrou os lençóis com os punhos. Seus quadris se levantaram da cama enquanto ela puxava a cabeça para cima e para baixo em um ritmo perfeito. Estendendo a mão, ele a agarrou pelos ombros e a virou por baixo dele.

– Não mais – ele respirou enquanto colocava o joelho entre as pernas dela. – Juntos agora – declarou ele enquanto se empalava totalmente dentro dela, ambos soltando um longo gemido de prazer.

Ele se manteve firme, enquanto enfiava o cabelo dela atrás da orelha.

– Olhe para mim, Greta – ele ordenou. Ela virou o rosto para ele, o azul-esverdeado encontrando o castanho. E então ele começou a se dirigir cada vez mais fundo, deslizando para frente e para trás, com os olhos fechados enquanto se moviam em ritmo perfeito. Cada impulso os aproximava cada vez mais do limite. O ritmo dele acelerou, enquanto ela enrolava as pernas em volta dele, ajudando a alcançar o local perfeito dentro dela. Os olhos deles continuaram a segurar o olhar um do outro quando o clímax dominou os dois. – Greta, eu amo você – gritou Jimmy enquanto se derramava dentro dela.

Enquanto os tremores dela diminuíam, ele deitou a cabeça ao lado da dela, os polegares enxugando as lágrimas que caíam. Greta não tinha percebido sequer que havia começado a chorar. O sofrimento absoluto nos olhos dele a sobrecarregou. Ela desabou no colchão, agarrando-se ao peito dele em um ataque de soluços. Ele a envolveu protetoramente em seus braços enquanto murmurava suavemente e acariciava os cabelos dela.

— Jimmy, eu amo tanto você.

O resto do dia prosseguiu, vacilando do abandono arrebatador ao desespero total. Jimmy derramou sua própria alma em cada carícia, cada olhar, cada momento de rendição feliz. Eles nunca deixaram o quarto. Em vez disso, ficaram juntos, apreciando esses últimos dias juntos, pois não havia certeza de quando estariam juntos. Ele guardou cada pedaço dela na memória: cada suspiro, som, cada centímetro de seu lindo rosto.

Ele se envolveu em torno dela, querendo puxá-la para dentro dele, para mantê-la fisicamente parte dele, tanto quanto ela já possuía sua própria essência. Como ele poderia deixá-la? Como poderia deixar sua alma para trás?

CAPÍTULO TRINTA E QUATRO

— Bem, é isso, Greta. — Jimmy estava diante dela, em seu uniforme perfeitamente passado, o rosto bem barbeado, o cabelo curto. Foi-se o homem despreocupado das últimas semanas. Ele foi substituído pela estátua rígida diante do amor de sua vida. E era isso, o seu último adeus. Ele estava tentando construir um muro para proteger o que restaria de seu coração assim que pisasse no veículo, deixando-a para trás. Havia tantas palavras que ele ainda queria dizer, mas qual era o sentido? Por que tornar isso mais difícil, mas ele sabia que não havia nenhuma maneira de torná-lo mais fácil.

— Jimmy, quero agradecê-lo por tudo. — Greta estendeu a mão para entrelaçar os dedos com os dele. — Você salvou minha vida, você me deu forças para sobreviver. Não sei onde eu e o Ezra estaríamos sem você.

— Você salvou minha vida, de mais maneiras do que você poderia imaginar. — Ele lutou contra o desejo de cair de joelhos e exigir que ela se casasse com ele, ali mesmo. Quem se preocupava com a lei, com o que o seu governo dizia? Que direito eles tinham de declarar como inimiga, essa mulher à sua frente? Ela havia sido abandonada por seu próprio país, despojada de sua cidadania e enviada a um campo de concentração. Ainda assim, ela agora não tinha permissão para sair. Uma mulher sem lar. Era mais do que injusto. Ruth e Ezra poderiam encontrar um novo começo. Jimmy e Tony poderiam voltar para casa. Mas Greta tinha de ficar. – Qualquer coisa que você precise, escreva para mim. Vou me certificar de que será cuidada.

– Eu vou, eu prometo. E por favor... – Ela se aproximou dele. Ele relutantemente passou os braços em volta dela. A dor de segurá-la dessa última vez contraiu seu peito com tanta força que ele pensou que seu coração se estilhaçaria como vidro. – Por favor, escreva para mim e me deixe saber se você está seguro?

– Eu vou. – Ele se inclinou para dar a ela um último beijo. Um beijo para durar a vida toda. Ele derramou cada pedaço de sua alma nela, suas mãos se movendo sobre as costas dela, o rosto dela, apertando-a contra ele, desesperado para memorizar cada linha, cada marca. Ele nunca quis que isso acabasse, esse último momento. Ele podia sentir o gosto das lágrimas salgadas que escorriam de seus olhos e dos dela.

– Jimmy, eu sempre amarei você. – A voz dela tremeu, enquanto enfiava a mão no bolso, tirando de lá um envelope. – Eu escrevi uma carta, algo para lhe fazer companhia em sua viagem para casa. E dentro há uma surpresa.

Ele pegou o envelope das mãos dela, e os dedos deles se roçaram. Quando o colocou no bolso do peito, pôde sentir o leve aroma de lilases. Para sempre lilases.

O mundo dele estava desmoronando em torno deles. A injustiça de tudo isso. Ele sobreviveu ao acidente, à guerra... e agora ficara sem nada, apenas um coração partido sem fim. Ele se sentia inteiro nos braços dela, sentia que se tornava o homem que sabia que poderia ser, o homem cuja alma fora perdida numa estrada deserta na Pensilvânia todos aqueles anos antes. Ele tinha um propósito, e agora, estava prestes a ser arrancado dele.

— E eu... — Ele hesitou, engolindo a dor, a dor de saber que nunca mais se sentiria assim. — Eu também amo você. — Ele ergueu o queixo dela com as duas mãos, beijando-a com reverência lânguida.

O major pigarreou. Eles tinham que partir agora. Jimmy a segurou uma última vez e embarcou no transporte. *Eu morri,* Jimmy pensou enquanto o veículo se afastava e ele teve seu último vislumbre de Greta. *Não num campo de batalha distante, mas aqui, nesse momento, morri e nunca mais voltarei a existir.*

Enquanto o transporte se afastava, ele observou como ela desaparecia no horizonte. Sua preciosa Greta. Muito depois que ela desapareceu de vista, ele continuou a olhar para trás do veículo.

Ele enfiou a mão no bolso e tirou de lá o envelope. Levando-o ao nariz, ele inspirou o aroma doce. Com o dedo, levantou a aba. Enquanto ele extraía a folha de papel azul celeste, algo caiu em seu colo. Era uma fotografia dos dois, sentados na clareira. Ela olhava com adoração para ele, enquanto ele sorria para a câmera. Ele se lembrava tão bem do dia, do piquenique e da garrafa de vinho. Ele voltaria a ser feliz?

Ele passou os dedos pelas bordas da fotografia, sentindo-se transportado para o piquenique na floresta. Tony cutucou o ombro dele.

— O que tem aí, Capitão?

Jimmy virou a fotografia para seu amigo.

— Já viu isso?

— Foi do piquenique? Uma baita tempestade e vocês dois

estavam encharcados. – Ele soltou um assovio baixo. – A Greta é um pitelzinho, Capitão.

Ele colocou a fotografia de volta no bolso; não queria que outros a vissem. Desdobrando a carta, ele começou a ler a caligrafia fortemente inclinada dela. As letras tinham uma forma tão única, uma tênue imitação da mulher que ele amava. Demorou um momento para decifrar as palavras, mas quando o fez, seu coração disparou.

Meu querido Jimmy,

Escrevo isso enquanto o vejo a dormir tão profundamente na nossa cama. Tenho uma pequena confissão, muitas vezes ficava acordada à noite a vê-lo dormir. Como pude ter tanta sorte em tê-lo encontrado? O que eu fiz para merecer um presente tão bonito de Deus? Meu coração bate somente por você, Jimmy. Não importa quantas milhas nos separem ou quanto o destino esteja determinado a nos manter separados, meu coração pertencerá para sempre a você. Continue a amá-lo. Em noites solitárias, quando você sentir que tudo está sem esperança, olhe para a lua. Saiba que eu também estarei observando o mesmo céu e pensando em você. O nosso amor é atemporal, Jimmy. Seja nessa vida ou na próxima, estaremos unidos novamente. Prometa guardar um pedaço do seu coração para mim? Você tem o meu completamente, eu pertenço apenas a você.

Para sempre sua,
Greta

GRETA FICOU na ponta dos pés, enquanto observava o transporte que carregava o amor de sua vida desaparecer no horizonte. *Então é isso.* As últimas semanas com Jimmy foram as mais incríveis de sua vida. Glorioso, cada momento que passaram juntos era um presente que ela sempre apreciaria, memórias que eram só dela e dele.

Ela fechou os olhos e cobriu o rosto com as mãos, imaginando-o deitado em sua cama. Inalando profundamente, ela ainda podia sentir o cheiro persistente dele em suas roupas. A mistura inebriante de almíscar, loção pós-barba e cravo-da-índia. O aroma fez com que seu estômago tremulasse e arrepios tomassem conta de seus braços. *Eu me pergunto se eu poderia engarrafá-lo, borrifá-lo sobre meu travesseiro à noite?*

Ela suspirou pesadamente e se virou. Era hora de voltar para casa, mas ela ainda não estava pronta para estar lá. Estar lá sem ele parecia esmagador, como se o vazio se fechasse ao seu redor. Ruth e Ezra decidiram ficar na casa de campo. Mais cedo, Ruth admitiu que não era capaz de se despedir de Tony.

– Sou uma covarde, Greta. Se o vir entrar no transporte e partir, será demais para mim. – A cabeça dela se inclinou quando ela desviou o olhar de Greta. – Seria a mesma coisa que assistir Daniel ser levado de novo, e seria devastador para Ezra.

– E o que o Tony diz sobre isso?

– Eu expliquei meus sentimentos a ele ontem à noite. Ele compreendeu. Disse-me que não era um adeus de qualquer maneira, já que também irei embora daqui a alguns dias. – Ela riu levemente. – Para sempre o otimista.

Greta teve de despedir Jimmy, na verdade, ela não havia nem dormido na noite anterior. Em vez disso, ela passou todos os momentos possíveis que podia observando-o, tocando-o, saboreando suas últimas horas juntos.

E, no entanto, enquanto caminhava para casa, ela não sentiu que esse era o fim. Como poderia ser? Depois de tudo o que tinham feito um pelo outro, quão próximos tinham se tornado, como poderia acabar assim? Parecia um destino predeterminado que eles encontrariam o caminho de volta um para o outro novamente. De alguma forma, eles se encontrariam um dia – fosse daqui a cinco meses ou cinquenta anos no futuro, ela sabia que a história deles não estava terminada.

Esses pensamentos deram a ela forças para continuar a caminhar, para esperar o sol nascente. Cada novo dia os aproximava do dia da sua reunião. No entanto, havia uma voz mesquinha de dúvida pesando pesadamente hoje. Foi por isso que ela não pôde voltar para casa.

Ela não podia ver Ruth fazendo as malas. Ela e Ezra partiriam em breve e com eles partiria a última ligação que tinha com Jimmy. Ela não podia entrar pela porta e se lembrar dele, ainda não. Ela continuou andando e se viu em um lugar familiar. As cortinas vermelhas e amarelas sorriram uma saudação suave enquanto ela batia suavemente na pesada porta de madeira.

Quando se abriu, o rosto suavemente enrugado que ela havia passado a amar como uma mãe, a cumprimentou.

– Ah, Greta. Minha querida menina. Entre. – Braços quentes e rechonchudos a envolveram. Ela sentiu um beijo suave e maternal na testa. – Entre e deixe a Liesel melhorar tudo.

O cheiro de café fresco e bolo adoçou o ar. Liesel ajudaria e talvez Greta pudesse encontrar um novo caminho, determinar o seu novo futuro. Um que, esperançosamente, ataria as amarras predestinadas de Greta e Jimmy para sempre.

CAPÍTULO TRINTA E CINCO

Os braços de Liesel repousavam sobre os ombros de Greta. Os passos pareciam mais pesados do que antes, como se ela não tivesse mais forças para avançar. De alguma forma, ela conseguiu chegar ao sofá gasto e desabou. Liesel alisou o cabelo dela e murmurou banalidades calmantes em seu ouvido.

— Então, seu americano, ele se foi? — Um aceno solene foi a resposta. Liesel continuou a tagarelar. — Agora, erga a cabeça. Não é hora para desespero. Deixe o destino ser seu guia, e se for para ser, vocês estarão juntos novamente.

Greta se afundou mais no sofá.

— Você realmente acredita que sim?

— Se eu acredito no destino? Minha querida criança, depois de tudo o que passou nos últimos anos, como pode não acreditar que o universo tem planos para todos nós? — Ela caminhou em direção à cozinha. — O que precisamos é de muito café e bolo.

— Então, ele partiu hoje? — Fritz se encostou ao batente da porta, com o rosto pesado de preocupação.

Greta mordeu o lábio para evitar que tremesse e concordou com a cabeça. Fritz saiu de onde estava e afundou no sofá ao lado dela. Ele colocou a mão dela na dele, envolvendo-a em um calor terno.

— Minha oferta continua de pé, Greta. Nunca deixei de amá-la e me casaria com você.

— Ah, Fritz. — Ela tentou puxar a mão de volta, mas ele a segurou com firmeza. Ela tomou o rosto dele nas mãos e beijou a ponta do nariz dele. — Meu querido amigo. Já não sou a mulher por quem você se apaixonou. — Ele começou a falar, mas ela colocou um dedo sobre seus lábios firmes. — E meu coração sempre pertencerá a outro.

Por que isso foi tão doloroso quanto dizer adeus a Jimmy? Ela não sabia, mas o aperto no peito ameaçava apertar o pouco de controle que ela ainda tinha. Fritz foi o seu primeiro amor, mas Jimmy foi o seu verdadeiro amor. Em outro momento, Fritz e Greta teriam sido felizes juntos, contentes. Nunca teria sido a paixão avassaladora que sentia por Jimmy; e se ela nunca soubesse de tais sentimentos, a vida com Fritz teria sido suficiente. Mas agora ela nunca poderia ser feliz apenas se contentando, mesmo sabendo o quão totalmente adorada ela seria. Não, havia apenas uma pessoa que ela deveria amar e por quem seria amada.

— Então você vai entender se eu encontrar alguém para me casar? Quero filhos, uma esposa. — Os olhos dele, outrora brilhantes como um céu de verão, agora guardavam tanta tristeza.

— Sim, e rezo que encontre alguém que faça sua alma subir aos céus. Que se torne uma parte de você, e você uma parte dela. É o que você merece, Fritz, e nada menos.

Ele sorriu, embora não chegasse aos seus olhos.

— Tudo isso?

— E mais. — Ela deu um tapinha no joelho dele com afeição

amigável. – Um dia você entenderá o que quero dizer e me agradecerá por dizer não.

Liesel voltou para a sala, carregando uma bandeja repleta de café e bolos. Fritz ajudou a tia a colocar a mesa de café.

– Aquele adorável Tony me deu um pouco de café antes de partir, por isso pensei que poderíamos desfrutar juntos. – Ela serviu três xícaras e se sentou no sofá em frente à Greta e Fritz.

– Estive pensando na minha mãe e me perguntando o que pode ter acontecido com ela. – Greta recusou o bolo com um aceno de mão. Liesel lançou a ela um olhar de desaprovação. – Nervos – ela explicou, e Liesel estalou a língua em compreensão.

Fritz deu uma grande mordida no bolo adoçado com mel.

– Talvez seja hora de você voltar para casa, ver o que você pode encontrar.

Liesel acenou com a cabeça com aprovação.

– Sim, uma sugestão perfeita! Está na hora de encontrar respostas, em vez de chafurdar na sua própria miséria.

– E talvez outra solução se apresente – acrescentou Fritz, mordendo um segundo pedaço de bolo. Seu corpo magro estava começando a engordar, seus músculos se tornando firmes e definidos. – Há mais americanos em Berlim, mais pessoas que podem ser capazes de unir você e o Jimmy.

– Ou talvez seja hora de seguir em frente e deixar que as memórias me façam companhia em noites solitárias – disse Greta.

Liesel franziu a testa e estudou o rosto de Greta com ceticismo.

– Talvez. Mas agora vamos tentar encontrar sua mãe. Uma filha precisa da mãe.

E ela precisava. Desde que Jimmy tinha ido embora, a única pessoa que ela desejava ver era sua mãe. Envolver-se no abraço curador da mãe. Ouvir as canções e histórias da sua infância.

Para ser cuidada e mimada, como só uma mãe poderia fazer. Não havia ninguém que ela quisesse, ou melhor, precisava mais do que a mãe.

– Sim, vamos. Todos nós. – Greta juntou as mãos com entusiasmo. Era tudo o que ela podia fazer para não sair pela porta e correr até Berlim.

Fritz balançou a cabeça.

– Não. Tenho de ficar para trás e trabalhar aqui na fazenda.

– Eu vou. Talvez convença meu cunhado, Stefan, a se mudar para casa e ajudar. Tem espaço suficiente aqui. – Liesel vagava pela sala, murmurando. – Qualquer coisa para afastar minha família dos malditos soviéticos.

Alguns dias mais tarde e depois de um adeus choroso com Ruth e Ezra, Greta se encontrou de volta na cidade de seu nascimento. Ela e Liesel estavam exaustas da árdua viagem para o norte. Elas caminharam por quilômetros. Pegaram carona em carroças de cavalos. Viajando por estradas e pontes quebradas, encontraram uma estranha variedade de pessoas derrotadas, refugiados e conquistadores.

A devastação esmagadora era o mais difícil de suportar. Berlim era uma pilha de escombros. A Igreja Memorial Kaiser Wilhelm – agora era apenas uma torre de sino bombardeada. A Quadriga – o outrora poderoso símbolo da Prússia, estava agora destruída com apenas um cavalo intacto. E no zoológico – quase todos os animais estavam mortos. Ah, por que as pobres criaturas não estavam protegidas dos bombardeamentos e devastações da guerra?

Atravessar a cidade era um teste de memória, pois nada restava de marcos familiares e placas de rua. Perambulando pelas ruas, contornaram pilhas de entulho sendo separados e cuidadosamente empilhados pelas *Trümmerfrau*. Mais tarde, esses materiais seriam usados para reconstruir, mas quase nada restava da outrora próspera e bela metrópole. No entanto,

Greta não sentiu raiva dos Aliados, o povo da Alemanha trouxe essa destruição sobre si mesmo por tolerar tal mal.

O coração de Greta acelerou em expectativa. E a sua casa de infância? Cada passo as aproximava cada vez mais. A maioria dos restos estruturais das casas permaneceu nos bairros. Mas ela esperava que algo de sua casa estivesse lá, algumas pistas contando como sua família sobreviveu, qualquer coisa para dar à Greta esperança de se reunir com sua mãe. Finalmente, chegaram à sua rua, reconhecendo a porta verde-esmeralda da casa na esquina.

Ela correu ao longo do caminho limpo, seus pés se acelerando junto com seu coração. A antecipação. E lá estava, os degraus que ela saltava para cima e para baixo quando criança! Foi onde ela conheceu o Fritz quando eles tinham seis anos de idade. Onde sua melhor amiga desde a infância anunciou que ia se casar e depois que estava grávida. Seu lar. Cinco degraus até a pesada porta de carvalho, o último lugar onde ela tinha visto sua mãe. E agora, era tudo o que restava. Cinco degraus e uma cratera.

— Ah, Greta. Eu sinto tanto. — Liesel a agarrou pelos ombros e a segurou firme. — Talvez eles não estivessem em casa? Talvez estivessem num abrigo?

No entanto, Greta temia nunca mais ver a mãe. Ela se sentiu vazia. Não vieram lágrimas. Ela não tinha mais nada para chorar. Greta pigarreou, alisando os amassados da saia.

— Onde o seu cunhado, Stefan, está hospedado? Talvez possamos descansar e depois voltar para casa, para a Baviera.

— Greta Müller? É você? — Uma mulher robusta com cabelo trançado enrolado em uma coroa na cabeça subiu os degraus.

— Katja? — Ela mal reconheceu sua amiga de infância. Ela tinha ficado mais redonda, com as bochechas mais cheias.

— Sim! É você! Mal posso acreditar! — Ela jogou os braços em volta de Greta, balançando para frente e para trás em um abraço. – Não a vejo desde a sua festa de noivado e muita coisa aconteceu desde então. Venha, venha, por favor. Eu moro no fim da rua.

Os pés de Greta estavam atolados no chão.

– Acabei de descobrir que a minha casa foi destruída.

Katja parou de puxar o braço dela e inclinou a cabeça para o lado em questionamento.

– Você não sabia? Sua mãe não contou a você?

– Minha mãe? – Havia esperança, ela ainda estava viva?

– Certamente sua mãe escreveu para você na Baviera. – Greta balançou a cabeça. – Ah. Bem, o correio tem sido uma bagunça nos últimos meses, talvez a carta tenha sido perdida. Ela e o seu pai estão conosco desde que a bomba atingiu a sua casa. Naquela noite, eles estavam visitando amigos em Potsdam. Todos tivemos sorte.

Liesel passou o braço no de Greta enquanto seguiam atrás de Katja. Ela sussurrou no ouvido dela.

– Você está preparada para ver seu pai novamente?

– Eu acho que sim. Fique comigo.

– Claro, minha querida. Estou sempre aqui por você. O abraço amoroso de Liesel deu a ela a coragem de que precisava para seguir em frente.

Uma curta caminhada depois, elas chegaram à frente de um prédio de tijolos de três andares. Evidências dos bombardeamentos e da invasão soviética cobriam a cidade. Buracos de bala marcavam a fachada, algumas janelas foram tapadas e pilhas de entulho se espalhavam pela calçada da frente.

– Temos o apartamento do primeiro andar. Meu querido Karl-Heinz garantiu a casa para nós pouco antes... – Katja fez uma pausa, pigarreando. – Antes de ele ser enviado para o leste novamente.

– Ele foi ferido em Stalingrado, certo? – Greta apoiou a mão no ombro de Katja, que se encostou à amiga por um breve momento.

— Sim — ela respirou baixinho. — Ele finalmente se curou, bem a tempo de ser enviado de volta para a linha de frente. Morreu num campo de batalha na Polônia.

— Ah, Katja. Sinto tanto. Você amava muito o seu marido. O Karl-Heinz era um bom homem.

Uma Mezuzá na moldura da porta chamou a atenção de Greta. Ela colocou os dedos sobre o objeto e sussurrou uma oração silenciosa pelos antigos moradores.

Elas entraram na espaçosa sala de estar. O opulento cômodo ostentava sofás listrados de seda de amarelo e azul, pesadas cortinas de veludo e um piano de cauda. Os olhos arredondados de Liesel examinaram a sala, enquanto ela empurrava o cotovelo para o lado de Greta.

— Katja, sua casa é esplêndida.

Elas trocaram um olhar conhecedor uma com a outra.

— Obrigada! Não podia acreditar que estava abandonada. O Karl-Heinz tinha um amigo na Gestapo que nos alertou sobre esse lugar, e aproveitamos a oportunidade para nos mudar. Completamente mobiliado. — Ela pegou alguns brinquedos espalhados do chão e fez sinal para que elas se sentassem. — Sua mãe está na cozinha fazendo o almoço, eu vou buscá-la.

Liesel se inclinou para Greta.

— Você sabe que esse lugar não foi abandonado?

— Está me dando náuseas ficar sentada aqui. Como se fôssemos criminosas a regressar ao local de um crime.

Liesel deu um tapinha nas mãos dela. — Eu tenho rezado por essas pobres pessoas desde o momento em que pisamos na casa deles.

— Eu também. — Greta não conseguiu conter o sentimento avassalador de desespero enquanto observava o apartamento opulento. Não havia dúvida de que os antigos moradores haviam morrido há muito tempo, vítimas do regime nazista.

Greta ouviu Katja chamando sua mãe.

— Margaretha, você nunca vai acreditar em quem está aqui!

Do fundo do apartamento, elas ouviram um barulho de panela cair no chão. Através do corredor veio correndo sua mãe. Mechas de cabelos grisalhos claros escapavam de suas tranças perfeitamente enroladas. Seu avental branco estava manchado de farinha e um pouco de gordura, mas seu vestido lavanda estava impecável. Em um segundo, ela envolveu Greta em seus braços e soluçou seu nome uma e outra vez.

— Você está viva! — Ela chorou, seus braços tremendo.

O rosto de sua mãe tinha mais rugas do que ela se lembrava, mas seus olhos eram do mesmo azul-celeste cintilante. Os próprios olhos de Greta eram metade de sua mãe, a outra metade de seu pai, a mistura perfeita de índigo e jade.

— Você também, mamãe.

Era tão maravilhoso voltar a ser abraçada por aqueles braços. Se ao menos o Jimmy pudesse estar aqui também, para compartilhar esse momento de alegria.

— Liesel, é tão bom vê-la também! — Ela segurou o rosto de Greta nas mãos. — Então você estava na Baviera! Seu pai me disse que mandou você para lá, mas eu não acreditei nele, mas ele deve ter enviado, já que você estava com a Liesel. Tão bonita como sempre. Minha linda filha!

O coração de Greta afundou. O pai dela havia mentido para a mãe todo esse tempo. Como ela poderia explicar a traição de seu pai?

— Estive na Baviera a maior parte do tempo. — Ela sentiu a mão de Liesel em seu ombro, a pressão dizendo silenciosamente para que ela não continuasse.

— Sim, ela ficou na minha fazenda. Fiquei muito feliz em

recebê-la. – Não querendo dizer mais nada, Liesel mudou de assunto. – Você parece bem, Margaretha.

Sua mãe corou levemente.

– Um pouco mais velha, mas obrigada, Liesel. – Elas mudaram para se sentar nos sofás. – E quanto a Fritz? Depois que você partiu, eu não sabia o que dizer a ele e me preocupei com ele. Os pais dele disseram que ele estava ferido. – A mãe dela juntou suas mãos no colo.

– Ele está bem, mamãe.

– Então, quando vocês vão se casar? – Sua mãe perguntou esperançosamente. – Já está na hora.

– Ah, mamãe. Há muito para lhe contar, mas ainda não. Nesse momento, ficaremos felizes por estarmos juntas novamente. – Ela hesitou em perguntar, mas queria saber quanto tempo poderia ficar antes que seu pai voltasse. – Quando papai estará aqui?

Katja voltou ao cômodo, com a filha pendurada no quadril. A criança rechonchuda esfregou os olhos sonolentos, seus cabelos castanhos em desordem.

– Ele e o Heinrich devem estar aqui a qualquer momento. Eles tinham uma reunião para participar.

A pele de Greta se arrepiou em alerta e Liesel lançou a ela um olhar questionador. *Heinrich?* Não, o nome tinha que ser uma mera coincidência, de jeito nenhum poderia ser aquele Heinrich.

Ela colocou a filha no chão, que caminhou sonolenta até a mãe de Greta. Erguendo os braços para o ar, ela grunhiu até Margaretha pegá-la e aconchegá-la contra o ombro.

– Sua mãe tem sido uma bênção para nós e para a pequena Sofie aqui. Quase como uma avó.

– Uma criança tão querida, como eu poderia não a amar como uma avó a amaria. – Margaretha beijou a confusão de cachos que cobria a cabeça de Sofie.

A curiosidade de Liesel a ajudou a fazer a pergunta que Greta temia.

– Katja, quem é Heinrich?

– Ah, Greta! Você não vai acreditar. – Ela caiu dramaticamente na cadeira em frente a Greta e sua mãe. – Depois que o Karl-Heinz morreu, eu estava desolada.

– Naturalmente – disseram Liesel e Greta em uníssono.

– Pouco depois de receber a notificação, comecei a receber flores e bilhetes de ninguém menos que o Heinrich Braunfeld. – O sorriso dela era amplo e brilhante.

Greta sentiu o chão se mover abaixo dela e seu mundo sumiu.

– O primo do Fritz? Mas você o odiava. – Ela passou as mãos sobre o rosto em agitação, segurando o desejo de fugir imediatamente.

– Ah, Greta, bobinha! Você sempre era tão má com ele, mas eu sei a verdade. Ele me contou que você costumava flertar com ele, provocando-o para deixar o primo com ciúmes.

Ela sentiu a bílis subir, sentiu calor e que ia desmaiar.

– Eu preciso ir.

Liesel se levantou e concordou.

– Ah, sim. Temos um compromisso muito importante. Não podemos perder. Voltaremos em breve. – Ela conduziu Greta até a porta, a mãe dela protestando.

– Mas não, você acabou de chegar aqui. – Tristeza envolvia cada palavra.

– Eu sei, mamãe, mas vamos voltar.

Liesel murmurou baixinho:

– Com uma divisão de americanos.

Ao mesmo tempo, ela ouviu Katja exclamar:

– Eu sabia que você ficaria com ciúmes. Bem, ele me escolheu, Greta. Você pode ter o seu Fritz bobo; eu prefiro muito mais o primo maravilhoso dele.

Greta queria rir da falta de noção de Katja, da fraca tentativa de humor de Liesel, mas a necessidade de fugir era grande demais. Mas antes que pudessem escapar, a porta se abriu e os dois homens que ela nunca mais queria ver bloquearam a saída.

– Greta? – O pai dela perguntou.

O canto do lábio de Heinrich se curvou para cima em escárnio, com os olhos arregalados de surpresa.

– Ora, Greta, é bom ver você tão bem.

– Está mais para doentia – ela ouviu sua outrora melhor amiga proferir atrás dela.

– Contenha-se, Katja, querida. A Greta passou por problemas, é melhor sermos gentis. – Ele estendeu a mão para Greta. Ela recuou como se tivesse sido queimada. Liesel a manteve firme. – E, tia Liesel, que absoluta surpresa. Sentiu falta do seu sobrinho favorito?

– Não, ele está morando comigo na Baviera. – Ela ergueu o queixo e encarou Heinrich, que riu em resposta. A mão dele roçou o peito de Greta enquanto ele se inclinava para dar um beijo na bochecha da tia. Greta podia ouvir a mandíbula de Liesel estalar, enquanto cerrava os dentes. – É melhor irmos embora. – Elas tentaram passar pela porta, mas para sua surpresa, o pai de Greta os impediu.

– Por favor, acabei de chegar. Deixe-me ver a minha filha.

– Sua filha? – Liesel meio riu, meio chorou. Foi a vez de Greta acalmar os nervos da amiga com uma mão apaziguadora.

Os olhos de jade dele imploraram a Greta, e ela cedeu.

– Por mais alguns momentos.

A mão do pai dela tremeu quando ele estendeu a mão para o braço dela e a segurou pelo cotovelo. A manga dela subiu, revelando a tatuagem por um breve momento, antes que ela conseguisse puxá-la para o lugar. Ela não tinha certeza se ele havia visto. Será que ele ao menos sabia o que significava? Ele se inclinou e sussurrou no ouvido dela.

– Eu estava tão errado em confiar nele, minha querida Greta. Por favor, vamos conversar.

Ela concordou com a cabeça, sentindo-se completamente insegura de si mesma. O que seu pai quis dizer e em quem ele estava errado em confiar? Tudo parecia tão confuso que ela permitiu que ele a conduzisse pela sala. A mãe dela começou a protestar.

– Dê-nos um momento, querida – ele respondeu a ela.

Ele os conduziu pelo corredor até um quarto. Ele fez sinal para que ela se sentasse em uma poltrona, enquanto ele se sentava na beira da cama. Os quase dois anos desde a última vez que viu o pai tinham-no envelhecido muito. O cabelo dele havia praticamente desaparecido, alguns fios brancos deixados em suas têmporas. O rosto estava enrugado e marcado pela preocupação. Enquanto ele se sentava, suas costas não eram mais retas, mas curvas. A feia cicatriz estava mais proeminente em sua pele de papel.

Finalmente, ele falou, com a voz vacilante.

– Naquela noite, o Heinrich veio até mim com uma história. A minha querida filha, ao que parecia, tinha decidido se atirar a outro homem na própria noite do noivado. – Greta começou a falar, mas ele levantou a mão, implorando para continuar. – Quando entrei no cômodo, ele tinha uma explicação para tudo. Por que parecia que você tinha sido espancada e por que ele tinha hematomas nas mãos e no rosto. Eu estava zangado e confuso. Ele me convenceu que ia mandar você para a casa da Liesel. Eu pensei que era melhor, especialmente... – Ele engoliu com força, seus olhos não se encontrando com os dela. – Se pudesse haver uma criança. Ela podia proteger você e eu podia entender o que aconteceu.

– Quando você descobriu que ele mentiu?

— Foi pouco depois de você ter ido embora. O Fritz não parava de aparecer, perguntando onde você estava, exigindo respostas. Então, escrevi à Liesel, perguntando de você, mas ela ficou confusa com minhas cartas. Ela não fazia ideia de onde você estava, e foi aí que eu soube. O Heinrich mentiu. Ele não fez nada além de mentir. Tenho tanta vergonha de ter confiado nele, de como acreditei nele.

— Mas por que você está morando na casa dele? — A cabeça da Greta girou. Alguma coisa disso era real? Ah, ela queria acreditar nele, queria tão desesperadamente acreditar que o pai dela não a mandou de bom grado para aquele lugar.

— Não tínhamos para onde ir depois da bomba. E, sinceramente, eu queria ficar de olho na Katja. Ela era sua amiga e não tinha mais ninguém para protegê-la. Ele já a espancou antes, mas desde que vivemos aqui, tem sido mais gentil.

— Ah, papai. — Ela se ajoelhou diante dele, acariciando sua mão. Ela ainda não tinha palavras e sentiu a aceitação da história dele grudada em sua garganta.

Os dedos dele cobriram a tatuagem no antebraço dela, só que dessa vez ela não recuou ou se afastou.

— Eu sei o que isso significa e tenho um milhão de perguntas, mas não hoje. Ela acenou com a cabeça, mordendo o lábio trêmulo. Ela não podia chorar agora. — Eu não mereço o seu perdão; não pedirei por ele.

Ela jogou os braços em volta do pescoço dele e soluçou. Não havia fim para a vilania do Heinrich? Ela ficou eternamente grata por esse momento, pela catarse. O pai dela sentiu que a estava protegendo à sua maneira. Ele não tinha ideia de até onde o Heinrich iria para enterrar seu segredo sujo. Quantas mulheres ele tinha ferido? E agora a pobre Katja.

— Eu perdoo você, papai. — Ele começou a protestar. — O perdão é meu, para dar como eu quiser, e eu perdoo você. Ele? —

Ela apontou para a porta. – Eu nunca vou perdoar. Mas você, foi um erro confiar no homem errado e não acreditar em mim.

– Eu amo você, minha querida menina.

Houve uma batida suave na porta e a mãe de Greta entrou no quarto.

– Posso me juntar a essa feliz reunião?

Greta estendeu a mão para sua mãe, que se juntou ao abraço deles. Ela se perguntou se Jimmy estava tendo uma feliz reunião do mesmo jeito com sua família. Enquanto a mãe se preocupava com a aparência dela e exigia que ela comesse alguma coisa, ela suspirou melancolicamente. Esperançosamente, apesar de a um continente de distância, o Jimmy estava experimentando o mesmo calor e amor que ela.

Antes de ir para a cama, Greta escreveu sua primeira carta.

Querido Jimmy,

Você nunca vai acreditar nos acontecimentos dos últimos dias. Depois de muita dificuldade, Liesel e eu chegamos a Berlim. A cidade que tanto amei não passa de uma casca de sua antiga forma. Mas fiquei muito triste ao ver que a minha casa de infância tinha sido destruída. Como teria adorado que a tivesse visto. Felizmente, minha família sobreviveu, já que visitavam amigos. Por mero acaso, eu os encontrei de novo. E o meu pai não era o homem que eu pensava que era. Tenho tanto para contar a você! Mas, por agora, espero que esteja bem. Como foi o seu reencontro com a sua família? Espero que tenha sido cheio de lágrimas felizes e de muito amor.

Com todo o meu coração,
Greta

CAPÍTULO TRINTA E SEIS

J immy ficou parado diante da porta, a mesma que ele havia atravessado milhares de vezes. A tinta verde-esmeralda ao redor da maçaneta e das dobradiças havia se lascado, mas o vidro estava impecável, e as letras douradas declaravam a todos que era a Tabacaria do O'Brien. A mão dele tremeu quando ele a estendeu para a maçaneta de latão, desgastada por décadas de uso. Jimmy flexionou a mão, limpou a garganta e estendeu a mão novamente. Por que era tão difícil simplesmente abrir a porta? Uma torção e um empurrão. No entanto, sua mão não obedeceu ao comando.

Ele colocou a bolsa no chão e puxou um cigarro do bolso do peito. Colocando as mãos em concha, ele o acendeu e deu uma longa e tranquilizante tragada. A rua estava tranquila, pois ainda era muito cedo para as pessoas fazerem compras. Ele endireitou o uniforme, passou a mão pelo cabelo e debateu o que fazer a seguir.

Ele deveria querer atravessar as portas, ver sua mãe e seu pai novamente. A irmã, Erin, com a bagunça de cachos ruivos empilhados em sua cabeça. Mas quando embarcou no navio para voltar para casa, ele sentiu como se uma névoa tivesse descido sobre ele e ele estava passando por um pesadelo sem fim. Nada parecia certo, soava certo, cheirava certo.

Jimmy sentia-se amargo e com raiva. Ele não devia estar feliz por ir para casa? Ele não deveria estar feliz que seus ferimentos o impediram de continuar lutando? Tony entendeu. Eles ficavam acordados até tarde no navio, depois de todos terem ido para a cama. Eles principalmente fumavam e olhavam para o céu noturno. Às vezes, Tony falava sobre o tempo que passaram na casinha. Ele falava de Ezra e Ruth, mas nunca de Greta. Ele entendia a dor que corroía o que restava do coração de Jimmy.

Uma vez que o navio atracou, ele foi separado novamente da única pessoa que podia entender tudo o que o silêncio de Jimmy escondia. Tony ainda estava na ativa e Jimmy havia sido dispensado. E assim, depois de todos os anos de luta, ele voltou para casa, para um lugar mais estranho do que familiar.

Ele sabia que seus pais ficariam desapontados por ter negado a eles a chance de recebê-lo no trem, mas Jimmy não queria uma recepção pública. Ele queria passar despercebido. Era a única coisa que tornava cada dia suportável. Eles o perdoariam, é claro. Um sorriso torto e a mãe se atiraria aos braços dele.

Ele esmagou o cigarro e respirou fundo. No fim da rua, ele teve um vislumbre de cabelos loiros amanteigados e seu coração acelerou. Então ele parou quando a mulher se virou em sua direção. Esse tormento cessaria? Ele a via por todo lado que olhava. Uma das enfermeiras a bordo do navio usava pó com cheiro de lilás. Isso o deixou louco. Um dia ele descobriu o frasco e o roubou. Espalhando-o sobre o travesseiro à noite, ele adormecia sonhando com ela, sua Greta. Ele acordava todas as manhãs com o aroma celestial, um breve momento de felicidade, seguido cedo demais pela realidade esmagadora de que ela não estava lá. Que ela nunca mais estaria nos braços dele.

Mais pessoas estavam se movendo pelas ruas, algumas dando a ele um olhar longo ou um aceno educado. Estava na hora. Ele pegou a bolsa do chão e endireitou o uniforme. Hora de forçar seu desespero de lado, colar um sorriso e fingir que esse momento era o mais feliz de sua vida. *Pense em como sua mãe vai se sentir. Fique feliz por ela, ela merece.*

Aqueles pensamentos deram a ele força, o tremor diminuiu e ele conseguiu segurar a maçaneta e abrir a porta. O tilintar do sino anunciou o regresso dele. O cheiro familiar de tabaco atingiu seu peito como uma bala em alta velocidade. Por um momento, ele se esqueceu de como se mover e respirar. Lar. Lágrimas turvaram sua visão. Mas ele a ouviu se aproximar. Viu seu cabelo ruivo em desordem. *Erin!* Deus, ele sentiu a falta dela. Ela entenderia melhor, ela o ajudaria a consertar seu coração dolorido.

— Jimmy! – Ela gritou, jogando-se em seus braços instáveis.

— É você! Eu não acredito que é você! – Ela o agarrou com força, suas lágrimas encharcando a gola da camisa dele.

Ele a segurou com tudo o que possuía. Ele precisava desse momento, precisava sentir o abraço indulgente de sua querida irmã. Ele ansiava por um par de braços para segurá-lo novamente, para ajudar a afastar a tristeza. Vários longos minutos se passaram antes que ele afrouxasse o aperto e ela falasse novamente.

— A mãe vai matar você! Por que não nos disse que estava voltando para casa?

Ele estendeu a mão e puxou uma mecha ruiva escapando do monte de grampos que tentava em vão mantê-las encurraladas.

—Você me conhece, eu queria surpreendê-los.

Os olhos castanhos dela moveram para cima e para baixo.

— Algo está errado.

Ele suspirou.

— Por que você acha que algo está errado? Eu estou em casa. Estou feliz.

— Você está em casa, mas não está feliz. Algo está errado, James Patrick O'Brien, e você vai me contar. — Ela o cutucou no peito dele para enfatizar as últimas palavras.

Ele balançou a cabeça. Erin era a única pessoa que podia vê-lo claramente. Ela pode ser sua irmã mais nova e malcriada, mas podia ver através de qualquer fachada que ele criasse.

Ela agarrou a mão dele e o puxou para o salão de fumo perto da parte de trás da loja.

— Espere aqui.

Ele a ouviu farfalhar ao redor do balcão, o tilintar da campainha, e então ela voltou. Ela afundou em uma cadeira de couro e apoiou os pés sobre a mesa. Ela fez sinal para que Jimmy fizesse o mesmo.

— Acho que devo subir. Dizer olá à mãe e ao pai. Ele seguiu para a porta na parte de trás da loja.

— Eles não estão aqui.

— Como assim, eles não estão aqui? Eles estão sempre aqui!

A irmã dele deu de ombros.

— A tia Maureen foi operada. A mãe foi ajudar durante uma semana. O pai foi buscá-la hoje de manhã.

— Eu não posso acreditar que eles não estão aqui. — Ele se deixou cair em sua cadeira de couro favorita. O dorso dela era da altura perfeita para que ele descansasse a cabeça e era gasta o suficiente para amaciar o couro até uma textura quase de manteiga.

— Bem, se alguém — ela apontou um dedo longo na direção dele — tivesse mencionado que estava voltando para casa, eles provavelmente estariam aqui.

— Eu me rendo.

– Bom, diga-me o que está errado. – Ela se inclinou para a frente, apoiando uma mão sardenta no joelho dele. Ele desviou o olhar, não estava disposto a partilhar isso com ninguém. – Por Favor, Jimmy. Eu sei que tem algo errado. Consigo sentir.

– Você e suas bruxarias.

– Você soa exatamente como a vovó. – Ela fez sinal de reprovação, mas manteve a mão no lugar. A mão queimava a determinação dele. – Meu irmão estoico não chora. Meu irmão mal-humorado não se agarra à irmã como se tivesse medo que ela se soltasse. Por Favor, Jimmy. Confie em mim. – Era a última camada de defesa dele e ela a havia rompido.

– Eu conheci alguém.

– Onde? – Ela se inclinou para trás, com as mãos apoiadas ao longo dos braços da poltrona.

– Na Alemanha – ele esticou as pernas à sua frente, cruzando os tornozelos.

– Sério, Jimmy, uma alemã. Foi o uniforme nazista arrojado dela que encantou você? – Ela fez um barulho com a garganta. Era desaprovação?

– Ela não é como eles. – A voz dele endureceu.

– Estou provocando você. Sinceramente, Jimmy, você devia me conhecer melhor. Eu não vou julgar você. – Ela se aproximou da beirada da poltrona.

– Eu preciso de uma bebida. – Ele saltou e seguiu até o bar ao longo da parede do salão. Ele pegou um copo e o uísque de 20 anos do pai. A mão delgada de Erin cobriu o topo do copo pouco antes de ele se servir.

– Jimmy? – A voz dela tremeu. – Eu pensei que você tinha parado de beber depois do acidente com Hugh. – O rosto sardento dela se apertou enquanto ela lutava com emoções sem nome.

– Bem, já é hora de eu beber um pouco, não acha?

Ela agarrou o copo com mais força, a garrafa aberta suspensa no ar acima.

– Não, Jimmy. Não acho. Conte-me sobre ela.

– Solte, Erin. Por favor. – Ela retirou a mão do copo. Ela envolveu os braços ao redor de si mesma enquanto o observava derramar e tomar um longo gole do líquido âmbar. – Eu preciso me entorpecer por um tempo. – Ele encheu o copo novamente e se sentou na mesma cadeira confortável.

Erin se abaixou sobre a mesa diante dele, estendeu as mãos, apoiando-as no joelho dele.

– Qual era o nome dela? – A voz dela acalmou a dor em seu peito.

– Greta. O nome dela é Greta, e ela é a mulher mais espetacular que eu já conheci. – Ele descansou a cabeça cansada contra o encosto da cadeira.

– Por que você não se casou com ela?

– Não pude, não era permitido.

Erin franziu seu nariz de fada.

– Não era permitido? Jonas, do fim da rua, casou-se com uma garota francesa. Por que você não pôde se casar com Greta?

– Os franceses eram aliados, os alemães não.

Ela zombou.

– Os franceses eram aliados, rá! Não é isso que ouço sobre essa menina. Primeiro, ela namorou um alemão, depois, quando eles estavam perdendo, ela colocou as garras em Jonas.

Jimmy soltou uma pequena risada.

– Você só diz isso porque tem uma queda por Jonas desde a terceira série.

Ela deu um tapa na mão de Jimmy.

– Ah, você acha que me conhece tão bem? – A cabeça dela se inclinou para o lado, enquanto ela olhava para Jimmy novamente. – Você a ama?

Ele engoliu seco.

– Mais do que eu poderia compreender. Ela é incrivelmente bela e tão doce. Forte, ela passou por tanta coisa que você não faz ideia. – Os polegares de Erin continuaram a traçar ao longo das veias que cobriam as costas das mãos dele. O movimento o encorajou a revelar mais. – Você nunca acreditaria ao que ela sobreviveu. Ela estava num dos campos de concentração e fugiu.

Os olhos de Erin se arregalaram.

– Sério? Como? – A última pergunta foi um sussurro.

– Vou contar a história mais tarde. Mas ela ajudou um menininho a escapar. Ela salvou a minha vida. Eu poderia continuar e continuar, mas... – ela deu um tapinha na mão dele.

– Então não há futuro aí? E quanto a ela imigrar ou você voltar para lá quando a guerra no Pacífico acabar? Jimmy balançou a cabeça. – Não perca a esperança, querido irmão. Eu posso sentir tanto quanto sinto sua mão. O destino tem mais reservado para você.

Ele começou a se retirar. Ele não queria ouvir mais sobre o destino. Ele não acreditava nisso, não agora. Não depois de tudo o que passou, de tudo o que sobreviveu, só para ter de deixar Greta. Deixar para trás a única pessoa que fazia sentido. A única pessoa que o fez inteiro. Mas o aperto de Erin não se rompia; tornava-se doloroso.

– Confie em mim, Jimmy. Você sabe que eu consigo ver essas coisas. – Ela pressionou com mais força, os nós dos dedos deles esmagados. – Confie em mim.

O sino acima da porta tilintou.

– Erin, por que, em nome dos céus, há uma placa na porta que diz fechado? É melhor você ter... – A voz áspera do pai dele parou abruptamente. As chaves escorregaram de seus dedos e bateram no chão. O pai dele se tremeu até o âmago.

– Jimmy – ele falou. Então, depois de limpar a garganta, ele chamou a esposa: – Letty, coloque a placa de volta na porta!

Mãos como as suas se estenderam para Jimmy e o agarraram junto ao peito.

– Meu Deus, filho! Assim como eu vivo e respiro. Ele deu um tapinha nas costas do Jimmy.

Jimmy estudou o rosto do pai. Mais algumas rugas emolduravam seus olhos, mas ainda tinham o mesmo castanho rico de Jimmy. Cinza agora se espalhava pelo cabelo escuro.

– Por que raios você fecharia a loja hoje? – Ele ouviu sua mãe repreendendo enquanto ela caminhava pela loja. – Jimmy! – Ela parou ao lado de seu pai, com a cabeça na mesma altura dos ombros largos dele. O rosto sardento dela exibia uma série de emoções: aborrecimento, confusão, choque e depois uma alegria devastadora.

Ele teve que se preparar para o impacto. Ele sentiu a pequena mãe puxá-lo em seus braços roliços e apertar com tanta força, que ele pensou que pararia de respirar por um momento. As palavras dela eram uma choradeira incoerente enquanto ela passava as mãos macias amorosamente sobre rosto, os ombros, os pulsos dele. Finalmente, as palavras dela ficaram mais claras.

– Meu filho está em casa, meu filho está em casa.

– Sim, mãe. Eu estou em casa. Ele pegou o rosto dela entre as mãos, o polegar enxugou algumas lágrimas. Os olhos castanhos cintilantes dela brilhavam com total adoração.

– Eles não estão alimentando você? – Ela agarrou a cintura dele e fez sinal de reprovação. – Você perdeu peso! Está só a pele e o osso.

– Mãe, deixe-o em paz. – Erin repreendeu carinhosamente.

– O que você gostaria de comer? Vou fazer o que você quiser. Tenho carne enlatada. Talvez o açougueiro tenha um assado. Temos guardado os nossos cartões de racionamento para quando você voltasse para casa.

– Qualquer coisa está bem, mãe. O estômago dele roncou ao pensar na comida caseira da mãe. Os jantares dela eram banquetes legendários. E, como seus pensamentos costumavam fazer, eles se dirigiram para Greta e como ela nunca parecia ter o suficiente para comer. Se ela estivesse lá, com ele agora, de fato sua mãe insistiria que ela era muito magra. Ele poderia imaginá-la na mesa de jantar, que seria coberta por uma montanha de pratos. Sua bela Greta e sua mãe a repreendendo para comer mais, então a mãe brilharia de satisfação quando o prato de Greta estivesse finalmente vazio. Ele pigarreou. – Talvez um *Wiener Schnitzel*, mãe.

– Desenvolveu um gosto pela comida alemã, foi? – Ela beliscou a bochecha dele. Ele ouviu Erin tossir. Ele encarou a irmã, que tentava, sem sucesso, sufocar uma risada com a mão.

– Assim como eu vivo e respiro, filho. – O olhar cheio de lágrimas do pai caiu sobre ele. – Aqui, depois de todo esse tempo. – Ele foi para o fundo da sala, depois viu o copo vazio sobre a mesa. Apontando para ele, inclinou a cabeça em questionamento, mas Jimmy apenas respondeu com um indiferente dar de ombros. Frank O'Brien acenou com a cabeça, pegou o copo e se dirigiu ao bar. Lá ele encheu quatro copos de uísque, distribuindo-os. – Acho que devemos fazer um brinde.

Erin pegou seu copo e o ergueu.

– À morte do desgraçado do Hitler!

– Erin Ariadne O'Brien, olhe essa boca! – A mãe dele balançou o dedo para Erin, enquanto o pai gritava:

– E do outro desgraçado do Tojo!

– Eu brindo a isso! – Jimmy ergueu seu copo.

A mãe dele pigarreou e tomou um longo gole.

– Ao Jimmy e ao seu regresso em segurança.

– Ao Jimmy e sua Greta – Erin festejou silenciosamente.

Ninguém, a não ser Jimmy, ouviu o último brinde. Tony podia conhecer sua história; Erin, no entanto, entendia a dor. Nesse momento, sua irmãzinha confusa e irritante mostrou que era ela quem poderia ajudá-lo a se curar. Ele beijou os cachos selvagens em cima da cabeça dela.

– Obrigado, pirralha.

Ela o cutucou com o ombro. O apelido havia crescido de provocação para um termo carinhoso há muito tempo.

– Às ordens – ela parou, um sorriso perverso se espalhando pelo rosto –, Bão.

Ele gemeu, era o apelido que ela havia dado a ele quando era criança e não conseguia dizer irmão. Tinha pegado, para o eterno desgosto dele.

Enquanto sua família subia as escadas dos fundos para o apartamento acima da loja, a névoa desceu novamente. Ele estava em casa. A luz e o calor de sua casa de infância eram mais opacos; no entanto, ele finalmente conseguiu recuperar o fôlego. A dor em seu peito ainda era forte, ainda doendo, como no momento em que ele se despediu de Greta.

Lar. Ele passou os dedos ao longo do papel de parede floral na sala de estar, ao longo da grade do corrimão que ia pelo corredor até seu quarto. Ele parou diante da porta de madeira e respirou fundo. A dor diminuiu pelo mais breve dos momentos, em seguida, acelerou quando ele girou a maçaneta de bronze. O silêncio o cumprimentou como um velho amigo. Seu quarto havia sido limpo recentemente, as cortinas amarradas para deixar entrar o sol da tarde. As prateleiras estavam cobertas de lembranças e fotografias antigas. Ele era um estranho em seu próprio quarto, essas memórias não pertenciam mais a ele. A casa dele havia sido uma vez uma cidadela de conforto, e pertencer a ela era tão estranho quanto praias distantes.

De sua bolsa, ele retirou o frasco roubado. Ele espalhou o pó fino em seu travesseiro e o segurou próximo ao rosto, respirando o cheiro doce. Ele se deitou na cama, enterrando o rosto nas memórias. E tudo desabou, o fio fino que segurava sua compostura enfraquecida arrebentou e a monção de lágrimas fluiu livremente. Ele protestou contra a injustiça de tudo. Socou a cama, a cabeceira e a parede até sangrar. Mas a dor persistiu.

Muitas horas depois, ele acordou com o luar que atravessava a sala. Suas têmporas latejavam, suas pálpebras arranhavam os olhos secos. Um ronco suave era o único som. Atravessado no peito dele havia um braço fino e sardento, com a mão repousando no coração dele. Ele cobriu a mão com a dele. A dor diminuiu.

– Erin? – Ela murmurou sonolenta em resposta ao seu nome. – Por que você está aqui?

Ela descansou a cabeça sobre o coração dele.

– Meu irmão mais velho precisava de mim.

Ele sufocou uma resposta e a envolveu nos braços. O nevoeiro desapareceu. Ele conseguia respirar. Era ali aqui que começava o mundo novo dele, um mundo construído sobre a incerteza.

– Jimmy?

– Hum? – Ele respondeu. A mente dele estava felizmente vazia.

– Você tem uma semana para lamentar. E então você precisa se recompor. – Ela encontrou o olhar endurecido dele. – Confie em mim. Se você ceder à tristeza, ela o consumirá. Sei muito bem. – Um olhar de saudade brilhou atrás dos olhos dela.

Ele prendeu um dos cachos do cabelo dela.

– Então você é a especialista agora, Pirralha?

– Sou especialista em tudo. – Ela beliscou o nariz dele. – Mas com toda a honestidade, você não fará bem para ela ou para si mesmo se não se recompor. Estarei aqui para os momentos em que tudo parece tão insuportável. Mas o passado é o passado, e agora é tempo de pensar no futuro.

– E o que será do futuro, Erin? – Essa era a pergunta que assombrava os sonhos dele. Como poderia haver um futuro sem Greta? Que vida valeria a pena viver, sem o amor da sua vida ao seu lado?

– Com o tempo, tudo se encaixará e você conhecerá seu caminho. Por enquanto, trata-se de encontrar as pequenas alegrias.

Algum tempo depois, ela adormeceu novamente. Mas o sono passou longe de Jimmy. A dor em seu peito cresceu, apertando insuportavelmente. A única maneira de acalmar a loucura era guardá-la, enterrá-la atrás de um muro. Quando o dia seguinte amanheceu, ele continuou a construir o muro interior, trancando as memórias. A dor diminuiu, a razão governou. Ele não precisaria da semana. Nada restou do seu coração outrora pulsante. Tudo o que sobrou era pedra e cimento. Lilases, música, luar e azul-esverdeado sem fim foram sufocados. Ele se levantou da cama e pegou o frasco. Foi para o lixo. Seguido da carta que ela havia escrito. Um desenho do Ezra. A bala que ela removeu. Então, finalmente, a imagem dos dois rindo. Ele enfiou tudo no cesto de lixo.

A dor partiu. A tristeza partiu. Apenas uma névoa fraca e vazio persistiram. Esse era o seu futuro, o mundo sem Greta.

CAPÍTULO TRINTA E SETE

Chegou a hora de Greta se despedir de seus pais antes que ela e Liesel assumissem outra aventura. Um encontro casual com um velho conhecido de Liesel ajudou Greta a conseguir um emprego para o qual ela seria perfeita – reunindo famílias que haviam sido separadas durante a guerra. A posição era na cidade de Nuremberg, no estado da Baviera. Ela mal podia esperar para compartilhar suas maravilhosas notícias com os pais.

Ela voltou para o apartamento de Katja e bateu na porta. Na noite anterior, ela concordou em visitar, mas havia chegado um pouco mais cedo do que o esperado. Quando ninguém respondeu, ela tentou abrir a porta. Estava destrancada.

– Olá? – Ela chamou, mas não houve resposta. Ela caminhou em direção ao corredor que levava ao quarto de seus pais. Foi quando ela ouviu o clique da porta e um ferrolho deslizar para o lugar.

Num instante, ela podia sentir a presença *dele*, o coração dela disparou em pânico. O pelo da nuca dela se arrepiou. Ela podia sentir o cheiro dele, cigarros velhos exalando dos poros. Ninguém mais estava em casa, ela tinha certeza agora.

Então ele falou, seu tom condescendente enviou ondas de náusea agitando o estômago dela.

— Greta, nunca pensei que voltaria a vê-la. E ali estava você na minha casa. Depois de todo esse tempo. — Ele se aproximou dela. Ela considerou, endurecendo a postura. — E agora, você está de volta. Na esperança de me encontrar, presumo?

— Heinrich — ela cuspiu. Com os punhos cerrados ao seu lado, ela se preparou para o inevitável ataque. Ela estava farta de se acovardar, farta de ser vítima de homens. — Eu nunca iria querer você.

— Que pena, eu tenho procurado por você. Desejando você desde a noite em que a tive. Você ainda está tão bonita, mas eu prefiro você em algo de seda, não esses trapos. — Ele estendeu a mão para a manga, passando a bainha desgastada entre os dedos.

Ela se afastou do toque dele, mas ele seguiu o movimento dela, encurtando a distância.

— Parece que não tive tempo de me preocupar com a minha aparência. Mas, pelo menos, eu não cheiro como um curral. Minha nossa, Heinrich. O que você fez consigo mesmo?

O golpe o havia atingido como ela esperava. Ele sempre se orgulhou de sua aparência, mas era óbvio que ele não tinha conseguido encontrar roupas adequadas.

— Ah, meu docinho. Eu sei que você sentiu minha falta. — A mão dele apertou no pulso dela.

— Não há nada nesse mundo que eu tenha sentido menos falta do que você. Meus únicos pensamentos sobre você têm sido para lhe desejar uma morte muito lenta e dolorosa.

— Lamento desapontá-la. — A risada sinistra dele ecoou ao redor dela. — Você não gostou do lugar para onde eu a mandei?

STACIA KAYWOOD

Estive lá durante algum tempo e pensei que não era assim tão mau.

Ele se elevou sobre ela, enquanto pressionava o membro que endurecia contra a barriga dela. Ela respirou fundo, repassando em sua mente as instruções de Jimmy. Ela mexeu os pés, colocando seu peso no pé de trás. Ela esperou que ele atacasse.

– Eu tive tantas mulheres desde você, mas nenhuma me satisfez como você fez. – Ele lambeu os lábios, e saliva se acumulou nos cantos da boca rachada. Os olhos dele subiam e desciam pelo corpo dela, fazendo-a se sentir barata e usada.

– E por que a Katja? Por que você se casou com ela? – Essa era a mais intrigante das ações dele. Por que ele se casaria com uma viúva com uma filha pequena?

– Ela tem tudo o que eu preciso. Uma enorme conta bancária e conexões na América do Sul. – Ele deu um tapinha no bolso da camisa. – Recebi hoje os meus novos documentos de identificação. E você pode ser o meu presente de despedida.

Os lábios dela se curvaram.

– Eu vou ser seu presente de despedida. Ah, Heinrich, que conveniente.

Por um momento, um lampejo de dúvida brilhou nos olhos dele, mas então ele fez exatamente o que ela queria. Ele se lançou para frente, agarrando-a e forçando a língua em sua boca. Ela não entrou em pânico. Os movimentos que Jimmy ensinou a ela inundaram seus músculos enquanto ela balançou o punho, conectando-se com a orelha dele.

Heinrich recuou, segurando a orelha.

– Sua cadela – ele sibilou. Afastando a mão do lado do rosto, ele viu sangue. Ele se lançou sobre ela novamente, mas ela estava preparada; um sorriso perversamente irreprimível se espalhou por seu rosto.

Ela ergueu o joelho, acertando-o na bexiga.

Instantaneamente, urina encharcou a frente dele. Ele se curvou, segurando a virilha.

— Como você se atreve? — Raiva mortal coloria o rosto dele.

A risada dela ecoou assustadoramente nas paredes decoradas com papel.

— Ah, Heinrich — ela zombou —, você teve um acidente?

Ele a agarrou, torcendo os braços dela. As mãos e os braços dela ardiam. Ele respirou no ouvido dela:

— Vou apreciar isso muito mais do que da nossa última vez. — Ele a apertou com mais força. Ela sabia que tinha vencido, sua vitória seria incrivelmente doce. O tempo pareceu desacelerar, os segundos se tornavam em longos minutos. Ela baixou a cabeça, relaxando por um momento, respirando profundamente. Então, sem hesitar, ela jogou a cabeça contra o rosto dele, quebrando seu nariz.

O aperto dele se desfez. Mas ela não tinha terminado. Ela se virou e enfrentou seu algoz, gritando:

— Esse é o seu fim! — Ela o empurrou com toda a força que tinha. Ele caiu para trás no chão com um baque doentio. — Eu estive lá por 65 noites, 65 noites de inferno e tortura. E agora é a minha vez de vingança. Isso é pela noite do meu noivado. — Ela o chutou no estômago. — Isso é pela minha tatuagem — chutando os joelhos dele. — Isso é pela minha primeira noite no inferno — dando outro chute no ombro dele.

Alguém a agarrou, puxando-a para trás. Era o pai dela.

— Greta! O que você está fazendo aqui? — O aperto dele se afundou no braço dela; ele estava tremendo. — Você nunca deveria ter vindo sozinha.

— Ah, papai, eu queria me despedir. Não sabia que vocês não estariam em casa.

Ele a empurrou para trás.

— Não há tempo para isso, minha Gretel. Por favor, vá.

Ouvir seu apelido de infância de novo causou um lampejo

de angústia, ela nunca mais seria aquela jovem inocente e o homem responsável pelo fim dessa inocência estava sangrando no chão. A raiva dela transbordou.

Heinrich se levantou do chão e se manteve em pé sobre as pernas vacilantes.

– Vocês dois vão pagar por isso.

O pai dela revelou uma pistola Luger que trazia nas costas.

– Papai, não! – Ela gritou.

– Sim, Gretel, é hora do reinado de terror dele terminar. Ninguém se importará que eu o tenha alvejado. Nem mesmo a Katja. Ele merece pagar pelo que fez.

Heinrich parecia irritado e inabalável pela arma apontada para o peito dele. Os olhos dele aterrorizavam Greta, tanto quanto a sede de sangue que ela via em seu pai.

– Esse não é o caminho, papai. Vamos entregá-lo aos americanos.

– Quem você acha que me deu meus novos papéis? Os americanos farão qualquer coisa pela quantia certa de dinheiro. – Heinrich alisou a camisa.

– Ele machucou você, Gretel. Ele a tirou de nós e a deixou para morrer. Ele merece morrer. – A arma permaneceu apontada para o coração de Heinrich.

– Por favor, papai. Abaixe a arma. – Ela estendeu a palma da mão. Ela não podia deixar o pai matar ninguém por ela, mesmo que fosse o Heinrich. – Olhe para ele. Ele não vai a lugar nenhum com as calças molhadas.

O pai dela sorriu. A arma apontou para baixo e Heinrich avançou.

Bang! O quarto girou. Um zumbido agudo assaltou os ouvidos dela. Um corpo pesado a puxou para baixo. A fumaça acre da arma encheu as narinas dela. Sangue, pegajoso e quente, empoçava-se ao redor dela. Ao longe, ela ouviu seu nome ser chamado repetidamente. Um rosto nadou diante de seus olhos, um lampejo de olhos verdes de jade. E então desapareceu.

O hálito quente sussurrou em seu ouvido:

– Está tudo bem agora. Tudo vai ficar bem. Deixe-me cuidar de tudo. – Ela ouviu passos no corredor, estrondos altos ecoaram pelo apartamento. Os braços do pai a levantaram do chão, ajudando-a a voltar para o quarto dos pais. – Agora, você fique escondida. Não saia até que eu diga. – E fechou a porta atrás dele.

Ela se deitou na cama, curvando-se com as mãos pressionando contra a barriga. Se pelo menos Jimmy estivesse aqui, ele resolveria as coisas. Ela tinha visto o guerreiro nele antes, durante a luta com o soldado alemão. Nunca em sua vida ela se sentiu tão segura, como sempre que ele estava por perto. As lições de Jimmy foram bem-sucedidas; ela conseguiu obter vantagem contra o Heinrich. Quando ela atingiu o Heinrich pela primeira vez, viu o sangue pela primeira vez, ela jurou que ouviu Jimmy exclamar: "Boa garota, Greta!" Saber o quão orgulhoso ele ficaria, energizava Greta. Cada vez que seus golpes atingiam o Heinrich, a vindicação era gloriosa.

Mas então o pai dela apareceu e tudo mudou tão rapidamente. Ela agarrou seu estômago enjoado com mais força. O Heinrich estava morto? Ela mordeu a mão para sufocar um soluço. Se o pai dela matasse o Heinrich, o que pensariam as autoridades? O que aconteceria com ele? Ela tinha de saber mais. Com as pernas instáveis, ela se levantou e se arrastou até a porta. Abrindo-a ligeiramente, ela pressionou a orelha contra a fresta.

Havia várias vozes masculinas diferentes. Ela podia ouvir o timbre baixo da voz do pai. Havia outra voz alemã pertencente a um homem que ela não reconhecia. Depois, havia outros dois, americanos, ela acreditava. Um falava apenas em inglês, o outro parecia estar agindo como intérprete. Era difícil discernir

297

as especificidades da conversa, mas ela foi capaz de entender as palavras-chave.

O pai dela falava.

— Voltei para casa... no chão.

O alemão, provavelmente falando com os americanos:

— Parece ter sido auto infligido... ângulo da arma...

As palavras atingiram Greta com uma força ofuscante. O Heinrich estava morto. De alguma forma, na luta pela arma, ele tinha sido baleado. E o pai dela estava encobrindo a luta anterior. Ela espiou pela fenda da porta. O corredor estava vazio. Ela se esgueirou pelo corredor até a entrada dos fundos. Rapidamente, ela desceu as escadas para a rua abaixo.

Vários curiosos observavam o edifício. Alguns soldados americanos fechavam a entrada. Mantendo a cabeça baixa e se movendo com propósito, Greta abriu caminho através da multidão até que algo agarrou sua manga. Uma mão branca de dedos compridos agarrou o braço dela.

Katja sibilou no ouvido de Greta.

— Venha comigo. — Ela arrastou Greta pela esquina e pela porta de um prédio abandonado, longe da vista dos pedestres na rua. — O que aconteceu? Por que está se esgueirando pelos degraus de trás como uma criminosa?

Greta não queria contar a ela o que havia acontecido; Katja nunca entenderia. Tornou-se cada vez mais claro que a Katja que ela conhecia desde a infância se tornara cínica e amarga. Greta sentiu empatia pela amiga; eles haviam passado por tanta perda e devastação. Se as circunstâncias fossem diferentes, Greta poderia muito bem ter terminado no mesmo caminho. Katja havia perdido seu primeiro marido, o verdadeiro amor de sua vida e agora estava viúva novamente. Embora seu segundo marido tivesse se casado com ela por conexões e dinheiro, ela era viúva pela segunda vez antes dos 23 anos.

– Eu sei que você está envolvida de alguma forma. Seja honesta comigo. Foi por você que o Heinrich roubou o meu dinheiro? – O aperto de Katja se suavizou, um vislumbre de sua amiga reapareceu.

– Por que você se casou com ele? – Greta se encostou ao batente da porta e Katja soltou o braço dela.

– Eu precisava de proteção. Meus pais se foram e eu tenho uma filha pequena. Ele me prometeu. Ele afirmou que cuidaria de nós duas. Parecia a solução perfeita, até que ele começou a revelar seu verdadeiro eu. – Ela olhou para o chão e arrastou os pés.

– O que aconteceu? – Ela queria manter Katja falando, para descobrir seus verdadeiros sentimentos por Heinrich antes de revelar o incidente no apartamento.

– No início, ele ficava bravo comigo apenas pela menor provocação. E então aumentava. Ele me xingava, batia em mim. E então... – Ela olhou para longe, procurando um meio de continuar. – Ele começou a se forçar contra mim.

Greta se aproximou dela, mas Katja ergueu uma das mãos.

– Eu preciso dizer isso. Os seus pais foram uma dádiva de Deus absoluta. Eles viram o que estava acontecendo e puderam intervir. O Heinrich ficou mais agradável por um tempo. Então, hoje, a sua mãe me contou o que realmente aconteceu com você. Ah, Greta. – Ela chorou. – Eu não fazia ideia. Eu queria odiar você. Tudo o que ele fazia era falar de você e de como você era perfeita. Ele me comparava a você todo santo dia. Como você era mais bonita. Mais inteligente. Mais espirituosa. Era horrível. Eu comecei a odiar você.

Finalmente, ela permitiu que Greta a abraçasse e a segurasse enquanto chorava.

– Eu sinto tanto, Katja. De verdade. Eu gostaria que houvesse uma forma de ter alertado você, mas eu venho me escondendo. Por tanto tempo vivi com o medo de ser descoberta e enviada de volta para aquele lugar.

Katja acenou com a cabeça contra o ombro dela.

– Em algum momento eu quero que me conte como sobreviveu, mas agora eu quero saber o que aconteceu. Ele machucou você de novo?

– Sim, mas ele nunca mais fará mal a nenhum de nós. – Ela segurou os ombros de Katja e implorou que ela entendesse. – Ele estava planejando deixar você. Ele me mostrou os documentos de viagem. Ele me atacou, mas eu o agredi de volta.

– Você agrediu! – Os olhos de Katja se iluminaram. – Você precisa me mostrar como.

Os lábios dela se transformaram em um leve sorriso.

– Ficarei feliz em ensiná-la um dia. Mas tem mais. – Ela temia esse momento, mas tinha de continuar. – Meu pai entrou no quarto. – Katja olhou com uma expressão confusa. – Ele tinha uma Luger e ameaçou o Heinrich. E eu não sei exatamente o que aconteceu, houve uma luta e a arma disparou.

Katja deu um passo para trás, seu rosto não revelando muito.

– E o Heinrich?

– Ele está morto, Katja. Meu pai estava falando com as autoridades quando eu escapei.

– Morto? – Ela se afastou, repetindo a palavra mais algumas vezes. Cada vez, seu tom se alterava. Finalmente, ela riu, de costas para Greta. – Estou livre! Verdadeiramente livre dele. – Ela girou sorrindo. – Isso vai ser tão difícil, voltar lá e agir como se estivesse triste. Mas o homem era realmente um monstro. Estou bem livre dele. – De repente, o rosto dela se escureceu. – Mas seu pai? Ele vai ser preso?

– Eu acho que não, quando saí eu ouvi os homens na sala falando sobre suicídio.

Ela acenou com a cabeça.

– Eu preciso voltar. Preciso ajudar a corroborar a história dele. Dizer a eles o quão deprimido ele estava ultimamente. E também ver se ele tem o meu dinheiro.

– Que dinheiro?

– É onde eu e a sua mãe estivemos essa manhã. Recebi uma nota do banco dizendo como minha conta estava no negativo. Era impossível. Quando chegamos, eles nos mostraram que todo o dinheiro que herdei havia sido retirado há dois dias pelo Heinrich. – Ela bateu o pé, a raiva voltando.

– A Liesel e eu vamos embora hoje. Eu só estava passando para dizer adeus, quando... – ela acenou com as mãos. – Quando isso aconteceu. Mas eu realmente preciso ir.

Katja agarrou a mão dela.

– Eu entendo. Vou dar seu adeus aos seus pais. Cuide-se, cara amiga.

Elas se abraçaram e se separaram na esquina da rua.

Enquanto Greta percorria o labirinto de ruas, ela compôs outra carta para Jimmy. Ela mal podia acreditar nos acontecimentos do dia e podia ouvir constantemente a voz de Jimmy em sua cabeça. Ela sentia falta dos elogios dele, do calor de seus braços. Sempre que ele estava perto, a confiança dela aumentava. E talvez o que ela mais sentia falta fosse do carinho dele. Ele trabalharia na tensão do pescoço dela, seus lábios pressionariam contra o ponto sensível na nuca dela. Ele se preocuparia com os pequenos hematomas e o zumbido nos ouvidos dela. Com esses pensamentos, uma lágrima solitária escapou e ela começou sua carta.

Meu querido Jimmy,

Parece que quase todos os dias acontece algo inesperado. Gostaria que fosse tão simples como regressar aos seus braços para contar desses acontecimentos, mas penso que ambos temos de estar satisfeitos com uma simples carta. Heinrich tentou me machucar outra vez, mas você ficaria tão orgulhoso de mim, Jimmy. Fiz tudo o que me ensinou e consegui machucá-lo de volta. Quase podia ouvir o Tony e a Ruth me aplaudindo. Mais coisas aconteceram, mas os pormenores não são importantes nesse momento. Mas digo que nunca mais terei que me preocupar com ele de novo. A Liesel e eu vamos para Nuremberg. Assim que eu estiver instalada, vou escrever e enviar a você o meu novo endereço. Anseio por ouvir de você. Espero que esteja bem.

Todo o meu amor,
Greta

CAPÍTULO TRINTA E OITO

Mais um dia de completa exaustão. Nos poucos meses desde o retorno de Jimmy, ele trabalhou desde o nascer do sol até tarde da noite. A loja de seu pai nunca foi tão organizada e eficiente. Ele, por outro lado, era um desastre ambulante. Para compensar as longas horas, enchia o corpo de xícaras de café e cigarros. À noite, a fim de limpar sua mente de todos os pensamentos de Greta, ele bebia até desmaiar. Os dias se misturaram uns com os seguintes, tudo um borrão.

Sua mãe achava que o problema era a solidão. Ela convenceu todas as jovens em um raio de cinco milhas a visitar a loja e flertar com Jimmy. Mas ele não aceitava nada daquilo e conseguiu afugentar todas elas. Bem, exceto Carla Hepplewhite, que parecia ter considerado Jimmy um desafio em particular e visitava a loja todos os dias durante as últimas duas semanas. Ela batia os cílios e ria ruidosamente de qualquer coisa que ele dissesse. Então ela deixaria alguma coisa cair, dizia ops, e se inclinava de maneira provocante para pegá-la. A visão nauseante era tão vergonhosa, que Jimmy pagou um garoto local para ficar de olho nela. Ele sinalizava para Jimmy para que ele pudesse fugir. Então ele colocava Erin para cobri-lo. Era infantil se esconder de Carla, mas ser franco não o havia levado a lugar nenhum.

Em seu quarto, ele serviu dois dedos de uísque e acrescentou um pouco de água. Ele tirou os sapatos e descansou em sua poltrona marrom. Na noite anterior foram necessários três copos antes de a mente dele ficar entorpecida. Com sorte, o esquecimento dessa noite viria mais rápido. Ele engoliu o líquido âmbar em dois goles, a sensação de queimação no peito sinalizando que a embriaguez mágica logo tomaria conta.

Para onde quer que olhasse, ele ainda se lembrava dela. A dor que deixou para trás era insuportável. Ele precisava de uma fuga, mas tudo o que conseguia era trabalho e embriaguez feliz. A certa altura, ele pensou que poderia encontrar alívio nos braços de qualquer mulher. Ele tinha saído com alguns amigos, conheceu uma bela morena e voltou para casa dela. Os dois estavam bêbados. Ele tentou se aproximar, inclinando-se para um beijo. Mas ver os lábios dela tão perto dos seus, fez a pele dele arrepiar. Ele correu para o banheiro e esvaziou o conteúdo do estômago. Ela desmaiou no sofá. Foi a última vez que tentou usar uma mulher para superar a Greta. Não, o seu coração permaneceria para sempre só dela.

Uma batida suave na porta o tirou de seu estupor.

— Entre — ele rosnou. Só poderia ser uma pessoa, sua intrometida irmã Erin.

— Bêbado de novo, vejo.

Ele levantou o copo.

— Desculpe desapontar, apenas um copo. Mas fique por aqui, Pirralha, tenho certeza que não vai demorar muito. — Ele encheu o copo, três dedos dessa vez e sem água.

— Não me chame assim. — Ela cruzou os braços e olhou para ele.

— Por que não? Eu sempre chamei você de Pirralha e você nunca se importou antes.

A sobrancelha dela se arqueou perfeitamente.

— Aquele era meu doce irmão mais velho e seu termo carinhoso. Eu não sei quem é você, mas não é ele. Quando você diz, você parece mau.

Ele não tinha energia para essa discussão. Ele esperava que esse fosse o último uísque que teria de beber essa noite. Ele podia sentir seus ouvidos esquentando, era apenas uma questão de tempo.

— O que você quer, Erin?

Ela se ajoelhou na frente dele e estendeu a mão para a dele. Ele recuou do toque dela. Ela suspirou pesadamente e deu um tapinha no joelho dele.

— Precisamos conversar, você não pode continuar assim. O seu fígado não pode continuar assim.

— Por que não? Parece que estou indo muito bem. — Ele podia sentir o entorpecimento assentar sobre sua cabeça, obscurecendo seus pensamentos. Mais alguns minutos.

— Rá, olhe para você! Nem sequer consegue manter os olhos abertos. — Ele abriu um olho. — Os dois olhos, Jimmy.

Ele rosnou, abrindo os dois olhos com os dedos.

— Melhor assim?

— Na verdade não. Por que você não lê as cartas dela? Ela enviou tantas. — Na mão dela havia uma pilha de envelopes fechados.

— Não, concordamos que isso não funcionaria. Tivemos de acabar com tudo. — Mesmo ele não acreditava nas palavras enquanto as dizia.

— Mas e se ela precisar de você?

O peito dele se apertou. E se ela precisasse dele? Ele

balançou a cabeça. Não, ela tinha outros. Havia Liesel e Fritz. Ele cerrou o punho pensando no ex-noivo dela, imaginando-a beijando Fritz, beijando qualquer outro homem. Ele se levantou e andou pelo quarto.

— Ela não precisa de mim.

— Como você pode ter tanta certeza?

Ele olhou para a irmã.

— Você sabe de alguma coisa, diga.

Ela balançou a cabeça.

— Se ela tem algo a dizer a você, está nessas cartas. Impedir a si mesmo de lê-las não está ajudando. Você precisa encontrar um caminho pela frente. — Ela acenou a pilha para ele.

— E o que você sabe de corações partidos, Erin? Por que está tão preocupada em resolver essa situação impossível?

— Eu entendo a dor do amor perdido mais do que você jamais poderia entender, James Patrick O'Brien. — Ele recuou da raiva nua voz dela. — Você não sabe metade do que eu passei. Então, pelo menos vez, seu idiota arrogante, ouça a sua irmã. — Ela atirou a pilha de cartas nele. — Ainda há esperança para você, supondo que você não pule atrás do volante de um carro novamente.

Ele arremessou o copo na parede atrás dele.

— Você foi longe demais, Erin. Sabe disso. — Eles podiam ouvir os pais se inquietarem no cômodo ao lado. Ambos baixaram a voz.

Ela caminhou até ele e segurou seu rosto com as mãos.

— Foi desnecessário. Eu peço perdão. Mas não posso ficar de braços cruzados ao ver você jogar sua vida fora. Você a ama e, mesmo que nunca mais possam ficar juntos, podem pelo menos ler as palavras um do outro. Um pedaço dela em suas mãos.

Um gemido trêmulo escapou antes de engolir de volta o resto das lágrimas que ameaçavam dominá-lo.

– Sinto tanto a falta dela. Parece que o mundo inteiro está esmagando minha alma.

– Eu sei. Não desista, querido irmão. Por favor, volte para nós. E eu vou ajudá-lo a consertar seu coração dolorido.

Ela colocou a mão contra o peito dele e cantarolou em seu ouvido. Ele se agarrou à irmã.

– Erin, um dia você vai me dizer o nome desse destruidor de corações desconhecido. Depois que eu terminar de reorganizar todos os órgãos internos dele, ele resolverá as coisas com você.

Ela riu.

– Ah, aí está um vislumbre do irmão que eu amo tanto. Bem-vindo de volta, Jimmy.

Ele depositou um beijo fraterno na cabeça dela. Ela parou na porta e reiterou seu comando.

– Por favor, leia as cartas. Pelo menos você pode ver como ela está. Sei que está preocupado com ela. – Ela o deixou sozinho.

Tirando a roupa, ele se deitou na cama e pegou uma carta. Ela a segurou contra o nariz. Depois de toda essa distância, ainda cheirava a lilases. Instantaneamente, ele sentiu seu membro endurecer, exigindo senti-la novamente. Ele ignorou seu corpo apertado e deslizou o dedo ao longo da borda do envelope. Um único pedaço de papel com a caligrafia inclinada dela o cumprimentou. Enquanto lia, podia ouvir a voz dela.

Meu querido amor,

Parte-me o coração ainda não ter ouvido de você e estou desesperada para saber que regressou em segurança. Ouvi sobre a Ruth ontem. Ela e o Ezra estão estabelecidos e felizes no Texas. Ele joga beisebol com as crianças do bairro e parece ter adotado o sotaque de Tony. Ela está extremamente feliz.

A Liesel e eu nos mudamos para Nuremberg. Comecei o meu novo emprego e adoro a experiência. Ver a alegria quando as famílias se reúnem me traz tanta felicidade. Isso me dá esperanças de que um dia nós também estaremos reunidos. Até lá, meu amor, saiba que sou fielmente sua.

Com amor sempre,
Sua Greta

JIMMY PEGOU a carta e beijou o nome dela várias vezes. Ele a colocou debaixo do travesseiro e, em seguida, tirou o resto do chão. Ele encontrou uma caixa de sapatos e as jogou dentro, em então empurrou a caixa debaixo da cama. Erin estava errada. Ler a carta tornou a dor mais real. Ele não podia continuar assim, o muro que ele construiu estava começando a desmoronar e sua determinação enfraquecia. Não, o único caminho para frente era abandonar o passado. Ele fechou os olhos e adormeceu. Ele sonhou com uma casinha e um campo de lilases.

CAPÍTULO TRINTA E NOVE

O sino acima da porta da tabacaria tilintou. Jimmy se virou para ver quem poderia ser tão tarde. Ele estava ocupado contando inventário, ocupado demais para passar o tempo conversando com um cliente. Ele fazia isso para esquecer, afogando-se em montes de papéis e garrafas de uísque. Qualquer coisa que ele pudesse fazer para aliviar a dor e afastar as memórias dela. Até agora, a loja de seu pai estava prosperando, ele havia descoberto a cura perfeita para uma ressaca e estava totalmente infeliz. Ela estava por todo o lado. Um leve cheiro no ar, um sorriso em outra mulher, a cor do céu lembrando-o dos olhos dela, uma risada distante. Depois, havia seus sonhos, fantasias eróticas noturnas que enfiavam uma estaca no coração dele. Ele queria esquecer, precisava esquecer, mas só conseguia lembrar, e isso o estava deixando louco.

— Posso ajudar? — Ele chamou, fazendo sua voz tão hostil quanto ele podia. Ele atravessou a porta da sala dos fundos e foi saudado por uma visão chocante.

Apoiando-se pesadamente em uma bengala de madeira, estava seu amigo de infância. Ele ainda sorria o mesmo sorriso, aquele que encantava tanto garotas quanto professores. Ajudando-os a escapar de inúmeras horas de detenção. Persuadindo o Padre Mateus que não haviam sido os dois que colocaram rãs na pia batismal da Igreja, embora suas roupas estivessem manchadas de água lamacenta do lago. Convencendo a mãe de Jimmy que tinha sido ideia da Erin comer as três tortas de maçã para a venda de bolos, quando tiveram que subornar a Erin para ficar quieta com a terceira torta que estavam guardando.

— Hugh! —Ele exclamou. — O que você está fazendo aqui? —

Jimmy estendeu a mão, a que Hugh aceitou com um aperto firme. Durante os últimos anos eles haviam mudado muito, dos jovens universitários ingênuos para os homens que eram hoje. Ambos se aventuraram por uma vida de experiências. Enquanto o corpo de Hugh nunca havia se recuperado totalmente do acidente, seu rosto ainda era jovem. O de Jimmy, no entanto, era o rosto endurecido de um homem que tinha visto e feito demais. O brilho travesso da juventude havia deixado seus olhos, substituído por amargura e cinismo. Exposição exagerada aos elementos exteriores tinha marcado sua pele, deixando-a perpetuamente bronzeada.

Jimmy fez sinal para o salão. Ele trancou a porta e se juntou a Hugh em sua cadeira gasta de couro favorita.

— Você gostaria de uma bebida?

— Claro, o que quer que você esteja tomando. — Hugh se sentou com um pequeno grunhido e encostou a bengala no braço da cadeira.

Jimmy serviu dois dedos de uísque com um pouco de água para os dois.

— É bom vê-lo novamente. — Ele apoiou os pés na mesa à sua frente e fez sinal para Hugh fazer o mesmo.

— Você também. — Ele saudou com a bebida. — À vitória.

Jimmy devolveu o brinde e tomou todo o conteúdo do copo. O líquido âmbar queimou, mas ele apreciou seu efeito entorpecente. Depois de alguns momentos de silêncio, Jimmy perguntou novamente por que Hugh tinha vindo.

— Não é que eu não queira ver você, eu o conheço muito bem. Você não gostava de conversa fiada.

Um sorriso relutante puxou o canto da boca de Hugh.

— Não, eu nunca gostei de conversas sem sentido. A menos que fosse para livrar alguém de um castigo ou uma torta de maçã. — Ele piscou, depois tirou um pedaço de fiapo da perna da calça. — Sua irmã veio me ver.

Jimmy perguntou ironicamente.

— É mesmo? E por que minha querida e intrometida irmã acha que precisa ver você? — Incomodava profundamente a Jimmy, como sua família tentava de forma tão desesperada fazê-lo falar. Eles constantemente o incomodavam para que compartilhasse histórias da guerra, e Erin era a pior deles. Ela sabia demais sobre Greta e implorou que ele respondesse às cartas. Eles todos não entendiam como ele precisava esquecer? Como ele não teve escolha senão esquecer para sobreviver?

— Eu fui solicitado a ajudar nos julgamentos que estão sendo realizados na Alemanha. Faço parte de um grupo de advogados que estão sendo enviados para ajudar a acusação. Esses tribunais de guerra farão história, já que os Aliados responsabilizam os Alemães por seus crimes contra a humanidade.

— Eu li sobre eles, um está começando muito em breve. Serão monumentais. Mas o que isso tem a ver comigo? Eu nunca terminei a faculdade de Direito. — Jimmy estudou seu amigo. Ele realmente parecia igual, mesmo depois de todos esses anos. As mesmas roupas, os mesmos gestos, o mesmo velho Hugh.

– Quero que você venha comigo. Não, eu preciso que você venha comigo. Você pode não ter terminado a faculdade de Direito, mas conhece melhor do que ninguém os meandros das leis da Convenção de Genebra. Sem mencionar que você esteve lá. Sou um ótimo advogado, Jimmy, mas preciso da ajuda de alguém em quem possa confiar e de alguém que compreenda o que aconteceu, alguém que tenha realmente visto provas desses crimes. Hugh se inclinou para a frente, seus olhos castanhos implorando e arregalados.

– Eu não posso, eu simplesmente não posso voltar lá. – Jimmy tinha certeza de que seria uma desculpa suficiente. Naturalmente, Hugh assumiria que a relutância de Jimmy vinha das experiências da guerra. Reabrir velhas feridas. No entanto, Jimmy não podia voltar. Não sabendo que ele estaria tão perto de Greta, e não a ter em seus braços.

– Jimmy, não há ninguém em quem eu confie como você. Você me deve.

Jimmy baixou a bebida, avaliando friamente o amigo.

– Como é que ajudar você com esse julgamento nos torna quites? Eu praticamente tirei a sua capacidade de andar.

Hugh quebrou a tensão com uma risada descontente.

– Você realmente acha que aquele acidente foi sua culpa? Meu Deus, cara, não sei qual de nós, idiotas, estava mais bêbado. A verdade é que, se você não estivesse lá para me levantar e carregar até achar ajuda, eu teria morrido numa estrada rural solitária. E eu posso andar. Eu aprendi enquanto você esteve fora. – Ele suspirou profundamente em frustração. – Jimmy, por sua causa, eu estou aqui.

– Por minha causa, você quase morreu! – Jimmy saltou de pé, a perna protestando contra o movimento rápido e o fazendo tropeçar.

– Olhe para você, igual a mim. Mal pode andar. – Hugh

mancou até o uísque e despejou a largura de outro dedo em seu copo. – Duas versões diferentes da mesma história. Não me interessa o que você pensa ou como passou todo esse tempo culpando a si mesmo. A verdade é que o acidente me transformou no homem que você vê na sua frente. Um homem, devo acrescentar, do qual tenho muito orgulho de ser.

Jimmy queria protestar, mas não podia argumentar com a lógica dele. Ele nunca poderia debater com Hugh e ter sucesso. Não com a maneira como ele entendia todos os lados de uma discussão, girando em torno de palavras e frases até que não se pudesse deixar de concordar inevitavelmente. Era o que o tornava um excelente advogado.

– Você realmente se sente assim?

– Por causa do seu vacilo, acabei tendo uma carreira de muito sucesso e uma vida bastante feliz. Sim, eu diria que tudo funcionou melhor assim. – Ele olhou para o amigo. – Bem, quase o melhor. Jimmy, eu fiquei de fora. Não pude lutar por causa das minhas pernas, mas posso fazer alguma coisa agora. Por favor, venha comigo?

– E se for doloroso demais? – Jimmy precisava parar a dor infernal de crescer em seu peito.

– Ver a Alemanha de novo? – Hugh fez uma pausa significativa. – Ou que você possa vê-la?

Jimmy lançou o olhar para Hugh.

– De quem você está falando? – Agora ele estava se perguntando o quanto Erin disse a seu velho amigo. Primeiro, foi Ruth escrevendo cartas, implorando para que ele respondesse a Greta. Depois vieram os telefonemas de Tony. E agora, parece que ela havia recrutado Hugh. Erin estava realmente atirando para todos os lados. Ele ficaria impressionado se não estivesse tão determinado a enterrar todos os seus sentimentos.

– Jimmy, você é o homem mais corajoso que conheço, mas apenas uma mulher poderia impedi-lo de fazer o que eu sei que você deveria fazer. Você ama a lei, e essa é a chance de uma vida. Para fazer aqueles que mais merecem pagarem.

– E o que você sabe dela? – A agitação de Jimmy com sua irmã aumentou.

– Greta? Sei tanto quanto Erin me contou, o que é provavelmente mais do que o você realmente disse à Erin. Pelo que entendi, ela tem escrito para a Greta esse tempo todo.

Jimmy deu de ombros, mas não conseguiu suprimir seu sorriso.

– É típico da Erin seguir minha exigência explícita de deixar tudo quieto e escrever para Greta por conta própria.

– Ela está preocupada com você, Jimmy. Todos estamos. – Hugh colocou uma mão firme no ombro dele. – Venha comigo, ajude-me a fazer algum bem e, enquanto estiver lá, veja se há algo restante entre você e essa Greta.

– Não importaria se houvesse. Nós viemos de dois mundos diferentes.

– É uma desculpa esfarrapada e nós dois sabemos disso. – O tom de Hugh suavizou. – Não há razão para não tentar reacender seus sentimentos.

– Por que você quer que eu vá? Honestamente, por que eu?

– Deus, como você é obtuso. – Hugh agarrou o ombro de Jimmy com força por um breve momento. – Porque, seu idiota. Você a ama e está parecendo uma bagunça completamente inútil. Vá comigo para a Alemanha, encontre-a e se case com ela. Sinceramente, o resto de nós já está se cansando das lamúrias. – Hugh pegou a bengala e fez seu caminho até a porta. – Vá, fique, depende de você. Mas, honestamente, pelo que a Erin diz, há mais coisa nessa história, e você precisa voltar e descobrir o que é.

O coração de Jimmy disparou.

– O que exatamente isso significa? Que há mais?

– Não tenho certeza. Sua irmã está mantendo segredo pela primeira vez, e ninguém está tirando toda a verdade dela. Esteja pronto para partir em uma semana. – Hugh fez uma breve saudação e saiu pela porta.

Jimmy trancou a porta atrás dele e subiu as escadas dos fundos para ver a Erin. Por que ela tinha escondido cartas da Greta, estava além da compreensão dele. Ela era a única pessoa em quem ele confiou toda a história, a única que conhecia seus verdadeiros sentimentos. Nem mesmo o Tony entendia toda a profundidade de seu apego.

Passando por seus pais, que estavam rindo das travessuras em *George Burns e Gracie Allen* tocando no rádio, ele invadiu o quarto de Erin, a porta batendo contra a parede. Sem se virar, Erin deixou sua cópia da revista *Look* e olhou incisivamente para o espelho na parede.

– Sim? Gostaria de explicar essa exibição bárbara de masculinidade?

– Não venha com joguinhos, Erin. – Jimmy fechou a porta e pegou a cadeira de madeira. Ele montou no assento com os braços apoiados nas costas. – Eu vi o Hugh. – Ele esperou que ela dissesse alguma coisa, qualquer coisa.

Ela ergueu as sobrancelhas e alisou as páginas da revista.

– E como está o Hugh? – A voz dela era enganosamente indiferente.

– Ele me disse algumas coisas interessantes, principalmente insinuando cartas para a Greta. Cartas que você enviou. – Ele agarrou a cadeira com mais força, na esperança de firmar as mãos trêmulas.

– Entendo. Bem, talvez eu tenha enviado. – Ela folheou as páginas distraidamente.

Jimmy explodiu, enviando a cadeira voando para o chão.

— Dê as cartas para mim, Erin.

— Não. — Ela fuzilou o irmão com os olhos. Ela sabia que o ato dele não passava de pura bravata e que ele pouco podia fazer para intimidá-la. A mandíbula dele se contraiu. Ela estava jogando com ele e estava determinada a ganhar. — Jimmy, as cartas são entre ela e eu. Eu ficaria feliz em contar algumas das palavras dela, mas seria trair a confiança dela se eu as compartilhasse com você.

— O que vocês são? Melhores amigas? Que tipo de relação poderia existir entre duas pessoas que nunca se conheceram? — Ele estava incrédulo.

— Bem, espero que sejamos irmãs, mas isso depende inteiramente de você, não é? — Ela cutucou o peito dele com o dedo.

A declaração dela o fez tropeçar. Endireitando a cadeira, ele se jogou sentado.

— Irmãs? Você quer dizer que há esperança?

— Sim, Jimmy. Vá com Hugh, é a desculpa perfeita. Encontre-a, traga-a para casa. — Ela se inclinou sobre a cama e olhou ao redor procurando uma velha caixa de sapatos. Vasculhando o conteúdo, ela encontrou um envelope e o entregou a Jimmy. — Aqui está o endereço dela. Percebe onde ela mora agora?

— Nuremberg. — Era a cidade onde se realizavam os tribunais. Ele traçou sobre a escrita delicada dela, circulando seu nome. Ele segurou o envelope contra o nariz. Lilases, para sempre lilases.

— É o destino, não acha?

— O que você disse? — O coração dele parou por um momento, o mundo inteiro girando em torno dele.

— É o destino, você e Hugh indo para a cidade exata onde

ela está agora. – Ela ajeitou os travesseiros atrás de si, pegando sua revista.

– Destino. – Ele não podia discutir com ela. O destino o estava chamando de volta para a Alemanha, para encontrar a Greta. Se ao menos ela o aceitasse de volta, se ao menos dessa vez ele fizesse o pedido de casamento, se ao menos dessa vez ela dissesse sim.

– Ah, Jimmy. – Pensando que ela ia dizer algo astuto, ele se virou preparado para revidar com uma resposta fraterna. Mas o que ele viu mudou suas intenções. – Há mais, não posso dizer a você agora, não fique com raiva dela.

Ele queria saber tudo, queria espremer a verdade da irmã, mas balançou a cabeça e saiu. Dentro do envelope havia um único pedaço de papel. Pensando que sua irmã havia acidentalmente deixado uma carta para trás, ele a puxou sem dizer a ela. Para sua surpresa, o papel estava endereçado a ele.

Querido Jimmy,

Eu disse à Erin para dar isso a você se alguma vez você falasse sobre vir atrás de mim. Depois de meses sem receber uma resposta às minhas cartas, compreendo agora o que não podia me dizer antes. É melhor que nos separemos como os amigos que éramos. Saiba que você está para sempre em meu coração, meus sonhos, minha alma. Gostaria que tivéssemos nos conhecido de milhares de outras formas ou numa época diferente, mas não foi o caso. Tal como é, tal como foi, você será sempre o amor da minha vida. Vamos nos separar como fizemos, permitindo que as memórias nos mantenham aquecidos em noites solitárias. Eu amo você, Jimmy, mas é melhor assim.

Sempre e para sempre sua,
Greta

JIMMY TRAÇOU as palavras uma e outra vez. Ah, como ele tinha estado errado. Ela o amava e ele a amava. Ele se perguntou quão cedo ele poderia partir para o julgamento. Uma semana parecia a uma vida inteira de distância.

CAPÍTULO QUARENTA
SETEMBRO DE 1946

O vento causou estragos nas roupas de Greta, chicoteando sua saia implacavelmente em torno de suas pernas. Ela agarrou o chapéu em desespero, na esperança de evitar que ele voasse para longe. Então vieram as gotas de chuva, grossas e pesadas, deslizando pela manga do casaco, enquanto ela corria para o abrigo mais próximo na rua. Um café, um lugar perfeito para se refugiar do dilúvio lá fora. Acenando para o proprietário, Greta procurou um lugar para se sentar. O café estava praticamente vazio, apenas alguns clientes que conversavam suavemente. Sentada perto da janela, ela tirou o casaco encharcado e colocou o chapéu no canto da mesa para secar.

Do outro lado dela, estavam sentados dois homens, curvados sobre uma pilha de papéis com alguns pratos vazios ocupando o resto da mesa. Estavam profundamente envolvidos em uma discussão. Havia algo tão familiar sobre o mais alto dos dois homens. O rosto dele estava abaixado e virado na direção oposta a ela, mas seu comportamento e gestos fizeram o coração dela vibrar com um reconhecimento esperançoso. Ela balançou a cabeça para espantar os pensamentos e pediu um pedaço de bolo com seu café.

Depois de todo esse tempo, ela ainda via Jimmy por todo o lado. O açougueiro tinha os olhos dele, o chefe dela tinha a mesma altura e constituição semelhante, até o carteiro sorria com o mesmo sorriso meio torto de Jimmy. Dizem que o tempo cura todas as coisas, mas isso era tudo, menos verdade. O tempo as fazia parecerem cruas, fazendo com que velhas feridas apodrecessem.

Os homens continuaram a atrair a atenção dela enquanto ela olhava secretamente na direção deles. Ela tomou um gole de café e comeu um pouco de bolo, desejando que houvesse um espelho ou algo que pudesse usar para ver o rosto do homem de costas para ela. Os olhos dela vagaram para a mesa novamente. Sentindo que estavam sendo observados, os dois homens se viraram. E foi aí que ela sentiu a terra se inclinar sobre seu eixo, desequilibrando todo o mundo dela.

– Jimmy – ela gaguejou enquanto corria covardemente de volta para a chuva torrencial, deixando o chapéu para trás.

– Greta! Espere! – Jimmy passou pela porta e a alcançou em dez passos rápidos, girando-a para que o encarasse. – Apenas espere – ele implorou, agarrando-a, com medo de deixá-la ir.

A chuva se derramava sobre eles, não deixando nenhum ponto desprovido da torrente de água. Apesar do tempo, eles estavam de frente um para o outro, um abismo de silêncio entre eles.

– Por quê? – Ela perguntou fracamente.

Jimmy passou o polegar ao longo do queixo de Greta.

– Por que eu estou aqui? – Greta inclinou ligeiramente a cabeça e enxugou as gotas dos olhos. – Por você, Greta.

Um soluço escapou, as mãos de Greta voando até a boca para abafar mais o som. Envolvendo os braços em volta dela, Jimmy a deitou contra o peito, apoiando o queixo no topo de sua cabeça. Foi quando as lágrimas dela fluíram. Nada poderia conter a dor que ela tinha sentido todos aqueles longos e solitários meses de separação, a tristeza de perdê-lo, a alegria de estar em seus braços mais uma vez. Eles eram impermeáveis aos olhares das pessoas na rua, à chuva fria e forte. Ela agarrou a parte de trás do casaco dele, com as mãos enfiadas no tecido, desesperada para nunca soltar, desesperada para segurar, com medo de que isso fosse uma ilusão cruel. Que ela despertaria em sua cama, o toque dele uma memória distante. Ele a embalou contra o peito, usando seu corpo para protegê-la o máximo que podia.

Uma vez que as lágrimas estavam sob controle, Greta se virou para ele. Ela tirou os cachos encharcados do rosto.

– Meu apartamento não está longe daqui, acho que talvez precisemos conversar.

– Tudo bem, indique o caminho.

Eles dobraram algumas ruas, caminhando sobre pilhas de escombros. Eles passaram por edifícios bombardeados e estruturas sendo removidas para serem reconstruídas. Em frente, eles caminharam até chegarem a um prédio de quatro andares. Seu último andar estava faltando a maior parte do telhado e ainda mostrava sinais de danos causados por fogo. Ela o levou por dois lances de escada até uma porta velha com marcas. Ela se abriu com um rangido.

Dentro havia um cômodo pequeno e arrumado, com uma mesa e algumas cadeiras. As cortinas de renda emolduravam a única janela da sala, com um sofá desgastado abaixo. Na parede oposta havia uma pequena cozinha com armário e fogão.

– Deixe-me pegar uma toalha para você. – Greta apontou para que ele se sentasse. No banheiro, ela espremeu a água que podia do cabelo, desamarrou os sapatos e pendurou o casaco sobre a banheira para secar. Então ela se voltou para Jimmy, entregando a ele uma toalha.

– Aqui, seque-se o melhor que puder. Eu volto já. – Ela correu para o quarto e tirou o resto da roupa encharcada, optando por usar um vestido cor de vinho liso com uma saia de pregas eu um roupão. Ela voltou para ele. Ele estava desajeitadamente sentado na beira da cadeira, tentando não fazer uma poça de água nos móveis. Ele havia retirado os sapatos e o casaco, mas permanecia completamente encharcado. – Ah, Jimmy, você parece um cachorrinho afogado!

Ele a agraciou com um de seus sorrisos de parar o coração.

– Obrigado por não dizer que eu parecia um rato afogado. – Ele esfregou a toalha sobre o cabelo, deixando-o apontando em ângulos estranhos. Encontrando sua expressão interrogativa, ele continuou. – O ditado na América é que alguém parece um rato afogado.

– Que expressão horrível. Não, nunca, você é atraente demais. – Ela puxou nervosamente a faixa do roupão, mordendo o lábio inferior. – Precisamos secar você. O que devemos fazer sobre suas roupas molhadas?

Ele lamentou o estado patético de suas vestes.

– Não há muita esperança aqui. Você tem um roupão extra?

– Não, mas aqui. – Ela desamarrou o roupão e o entregou a ele. Ele começou a desabotoar a camisa. – Jimmy, aqui não!

– Greta, você me viu com muito menos roupas do que isso.

– Eu sei, mas isso foi antes, e as coisas são... bem, as coisas não são o que eram. Além disso – acrescentou ela, acenando com a mão em direção ao chão onde ele estava –, você está pingando por todo o meu chão limpo.

Ele ergueu uma das sobrancelhas grossas e se curvou em assentimento.

– Como quiser.

Com Jimmy no banheiro, Greta enrolou o cobertor da cama em volta dos ombros. Ela se sentou no sofá, envolta em casulo, mas sem sentir calor. Jimmy voltou, de pé na frente dela, um poodle descontente em babados cor-de-rosa.

— Eu pareço ridículo! — Ele exclamou.

Greta sufocou uma risada. O roupão de seda cor-de-rosa com o decote de babados passava apenas dos joelhos e se abria amplamente em seu peito largo, revelando o tapete de cachos castanho-escuros. O cabelo dele estava desgrenhado, uma mecha molhada enrolada acima de sua sobrancelha direita. Quanto mais ela olhava, mais difícil era para Greta resistir a se levantar para afastar a mecha irritante. Ele estava ridículo, ridiculamente bonito e um perigo para a paz de espírito de Greta.

— Sente-se — ela resmungou. Pigarreando e apontando para o sofá, ela tentou novamente. — Sente-se, por favor.

Ele se sentou na extremidade oposta, de frente para a porta, as pernas ligeiramente abertas, o roupão se abrindo ainda mais. Greta sentiu suas bochechas queimarem enquanto espiava a coxa agora revelada dele, lembrando-se de quão deliciosamente quentes elas pareciam quando estavam enroladas em volta dela. Os olhos dele seguiram os dela, um sorriso conhecedor rastejando pelo rosto dele.

— Sentiu minha falta? — A voz aveludada dele enviou ondas ondulantes de desejo correndo por ela.

Atordoada, ela se viu concordando com a cabeça, depois balançou a cabeça para limpar seus pensamentos. O tom dela era mais indiferente quando ela continuou a conversa de antes.

— Por que você está aqui, Jimmy?

— Bem, oficialmente, estou aqui a ajudar nos Julgamentos de Nuremberg. — Ele esticou o braço na parte de trás do sofá, os dedos dele se aproximando de Greta.

— Mas a verdadeira razão? — Ela prendeu a respiração.

– Eu disse a você. – Ele se virou para olhar diretamente para ela, seus olhos castanhos achocolatados quebrando as barreiras que ela tentava manter. – Eu voltei para você. – A mão dele capturou a dela, entrelaçando seus dedos juntos. – Greta, não parei de pensar em você desde o dia em que parti. Havia coisas que queria dizer, coisas que queria mostrar a você. Eu tentei esquecer você, mas cada dia era uma lembrança dolorosa do que eu tive um dia, mas não tinha mais. – Ele colocou a mão em volta da bochecha de Greta, esfregando o polegar ao longo do lado do rosto dela. Eu amo você, Greta, eu sempre amarei você. Essa coisa que tínhamos não deve acabar. – Ele pausou, absorvendo a imagem dela. – Eu preciso de você. – Ele se inclinou para a frente, seus lábios macios contra os dela.

Greta ergueu o queixo, seduzida pelas carícias suaves dele, a passagem suave dos lábios contra os dela. Os beijos deles eram lânguidos, saboreando a sensação de seus lábios se misturando. Jimmy a puxou para perto, movendo as mãos em volta da cintura dela, a língua abrindo caminho pela boca dela. Houve uma batida na porta e ela se abriu.

– *Greta, bist du zu Hause? Es tut mir Leid, aber Jens hat Hunger.* – A mulher agradavelmente rechonchuda tinha cinquenta e poucos anos, com cabelos grisalhos. Em seus braços havia um bebê, balbuciando animadamente. A boca dela se abriu quando ela viu Greta e Jimmy. Ela ficou congelada à porta. Desajeitadamente, ela se virava para a esquerda e para a direita, como se tentasse descobrir se deveria fugir ou ficar parada.

– Hum, Jimmy, você se lembra da Liesel.

Ele acenou para ela com dois dedos.

Greta falou com Liesel em alemão.

– Não se preocupe. Está tudo bem. Eu pego o Jens agora,

obrigada por sua ajuda. – Greta deu um sorriso envergonhado ao tirar o bebê dos braços dela.

Os olhos de Liesel se estreitaram.

– Humpf, então agora você está aqui. – Ela fez sinal para Greta. – O bebê precisa de uma fralda nova. Gostaria de dizer uma coisa ao Jimmy. Em particular.

Greta começou a protestar, mas a carranca no rosto de Liesel terminou abruptamente qualquer outro debate. Relutantemente, ela entrou no quarto, fechando a porta suavemente atrás dela.

Jimmy puxou o babado da gola do roupão cor-de-rosa, tentando manter alguma aparência de modéstia, mas a vestimenta era totalmente pequena demais para sua estrutura alta. Liesel arrastou uma cadeira de cozinha para se sentar à frente dele. Por um longo momento, ela olhou para ele, sem dizer nada.

– Ela ficou arrasada quando não teve notícias suas. – A voz dela estava estranhamente uniforme, mas o calor queimando através de seus olhos de centáurea revelava seus verdadeiros sentimentos. Não se tratava apenas de assegurar à mulher que amava as suas intenções, mas também de reconquistar a confiança das pessoas mais próximas dela.

– Liesel, realmente não há desculpa para o meu comportamento. Eu poderia explicar tudo a você, mas soaria como uma justificativa. Como se eu estivesse tentando ganhar simpatia. No mais simples dos termos, eu perdi a fé e pensei que o melhor era cortar todas as ligações.

– Você pensou errado.

Ele começou a falar, mas foi cortado enquanto ela levantava a mão e continuava.

– Você a machucou de uma forma que não tenho certeza se merece perdão. Não me compete dizer a ela o que fazer ou o que dizer. Mas eu digo a você, aqui e agora, se você fizer algo assim de novo, sua vida não valerá a pena ser vivida.

– Eu garanto a você que minhas intenções são honrosas, e eu não a deixarei de novo.

– Supondo que não. Você tem planos de dar a ela uma explicação sincera do que aconteceu durante todo esse tempo?

– Uma explicação completa e sincera.

– Seja verdadeiro comigo. Você tem outro alguém à sua espera? Foi por isso que você não escreveu de volta para ela?

Jimmy empalideceu. Ele esperava que as pessoas pensassem o pior dele, como poderiam pensar menos?

– Não, não havia mais ninguém. Eu explicaria melhor, mas ainda não contei tudo a ela. Ela merece ouvir tudo primeiro.

Liesel moveu a cadeira de volta para a mesa.

– Você está certo. Ela é a filha que nunca tive, e só quero que ela tenha a felicidade que eu tive a sorte de encontrar.

Jimmy estendeu a mão.

– Trégua?

Ela debateu por um momento, considerando sua resposta.

– Trégua. *Auf wiedersehen.*

– Liesel. – Ela parou na porta. – Quem é o bebê?

Ela sorriu pela primeira vez desde que entrou no cômodo.

– Uma linda bênção. Tão encantador, ele me lembra muito o meu Johann nessa idade. A mesma disposição doce.

– Mas de quem é o bebê?

Ela olhou com carinho para o quarto, onde Greta estava trocando a fralda do bebê, depois de volta para Jimmy.

– Espero vê-lo novamente em breve. – Ela fechou a porta atrás de si.

A porta do quarto se abriu e Greta olhou pela fresta.

– A Liesel foi embora? – Ela desatou a mão do bebê do cabelo dela.

– Sim. – O bebê começou a se mexer, sugando alto o punho

rechonchudo. Jimmy caminhou até Greta, que estava nervosamente balançando o bebê para frente e para trás. – Quem é Jens?

– Jimmy – ela corrigiu, mas ele entendeu mal.

– Sim? Quem é Jens? – Era tudo o que ele podia fazer para não avançar em Greta. A traição. Uma criança. De quem era filho? Não podia ser do Jimmy, podia?

– Não, o nome dele é Jimmy. Liesel o chama de Jens, diz que é um nome alemão mais apropriado. – Ela colocou o bebê no ombro enquanto desabotoava a parte de cima do vestido.

– Jimmy – disse ele baixinho, estendendo a mão para tocar os pequenos fios de cabelo castanho escuro que cobriam a parte de trás da cabeça dele. – De quem é o bebê, Greta? – A voz dele era áspera com uma série de emoções conflitantes.

– Seu, Jimmy. Ele é seu bebê. – O bebê soltou um lamento de protesto e começou a chorar para valer. – Perdão, Jimmy. Preciso alimentá-lo. Greta voltou para o sofá, colocando o bebê no peito, que atracou avidamente.

Jimmy permaneceu como estava, perplexo. Greta e um bebê. Um bebê. O bebê dele. É sobre isso que a Erin estava tentando contar a ele. Foi por isso que Greta enviou carta após carta. As que ele nunca respondeu. O estômago dele se revoltou. Ele estava nauseado. Mas lá estava ela, linda como sempre. Em seu peito estava o bebê de cabelos escuros, mamando alegremente. O bebê dele.

Ele passou as mãos pelo cabelo, enxugou-as no rosto. Ele não podia falar, não confiava em sua voz, em suas palavras. Ele queria fugir e queria ficar. Ele sentiu como se quisesse chorar e gritar, queria se enfurecer com a injustiça disso tudo, mas principalmente, queria pegar o filho nos braços e nunca soltar.

Sem avançar, ele finalmente falou. Os punhos se cerrando e abrindo. Greta saltou ao som.

– Por que você não me contou?

– Não contar a você? Jimmy, eu tentei contar a você. – Ela transferiu o bebê para o ombro, acariciando suavemente suas costas. O pequeno Jimmy soltou um arroto saudável e encostou o rosto no ombro dela.

– Não, você não tentou. – Ele passou a mão pelo rosto, tentando enfrentar essa reviravolta inesperada.

– Sim, eu tentei! – Ela gritou. Era a primeira vez que ela levantava a voz. O pequeno Jimmy protestou e Greta o mudou para o outro peito. – Sim, eu tentei – ela repetiu mais baixo. – Mas você nunca respondeu minhas cartas. Erin finalmente me escreveu de volta, e eu descobri que você nem se incomodou em ler o que eu escrevi para você.

Ele se sentiu o maior imbecil do mundo.

– É verdade. Ah, Deus. Greta, eu não as li. – Ele agarrou uma cadeira, caindo sobre ela. – Tentei tanto esquecer você, que não queria ler as suas cartas. Eu não podia ler suas cartas. Eu pensei que você iria falar sobre o quão maravilhosamente a vida estava indo para você ou sobre o passado. Eu não suportaria ler suas palavras, não sem estar com você. E tinha medo de que me dissesse que tinha encontrado outra pessoa e que já não sentia o mesmo que eu sentia por você. Ele enterrou a cabeça nas mãos. – Eu sou um completo idiota.

Greta continuou cuidando do filho.

– Tentei tudo o que pude pensar para fazer você ler as cartas, para você saber que havia deixado algo para trás.

– Foi por isso que você escreveu à minha irmã. – Ele finalmente olhou para ela, com os olhos cheios de angústia. – Greta, eu sinto tanto.

– Você não sabia. – O bebê terminou de mamar e agora dormia pacificamente nos braços de sua mãe. – Nem eu sabia quando você partiu. Descobri muito depois de você ter ido embora, muito depois da Ruth ter partido.

Ele se aproximou dela, ajoelhado na frente dela.

– Você não tinha ninguém.

– Meus pais têm enviado dinheiro quando podem. A Liesel olha o pequeno Jimmy enquanto eu trabalho. E o Fritz tem conseguido enviar comida e dinheiro extra para cá sempre que pode.

Jimmy se irritou com a ideia de Fritz oferecer ajuda em vez dele. Ele engoliu seco.

– Você está apaixonada pelo Fritz?

Ela soltou uma leve risada.

– Você está com ciúmes?

Ele gemeu, apoiando o braço no joelho.

– Sim! Claro que estou com ciúmes. Devastado. Uma total e completa desolação. Outro homem tem sido um pai para o meu filho. A mulher que eu amo teve o meu filho e eu não estava lá com ela. Acho que não há palavras suficientes para expressar como me sinto de verdade.

Ela estendeu a mão para ele, colocando a bochecha dele em sua mão.

– O Fritz se casou há quatro meses, Jimmy. Com uma mulher encantadora, que generosamente permitiu que nossa amizade continuasse. – Ela enfatizou a palavra amizade ao estender a mão para acariciar a bochecha dele.

Ele se inclinou para a carícia dela.

– Você sabe que minha irmã tem me perseguido há meses. Ela finalmente convenceu o Hugh a me trazer com ele para a Alemanha, para o ajudar nos julgamentos. Eu tenho sido obtuso. – Ele estendeu o braço em volta da cintura dela. – Eu tenho procurado por você desde que cheguei aqui.

– Estou tão feliz que você está aqui.

Jimmy se sentou ao lado de Greta.

– Posso segurar meu filho?

Ela colocou o bebê adormecido na dobra de seu braço dele. Cautelosamente, Jimmy passou o dedo indicador sobre seu rosto pequenino, tocando seu nariz, seu queixo. Ele levantou o pequeno punho do bebê e o segurou na mão, tão macio em suas mãos ásperas. Ele sentiu o cheiro doce e leitoso de seu filho cochilando tão satisfeito em seus braços. Em um instante ele se apaixonou, seu filho. Uma lágrima deixou rastro na bochecha dele enquanto ele dizia as palavras novamente.

— Meu filho.

— Ele se parece tanto com você — disse Greta, admirando tanto a criança quanto o pai.

— Pobre criança. — Jimmy riu, lágrimas enchendo seus olhos. Ele deu um beijo suave na testa rosada de seu filho e, em seguida, puxou Greta para o seu lado. — Não tem a menor chance de eu partir de novo sem vocês dois.

— Então, o que isso significa exatamente? — Os olhos azul-esverdeados dela derreteram o coração dele. Eles estavam inundados com a dor que ele havia causado. Se ao menos ele pudesse voltar atrás, para que ela nunca mais duvidasse dele.

— Greta, quando eu vi você no café hoje, senti que todo o meu mundo começou a fazer sentido novamente. Estou há meses na Alemanha, esperando encontrar você. Então, do nada, você aparece.

— Tivemos de nos mudar algumas vezes. — Ela estendeu a mão para acariciar seu rosto.

— Foi o que eu imaginei. — Ele suspirou, deslocando o bebê para o outro braço.

— Aqui, deixe-me colocá-lo no berço. Assim podemos conversar melhor.

Jimmy olhou para ela com relutância.

— Eu acabei de conhecê-lo.

Ela sorriu conscientemente.

— Sim, mas eu prometo que você pode ser quem vai trocar a fralda dele quando ele acordar em quatro horas. Além disso, ele dormirá melhor no berço sem que nós conversemos ao lado dele.

Jimmy soltou o bebê, mas ajudou Greta a colocá-lo na cama. Eles voltaram para o sofá, Jimmy estendendo-se ao longo do comprimento dele, segurando Greta em seus braços.

— No momento em que a vi de novo, eu queria pedir você em casamento. — Ele olhava o rosto adorado dela. — Eu fui um tolo por tanto tempo, com medo de nunca estarmos juntos. Eu não confiei no destino como você, que de alguma forma estaríamos juntos outra vez. Eu me afoguei no trabalho, em garrafas de uísque, e fechei meu coração para as memórias de você.

Ela ouviu todas as palavras que ele precisava dizer com a respiração suspensa, o batimento cardíaco dela se acelerando com a expectativa de ouvir o que ela mais ansiava

— Eu machuquei você. Eu machuquei meu filho sem saber que ele sequer existia. E acima de tudo eu machuquei a mim. Ao não ler suas cartas, ao não me agarrar a nós, eu quase destruí a única chance que tínhamos para a verdadeira felicidade. Você pode me perdoar? — Ele segurou as mãos dela contra o peito, pressionando-as contra o coração dolorido.

Ternamente, os lábios dela roçaram contra os dele.

— Eu sei muito bem como é fácil perder a fé, construir muros que você acredita que protegem você, mas que, em vez disso, só causam dor. Eu realmente acreditava que meu pai havia me traído, mas ele também foi enganado. Eu perdoei você no momento em que percebi que era você sentado no café. Que você voltou.

— Por que você fugiu de mim? — Ele a segurou com força, nunca mais querendo deixá-la ir de novo.

— Eu estava apavorada. Eu não sabia por que você estava lá, e estava preocupada que você nem me reconhecesse.

— Não reconhecer você? Quando sua própria imagem está

para sempre marcada na minha memória. Não, não havia a menor chance. – Um raio de luar se infiltrou através das nuvens, a chuva finalmente parou e a noite caiu. O calor de seus corpos os envolveu, o momento cheio não de excitação, mas de amor total e completo um pelo outro. Ela estava deitada encostada no peito dele, ouvindo a batida constante de seu coração. – Eu amo você.

Ela sentiu as palavras tanto quanto as ouviu, preenchendo-a completamente.

– E eu amo você.

– Então você quer se casar comigo? – Ele prendeu a respiração, enquanto esperava a resposta pela qual ele rezou desde que havia voltado. Nada estaria completo sem sua Greta.

Ela viu todo o amor e a esperança que sentia no olhar penetrante dele. Colocando as mãos em volta do rosto dele, sentindo a barba grossa contra as palmas das mãos, ela deixou as palavras fluírem livremente.

– Sim, Jimmy. Eu quero me casar com você.

Ele esmagou a boca na dela, cada toque desesperado falando as milhares de palavras que ele desejava ter dito, desejava ter escrito para ela. Ele ansiava pelo toque dela, o sentimento dela com ele. Agora ele tinha o resto de sua vida para adorá-la, para corrigir todo o tempo que haviam passado separados.

– Eu amo você, Greta. Estamos como sempre devíamos estar, finalmente juntos. Com essas palavras, ele a puxou para ele, mostrando a ela como se sentia por meio do seu corpo e regando-a com todas as palavras que deveria ter dito em todas as cartas que deveria ter escrito. Finalmente, ela era finalmente dele. Sua Greta. Seu amor.

EPÍLOGO

JULHO DE 1948

A casa de ripas brancas ficava a uma curta distância da estrada, seu gramado verde salpicado de uma variedade de flores desabrochando. Havia roupas penduradas no varal, fraldas de bebê, cobertores, e macacões de algodão, todos esperando ansiosamente pela nova chegada. As janelas, emolduradas por persianas perenes, estavam abertas. As cortinas de renda balançavam na brisa úmida do verão. Greta saiu para recolher as roupas do varal, mas Jimmy a pegou.

– Você não pode se inclinar. Está prestes a despejar o bebê a qualquer momento.

Ela riu.

– Esse não é o nosso primeiro! – Ela cuidadosamente passou a mão sobre a barriga inchada, sentindo o bebê se esticando e se movendo.

– Não, mas a última coisa que quero é ser quem vai trazê-lo ao mundo. – Ele beijou sua testa e depois trouxe a roupa para ela. – A que horas eles chegam?

– Não me lembro, o telegrama está ao lado do telefone. –

Ela acenou para o suporte do telefone no corredor enquanto lutava para se sentar. Finalmente, ela se recostou, permitindo que a gravidade assumisse o controle, e se inclinou sobre a cadeira estofada. Ela levantou os pés para descansar no pufe. – Jimmy?

– Sim, meu anjo?

– Você pode me trazer um pouco de água? Eu realmente não quero me levantar de novo. Acabei de ficar confortável. – Ela esticou o lábio em um beicinho simulado.

Ele trouxe um copo para ela e se certificou de que ela estava satisfeita. Ele se ajoelhou ao lado dela, passando a mão orgulhosamente sobre a grande extensão da barriga dela. Ele fez cócegas no pequeno pé pressionado contra o umbigo dela e riu enquanto ele o chutava de volta.

– Olá, bebê número dois. – Ele se inclinou e beijou a barriga dela e depois se moveu para os lábios. – Eu amo você.

Ela deu a ele um sorriso brilhante.

– E eu amo você. – Eles olharam com adoração nos olhos um do outro. – Jimmy, quando eles chegam? – Ambos estavam entusiasmados com os seus visitantes.

– O telegrama disse às quatro horas, então a qualquer momento. – Ele se levantou, entrando na cozinha para pegar outro copo de água para sua esposa.

Jimmy não podia acreditar na sua sorte. Depois de encontrar Greta, Hugh prontamente declarou que o quarto do hotel era "muito pequeno" e sugeriu que Jimmy morasse com Greta. Isso deu a eles a oportunidade de se apaixonarem perdidamente de novo e se tornarem uma família de três. Jimmy ficou maravilhado que um ser tão precioso pudesse capturar seu coração tão completamente. Ele adorava ser pai, finalmente encontrando o que ele nunca soube que estava faltando.

Quando o primeiro julgamento terminou em outubro,

Jimmy e Hugh permaneceram em Nuremberg para continuar a preparação para os julgamentos subsequentes. Em dezembro, Jimmy e Greta finalmente receberam a notícia pela qual estavam rezando; a proibição americana de casamentos com alemães foi suspensa. Eles podiam finalmente se casar. A cerimônia deles no cartório foi íntima; com a presença dos pais dela, com Hugh e Liesel servindo como testemunhas.

Eles permaneceram no país por mais alguns meses, enquanto o pedido de visto de Greta abria caminho através do processo burocrático. Ela se sentou para numerosas e árduas entrevistas cavando em sua história familiar e caráter. O processo exaustivo parecia durar para sempre, mas ela foi finalmente aprovada e poderia emigrar para sua nova casa na América. Antes de partirem, fizeram uma última viagem para visitar os pais dela em Berlim. Embora com o coração partido pelo neto estar se mudando para tão longe, ficaram felizes com o futuro da filha.

Após o retorno de Greta e Jimmy à Pensilvânia, Erin rapidamente determinou que Greta não era apenas sua nova cunhada, mas também sua melhor amiga. Os pais dele estavam exultantes por conhecer o neto e estavam se adaptando à ideia de ter uma nora alemã. Ele suspeitava que sua mãe estava muito mais satisfeita com sua esposa do que ela deixava transparecer.

Alguns meses depois, eles compraram uma pequena casa, graças aos generosos empréstimos concedidos aos veteranos, e começaram a elaborar a parte final do plano que fizeram na Alemanha. Em um mês, ele estaria abrindo uma tabacaria com a ajuda de seu pai em State College, Pensilvânia. Eles planejavam expandir os negócios da família para outras áreas do estado e possivelmente trazer o Tony para ajudar. Tony foi mais do que receptivo à ideia; ele tinha algumas pontas soltas para resolver no Texas antes de se mudar para o Norte.

Greta começou a se levantar da cadeira, tentando mudar o seu peso para dar a ela o impulso certo.

– Sentada – ele repreendeu. – Ela está vindo para ajudá-la.

–Eu pensei que eles estivessem vindo para ajudar você a abrir a nova loja.

– Isso também, no entanto – ele a colocou de volta sentada –, a loja não abre por mais um mês. Você, por outro lado, vai explodir a qualquer momento.

– É injusto empurrar uma mulher grávida de volta para um assento, quando ela conseguiu se levantar a metade do caminho.

Ele riu dela.

– Às vezes eu gosto mais de você grávida, posso ter certeza de que você realmente vai com calma. Descanse, esposa! Pelo amor de Deus, vá com calma.

A campainha tocou.

– Meu Deus, eles estão aqui. – Ajude-me a levantar – ela exigiu, erguendo os braços para que ele a tirasse da cadeira.

Ele recuou.

– Fique aí, mulher! – Ele repreendeu e correu para a porta.

Sua mãe invadiu a entrada. Ela beijou a bochecha dele, entregou a ele a bolsa e exigiu saber:

– Onde está o meu neto?

Jimmy a abraçou e ela deu um tapinha nas costas dele.

– É bom ver você também, mãe.

– Sim, sim. Coisas importantes primeiro. Eu tenho um neto para mimar.

– Ele está dormindo, então você terá que esperar. Você não vai dizer oi para a Greta?

A mãe dele o encarou.

– É claro.

Greta se inclinou para frente na cadeira. Ela tinha conseguido se içar para cima quando Letty jogou os braços em volta da nora. A força do abraço a empurrou de volta para a cadeira. Ela olhou por cima do ombro de Letty para Jimmy, que sorriu triunfante.

– Querida filha. Você está radiante. Como está o pequenino? – Ela deu um tapinha leve no estômago de Greta.

– Ela encaixou há alguns dias. – Greta se mexeu desconfortavelmente.

– Ela é, humm? – A família estava apostando em quando chegaria a nova chegada e se o bebê seria uma menina ou um menino. – Então a qualquer momento? Chegamos mesmo a tempo. – Letty se preocupou com a nora, trazendo para ela um travesseiro extra para as costas.

Erin foi a próxima a entrar na casa. O pai dele andava lentamente do carro para a casa, parando a cada poucos metros para inspecionar o gramado ou o jardim ou o que quer que chamasse a atenção dele. Ela jogou os braços em volta do irmão, beliscando carinhosamente a bochecha dele.

– É tão bom ver você, Erin. Preciso da sua ajuda para evitar que a Greta faça todo o trabalho doméstico.

Ela ergueu uma sobrancelha arrogante.

– Hmpf, Erin, faça isso. Erin, faça aquilo. Você sabe que só vim para mimar meu sobrinho.

– Erin...

– O quê? – Os olhos dela brilhavam com malícia.

Ele grunhiu; ela estava tentando irritá-lo.

– Onde está o pai?

– Lá fora, inspecionando seu jardim. – Jimmy foi até a porta, mas as palavras dela o pararam. – Ele diz que você tem lesmas.

– Ah, não. – Jimmy balançou a cabeça. O pai dele há muito se considerava um especialista em jardinagem. Se ele não o impedisse agora, metade de suas flores seria arrancada antes que a semana acabasse. – Ajude a Greta, por favor.

– Você sabe que eu vou. Gosto muito mais dela do que de você. – Ela mostrou a língua e o empurrou pela porta. – Eu vejo o pai com tesouras de poda. É melhor você correr.

Letty tinha os pés de Greta elevados sobre o pufe, um cobertor sobre as pernas e insistia que ela precisava de um sanduíche. Letty começou a preparar uma montanha de comida.

– Mãe, ela está bem. – Erin revirou os olhos. – Você vai sufocar a pobre mulher.

Letty estava prestes a desafiar sua filha quando uma pequena comoção no andar de cima as interrompeu.

– Meu Pequeno Jimmy! – Letty exclamou. Colocando um prato com um sanduíche na barriga dela, ela deu um tapinha na mão de Greta. – Você descanse agora, eu vou pegá-lo. – Ela voou pelas escadas, pulando dois degraus de cada vez. – Vovó está chegando, pequeno Jimmy!

Erin riu.

– Ela está positivamente gagá sobre aquele garoto. – Ela acenou com o dedo, apontando-o para a barriga de Greta. – Você não sabe o que causa esse problema específico? Já dando outro neto a ela, antes que a filha dela se case. Eu nunca vou perdoar você, Greta.

– Tem sido tão ruim assim?

– Foi uma viagem de carro de três horas, e tudo o que ouvi o tempo todo foi: o Jimmy se casou. O Jimmy e a Greta têm um bebê e outro a caminho. O Jimmy está a começando seu próprio negócio. Eles compraram uma casa. Quando você vai se casar, Erin? Não vou viver para sempre, gostaria de ver a minha filha casada antes de morrer e ser enterrada. – Ela se afundou na cadeira e soltou um suspiro cansado, soprando uma longa mecha ruiva de sua testa.

– Graças a Deus, nós não nos mudamos para Vermont ou outro estado a centenas de quilômetros de distância.

Erin ofegou, horrorizada.

– Não, você nem pense nisso! Eu nunca poderia sobreviver por tanto tempo em um carro com os dois. Meu pai apontando todas as diferentes culturas e discutindo temas vazios, como jardinagem. E a minha mãe, Senhor! Ela estaria lamentando como eu nunca vou me casar. Três horas é a distância que você pode ter, Greta.

Ela sorriu para a cunhada.

– Estou apenas provocando. Nós acabamos de nos instalar aqui.

– E que lugar encantador. – Erin tirou o prato do colo de Greta. – E como você está, querida irmã?

Greta suspirou.

– Estou tão feliz, que sinto que posso explodir.

Erin olhou para a barriga inchada.

– Eu preferiria que você não o fizesse.

– Ah, Erin. Você sempre me faz rir! Você acredita que seu irmão disse que eu ando como um pato?

– O quê! Eu vou matá-lo. Ele não fez isso?

– O que foi que eu não fiz? – Jimmy perguntou quando entrou na sala, caminhando para o lado de Greta. Ele se inclinou para beijar sua cabeça e esfregar sua barriga.

– Onde está o pai?

– Ele pegou uma pá e está cavando uma vala de drenagem. Desisti de tentar convencê-lo a entrar. – Ele levantou o queixo de Greta e sorriu com adoração para ela.

– Argh, vocês dois. – Erin fez som de ânsia. – Vocês fazem uma visão nauseante.

O olhar de Jimmy nunca abandonou o da esposa.

– Um dia, você também se sentirá assim, Erin.

Ele podia senti-la mostrando a língua atrás dele.

– Bem, seja ele quem for, é melhor não me comparar a um pato quando estiver grávida.

Jimmy fez uma careta.

– Não foi o meu melhor momento. Obrigado por mencionar, Erin.

– Sempre feliz em ajudar. – Ela endireitou a costura na perna da calça. – Então, como vocês vão nomear esse bebê se for uma menina? Erin, eu presumo? – Greta soltou um gemido laborioso. – Não é um nome tão ruim.

Greta balançou a cabeça.

– Não, Erin, não é isso.

Os olhos de Jimmy se arregalaram de medo.

– O que foi?

– Uma pequena contração, eu estou bem. – Ela segurou a mão dele na dela. – É a segunda em menos de uma hora. Nada com o que se preocupar.

– Hoje então? – Os olhos castanhos achocolatados se encontraram com os dela, seu rosto aceso com entusiasmo e expectativa.

– Provavelmente. Mas ainda vai demorar muito tempo. O pequeno Jimmy levou treze horas. Então, por enquanto, algumas distrações. A mão dele descansou suavemente na barriga dela, afagando pequenos círculos. – Diga-me, o quanto você me ama?

– Não há horas suficientes na minha vida para dizer o quanto eu amo você, Greta. – Ele se inclinou para a frente para beijá-la e sentiu a barriga dela se contrair debaixo de sua palma. – Você é meu tudo.

– E você é o meu, Jimmy O'Brien. Meu coração, minha alma.

As testas deles descansavam juntas enquanto contavam os minutos entre as contrações. A qualquer momento, ele se tornaria pai pela segunda vez. Ele nunca esteve tão nervoso e animado com nada em toda a sua vida. Essa criança seria uma menina ou outro menino? Seus filhos saberiam o quanto ele os amava? Será que eles saberiam o quão perto ele tinha chegado de perder seu coração? Mas não o fez. Seu coração estava sentado no meio da sala de estar, olhando para ele com todo o amor que ela tinha. Sua Greta perfeita.

Várias horas depois, Jimmy embalava uma menina em seus braços. Um cobertor cor-de-rosa macio, um que a avó dela havia tricotado, enrolava o pequeno pacote. Os lábios dela se apertaram, depois relaxaram quando ela abriu os olhos brilhantes para o pai. Ela bocejou e caiu de novo em um sono feliz com um suave murmurar.

A doce voz de Greta o chamou:

— Como devemos chamá-la?

Jimmy se sentou na cama ao lado de sua encantadora esposa. A sala foi banhada apenas à luz da lua.

— De que nome você gosta?

Greta deu um beijo leve na testa do bebê.

— Rose, ela é uma querida tão preciosa.

— Pensei que poderíamos dar a ela o nome da minha mãe, Elisabeth. — Jimmy colocou o bebê no colo dela, a pequena cabeça aninhada na dobra do cotovelo de Greta. Então ele envolveu as duas em seus braços, segurando ambas em seu abraço amoroso.

— Rose Elisabeth, eu acho que é perfeito. Ela tem o seu queixo. — Ela tocou suavemente a covinha. — Eu me pergunto, você acha que os olhos dela serão castanhos como os seus e os do pequeno Jimmy?

— Eu acho que eles serão como os seus, Greta. Eles já são um tom tão brilhante de azul.

Sua esposa e filha dormiam descansando contra ele, respirando devagar e até estável. O luar lançou um brilho prateado no quarto.

Em seus braços, ele segurava metade de seu mundo; a outra metade estava dormindo profundamente no corredor,

cansada depois de um dia cavando no jardim com seu avô.
Quão perto Jimmy tinha chegado de perder tudo, por causa de
sua teimosa recusa em aceitar a Greta como seu futuro. E
agora, ela era bem e verdadeiramente sua. *Minha*, ele pensou,
beijando as duas cabeças. Greta suspirou e se aconchegou mais
perto de seu calor.

O destino os tinha unido, tinha amarrado suas sortes tão
perfeitamente, que estar separados significaria que eles
estavam quebrados. Juntos, eles se tornariam inteiros, fortes e
inflexíveis. A Greta dele. O Jimmy dela.

Caro leitor,

Esperamos que você tenha gostado de ler *Banhada Em Luar*. Reserve um momento para deixar uma crítica, mesmo que curta. A sua opinião é importante para nós.

Atenciosamente,

Stacia Kaywood e Next Chapter Team

SOBRE A AUTORA

Depois de um passado divagante, Stacia Kaywood reside atualmente em Kansas City, lado naturalmente de Missouri, desfrutando de grandes quantidades de churrasco, comida mexicana e a maior cozinha austríaca desse lado de Viena. Professora de dia e autora de noite, sua vida consiste em levar as crianças para ensaios de bandas, confeitar e encher cadernos com palavras recém-descobertas e novas ideias para histórias. Seu próprio mundo não estaria completo sem seu marido fantástico, filhos incríveis e dois gatos peludos (que fornecem comentários editoriais não solicitados enquanto estão sentados no teclado). Como amante de línguas e estudante de História, encontra inspiração nos lugares mais estranhos, usando experiências humanas passadas como guia para criar as personagens que adora.

Banhada Em Luar
ISBN: 978-4-82418-214-2

Publicado por
Next Chapter
2-5-6 SANNO
SANNO BRIDGE
143-0023 Ota-Ku, Tokyo
+818035793528

9 junho 2023

Milton Keynes UK
Ingram Content Group UK Ltd.
UKHW031359011224
451790UK00004B/32